浅田次郎

一路《いちろ》

下

中央公論新社

目次

装画　　　　山口　晃
装幀　中央公論新社デザイン室

一路

下巻

其の四　神の里 鬼の栖《すみか》（承前）

三

御供頭心得

一、自下諏訪宿《しもすわじゅくより》　至和田宿《わだじゅくにいたる》　五里十八町之長丁場也

中山道中随一之難所　雲上窮風雨《ふううきわまり》　冬ハ積雪丈余

雖然《しかりといえども》　蒔坂左京大夫《まいさかさきょうのだいぶ》様ハ常在旗本八万之劈頭《つねにはたもとはちまんのへきとうにあり》

一同江戸見参之本願　夢々不忘給《わすれたまわず》

「無理をなされるな」

問屋場の板敷に拡げられた地図を扇子の尻で叩きながら、大賀伝八郎《おおがでんぱちろう》は叱りつけるように言うた。

いまだ明けやらぬ下諏訪宿は、横なぐりの吹雪である。これではよもや御発駕はあるまいと朝寝を決めていた役宅に、問屋場の番頭が駆けこんできた。蒔坂左京大夫様の御一行が、出仕度をしているというのである。

止めて止まらぬ御行列がどうなったところで、宿場役人が咎められるわけではない。しかし、あえて止めなかったとなればどうかはわからぬ。

「よろしいか、御供頭殿。下諏訪がこの吹雪ならば、和田峠は鬼の栖《すみか》でござるぞ。幸いこの時節には、ほかの御行列が着到する気遣いもござらぬ。日和を待てばよいだけの話ではござらぬか」

「いや。そこもとのお心遣いはかたじけのうござるが、鬼を怖れて旅程を変えるわけには参らぬ」

供頭は若い。父親が急逝したゆえ、これが初めてのお務めであると聞いている。つまるところ、要領をわきまえぬのであろう。だとすると、ここは言うて聞かせねばなるまいと伝八郎は思った。

「参府期日を厳守するは、御供頭として当然の心がけではござるがの、いかんともしがたい事情のしばしば起こるが参勤行列と申すものじゃ。そうした折には、途中から御公辺にあてて、かくかくしかじかという書状を送ればそれでよい」

「ほかの御行列はどうか知らぬが、われら蒔坂家の参勤道中は戦場へと向かう行軍にござる。しからば、いかなる事情があろうと期日までに参陣せねばなりませぬ」

こやつ、馬鹿か。関ヶ原の昔と今とを、とっちがえている。理屈はむろんその通りだが、参勤道中を行軍じゃなどと、時代錯誤も甚しい。

「あまりの荒模様ゆえ、峠の茶屋の者どもも昨日のうちに里へと下っておるのだぞ」

「ならば一息に押し渡るまで」

「和田峠を甘う見るな。おぬしの御父上ならば、きっと御行列をとどめられたはずじゃ」

供頭は眦《まなじり》を吊り上げた。

「わが父なればどうこうなどと、さなる物言いは無礼にござろう」

失言であった。伝八郎は素直に、「許されよ」と詫びた。

大賀伝八郎が父の急逝に伴い、宿場役人の御役を引き継いだのは二十歳《はたち》のときであった。それまで江戸詰であった伝八郎は、訃報に接して急遽国元の諏訪高島へと召し戻されたのである。

宿場役人という家役の何ひとつわからぬまま、下役や町衆にあれこれ教えられて、どうにか五年が過ぎた。今もことあるごとに考える。父上ならばどうなさったであろう、と。

本来ならば、十五の元服からは父の見習として家役を覚えるのである。しかし主君の諏訪因幡守様が長く幕閣に参与しておられたがために、伝八郎は御小姓として江戸に召し出された。大手前の御役屋敷か、木挽町の上屋敷に詰め切りの日々であった。ましてやその間、因幡《いなば》守様は参府御暇《おいとま》御免の在府であられたから、伝八郎もまた国元には戻っておらず、父親とも無音に過ごすほかはなかった。

それがいきなり、家督を襲《と》って宿場役人の御役を継いだのだから、この五年の苦労というたら並大抵ではなかった。

いかなるときにも、父と較べられるようなことがあってはならぬ。何ひとつ申し送られてはおらずとも、すべて引き継いでいるかのようにふるまわねばならぬ。

「無礼ついでにお訊ねする」

と、伝八郎は目を据えて言うた。

「そこもと、もしや御父上から何ひとつ教わっておられぬのではないか」

どうやら図星のようである。若き供頭は何ごとかを言い返さんとして口ごもり、伝八郎を睨み返した。

「しからば、兄の心でそこもとに物申す。御役目を全うせんとするならば、まず無理をしてはならぬ。子の働きぶりが父に及ばぬは当然のこと、無理を通して父に倣《なら》わんとすれば、あらぬ失敗を招く。参府遅延の書式は拙者がお教えする。当家因幡守様あてに添状もお書きいたす。逸《はや》る心で無理な峠越えをしたあげく、死人のひとりでも出したとあらば、腹を切っても間に合わぬぞ。なに、いくら荒れても一日か二日のことじゃ。左京大夫様もけっして無理にとは仰せになられまい。いやむしろ、鬼の栖に飛びこむよりは、この神の里にて養生するをこれ幸いと思し召すであろう。のう、御供頭殿。さよういたされよ」

これまでにもよほど難儀があったのであろう、伝八郎が言葉を尽くすほどに、若き供頭の肩から力が抜けていった。

いよいよ他人とは思えぬ。伝八郎は膝を進め、しおたれた背をさすって、痛いほどわかるその苦労をねぎろうた。

ふいに、思いもかけぬ御小姓の声があたりに谺《こだま》した。

「御殿様ァ、御発駕になられまするぅー、おのおのがたァ、きりきり立ちませェいィー」

これはしたり。どうしたわけかあの「うつけ者」と噂される蒔坂左京大夫様が、御供頭のご注進を聞くまでもなく、さっさと御発駕なされるとは。

何とかお諫めしなければならぬ。

とるものもとりあえず問屋場から駆け出てみれば、吹雪の中山道には八十人の供揃えが雪人形となって片膝をつき、この決死の出立を何ひとつ疑わぬかのように、御殿様のご出御を待ち受けていた。

「畏れながら、左京大夫様に申し上げまする。拙者、諏訪因幡守家中、大賀伝八郎と申しまする。喫緊《きっきん》の要事にござりますれば、なにとぞお聞き届け下されませ」

突然の大声に御殿様はおののき、思わず腰を浮かせた拍子に、御駕籠の天井にしたたかおつむをぶつけられた。

痛い、と言いたいが言えぬ。とっさに羽織の袖を噛みしめて声を殺し、片手で髱《たぶさ》の乱れを整えた。

武勇の権化たる武将は、常に威を備え、神秘でなければならぬ。まかりまちごうても、突然の申し出におののいて、乗物の天井におつむをぶつけたりしてはならぬのである。

なるほど、去る年に桜田御門外にて、井伊掃部頭《かもんのかみ》殿が御乗物に座したまま討たれたるは、かようなご事情であったか、と御殿様は妙な得心をなされた。武将が逃げるなどもってのほか、さりとて刺客どもを鎧袖《がいしゅう》一触に薙ぎ払えるわけもないから、武将の威を損わぬためには座して刃を待つほかはなかったのである。

供の者どもが騒がぬところからすると、どうやら刺客ではないらしい。

「何用か」

御殿様は痛みをこらえつつ、なるたけ厳《おごそ》かなお声でお訊ねになった。

「お目通り叶えば幸いにございまする」

御殿様はそっと御駕籠の引戸をお開けになった。直《じか》にお顔を拝したいなど、まこと無礼な申し出ではあるが、それなりのわけがあるのであろうと思われたからであった。

「おのれ、宿場役人の分際で」

と罵りながら、将監《しょうげん》が御駕籠の前に立ち塞がった。しかしその役人は委細かまわず、雪の上に平伏したまま少し顔をもたげた。

はて、どこかで見覚えがある。考えるまでもなく御殿様は、その侍の顔に思い当たった。

「おお。そちはたしか、諏訪殿の御小姓であったの」

「ははっ、恐悦至極にござりまする」

実は御殿様と因幡守様は昵懇の仲であった。江戸城中における御殿様同士の付き合いなど家来衆の知るところではないが、多年にわたる碁敵であり、ときには渋谷村宮益坂の下屋敷に招かれて、一日を過ごすこともあった。

しかし因幡守様が幕閣中で出世なされてからは、たがいに交誼を控えている。

「おや。御殿様はなにゆえ因幡守様の御小姓などをご存じであらせられるのか」

将監がふしぎそうに言うた。思えば「格別の仲ではない」と答えた昨日のきょうである。しかし御殿様は嘘をついたわけではなかった。高島城から戻った将監が何やら不愉快そうであったゆえ、気配りをしただけである。

「なになに、殿中にてときおり見かけたためしがあっての。で、喫緊の要件とは何か」

御殿様は将監の疑念をさらりと往《い》なして、伝八郎に訊ねた。

「ふつつかながら拙者、五年前に国元へと召し戻されまして、下諏訪宿の差配役を務めおりまする」

「さようか。祝着である」

「ついては職分において、左京大夫様に申し上げたき儀がござりまする。何とぞお聞き届け下されませ」

は、と御殿様は首をかしげられた。いかに宿場役人とはいえ、職分において他家の当主に物申すなど、僭越に過ぎよう。たとえどれほど喫緊の要件であろうと、供頭を通して伝えるのが筋である。

思い起こせばこの大賀伝八郎なる侍は、因幡守様ご自慢の小姓であった。あれこれ指図を待つまでもなく主君の意を察して働き、まこと目から鼻に抜ける賢さはよく覚えている。その御小姓が長じて家役を継ぎ、こうして直訴に及んだとなれば、事はなるほど尋常ではあるまい。

面倒くさい、と御殿様は思った。むろんそうした心の動きを悟られてはならぬ。神秘なる武将は「面倒くさい」などという人情を抱いてはならぬのである。

「大儀である。何なりと物申せ」

ははっ、と伝八郎は平伏し、揃えた指先にまなざしを据えたままきっぱりと言うた。

「吹雪の和田峠を越えんとするは、暴挙にござりまする。なにとぞ本日の御発駕はおとどまり下されませ」

御殿様は顔色ひとつお変えにはならなかったが、その実、たいそう動揺なさった。直訴に驚かれたのではない。頭越しに直訴をされた供頭の立場を慮《おもんぱか》ったのである。

あの小野寺一路という供頭は、まことにようやっていると思う。しかし、家来の働きぶりについて軽々に評価をしてはならぬ。声にして褒めれば権威となり、貶《おとし》めれば必ず罰が下される。御殿様の発言とはそうしたものであった。

父親の不慮の死によって、小野寺一路は国元に召し戻され、こたびの道中の供頭を務めることとなった。これまでの参勤道中では見かけたためしがなかったゆえ、おそらくは父親から十分な申し送りを受けずに、この御役を務めるはめになったのであろう。

たしかにその分、こたびの道中は勝手がちがう。それでもここまでは、あまたの難事をどうにか乗り越え、旅程を十全に運んできた。口にこそ出せぬが、まことようやっている。

その小野寺の立場を考えれば、この際の御殿様の言動はたいそう難しかった。宿場役人の直訴を容《い》れれば、供頭の顔を潰すことになる。しかるに、宿場役人がそこまでするのだから、本日の峠越えは暴挙にちがいないのであろう。

御殿様はいくらか明るんできた雪闇に御目を凝らされた。

街道には八十人の供揃えが、提灯を掲げ片膝を折っていた。その中に、ただひとり棒杭のようにつっ立っている人影があった。笠も蓑もなく、もはや尾羽打ち枯らした体《てい》で、ぼんやりと佇んでいるのである。

いったい何があったのであろう。

小野寺は吹雪の峠越えを敢行しようとして、出立の下知を出した。それを宿場役人が押しとどめた。両者が言い争っているうちに、本陣の玄関から御駕籠が乗り出してしまった――あらかたそのようなところであろう。

あろうことか、決断は御殿様に委ねられたのである。

「慮外者めが、手順もわきまえずに直訴いたすとは」

将監が手にした鞭を伝八郎の鼻先に向けて罵った。

「供頭は何をいたしておる。こは何ごとぞ。行くもとどまるも、御殿様に物申すはおのれの職分であろう。小野寺は、いずくにある」

吹きつのる雪を撫で斬るように、将監は鞭を揮《ふる》った。

街道に佇んでいた人影が、身をこごめて駆け寄ってきた。しかし供頭は、転《まろ》ぶようにして御駕籠の先に手をついたきり、しきりに白い息を吐き散らすだけであった。

労《いたわ》しい、と御殿様は思った。この若き供頭が、もはや力尽きていると見えたからであった。

頭を垂れる二人の若侍の間に、いったいどのような問答があったのかと、御殿様は深く思料なされた。するとたちまち思い起こされたのは、ほかならぬ御自身の記憶であった。

父の死去に伴い、御殿様が十四代《じゅうしだい》蒔坂左京大夫として家督を襲《と》ったのは、わずか算え九歳の砌《みぎり》であった。君主たる者のふるまい、武将としての心構えは、周囲の老臣たちが手取り足取り教えてくれた。しかし、多くのことは人知れず頭を抱え、身を削って覚えねばならなかった。とりわけ、他家の御殿様と茶坊主しかいない江戸城中に、ぽつんと取り残されたときの心もとなさは、いまだ夢に見るほどである。由緒正しき名跡。百人の家来。七千五百石の身代。そうしたさまざまの重石が小さな体に耐え難くのしかかっても、泣くことのできぬ哀れな子供であった。

命を懸けてきたのだ、と御殿様は思った。そう思うと、目の前にかしこまる二人の侍が、身分こそちごうても何やら他人のような気がしなくなった。

「小野寺。なにゆえ黙りこくっておる。宿場役人に直訴を許すなど、もってのほかじゃぞ」

将監が供頭のうなだれる肩を鞭で打った。それでも供頭は、残る力を吐きつくすように白い息をつくばかりである。

「控えよ、将監」

御殿様はひとこと、しかし強い口調で叔父を叱った。よほど思いがけなかったのであろう、将監は虚を突かれたように振り返ったが、じきに気を取り直して御駕籠のかたわらに膝を屈した。

みずからを励まさねばならなかった。戦場で決断の采配を揮う者は、武将のほかにありえぬ。よしんばその決心が敗北に通ずるとしても、武将は武断でなければならぬ。

「これより和田峠を越ゆる。供頭は差配せよ」

二人は同時に、ハッと顔を上げた。

「承りました」

まるで新たな力を授かったように、供頭は背筋を伸ばした。しかし、宿場役人は得心しなかった。

「和田峠は鬼の栖にござりまする。なにとぞおとどまり下されませ」

御殿様の決心は小動《こゆる》ぎもしなかった。

「そちの建言、祝着至極である。鬼の栖ならば、一同鬼となって越ゆる。下がれ」

御殿様は手ずから引戸をお閉めになった。


「いやはや、よもやとは思うておったが、どうやら出立するらしいぞ」

湯田町の旅籠の二階から、朧庵《ろうあん》が連子窓を覗きこんで言う。掻巻に身をくるんでいても凍えてしまいそうな、吹雪の夜明け前である。

白い帳《とばり》の向こうに並んでいた提灯が、一斉に動き出した。

「つるかめ、つるかめ。こんな空催《そらもよ》いに和田峠を越えようなんざ、正気の沙汰とは思われねえ。川止めの大井川を押し渡るほうがまだしもましってもんだ」

そう言いながらも二人は床を上げて、いそいそと旅仕度を始めた。

「ところで先生。坊さんはどこに行きなすったんだね」

きちんと畳み上げられた蒲団をふしぎそうに眺めて、新三《しんざ》が訊いた。

「どこも何も、先達を買うて出ていなさるのだから、一足先に峠へと向かわれたのだろうよ」

「へえ。そいつァ苦労な話だ。きっと今ごろァ、みなさんのお先達とやらで、一足先に冥土へと行っていなさるんだろう」

「そういうおまえさんは、どうなさるおつもりだえ」

「どうなさるって、見れァわかるでござんしょう。こうとなったら三途の川までお供いたしやすよ」

行列が湯田町の廂間《ひあわい》を静々と過ぎて行く。先頭を進む武者の金叩きの陣笠も猩々緋《しょうじょうひ》の陣羽織も、すでに色がわからぬほど雪にまみれていた。

「いくらか地味になりましたな」

「おうよ。あれなら恥ずかしくもあるめえ」

少し間を置いて、双子の奴《やっこ》が歩いてきた。丈余の朱槍をそれぞれ右と左の片手にぐいと掲げている。熊皮の鞘袋が、二階から眺める二人の目の先を過ぎていった。

「空《から》ッ脛《ぱぎ》とはのう……」

「槍持奴が股引でもありますめえ」

行列は続く。御先箱、御槍、御銃持、御徒士《おかち》。

「お侍様まで荷を担いでおられる」

「いくら金を積まれたって、助郷《すけごう》どもはごめん蒙りまさあ」

御駕籠が来た。この薄闇では見つかる気遣いもあるまいが、二人は腰を引いて首をすくめた。

「あの御供頭様は、大したものだの」

「まったくだ。死ねと言われりゃ、みんなして死ぬってわけですかい」

供頭と近習が護る御駕籠が過ぎると、挟箱を担いだ小者たちの後に、二頭の御馬がやってきた。

「やや。あの老いぼれの芦毛馬め、てっきり桜鍋になったと思いきや、何やら若返ったようではないか」

「あら、ほんとうだ。御手馬はブチじゃねえ、俺だ、ってなもんですかね」

御弓組の一団の後には後詰の徒士が続く。侍たちはみなおのおのの持物のほかに、少なからぬ荷を担いでいた。

唯一の騎馬は御後見役の蒔坂将監である。頭上に人の気配を感じたのか、通りすがりに陣笠の庇をつまんで二階を振り仰いだ。すんでのところで二人は首を引っこめた。

「おお、やはり悪党面じゃ」

「先生、人相も判じなさるのかえ」

提灯の火が遠ざかってゆく。下諏訪宿を立つと中山道はしばらくの間、山あいの坂道となり、やがて西餅屋と呼ばれる峠の茶屋を経て、一気に和田峠の登りへとかかる。そして、その先の山道は曲がることがない。棒を立てたような道をまっすぐに攀《よ》じ登り、また転げ落つるように下る。山があまりに険しく、なおかつ長丁場であるがために、道の付けようがほかにないのである。

身軽な旅人でもしばしばへこたれる直登の山道を、吹雪に巻かれながら大荷物を背負った行列が、無事に越えられようはずはなかった。

「お忘れ物はござらぬかァ」

行列の去った旅籠を、供頭添役の若侍がそう呼ばわりながら訪ね歩いていた。

「忘れ物なら、わしらじゃの」

「へいへい、さようで。それにしてもまあ、何の因果かとんだことになっちまった」

旅仕度を調えて梯子段を下りてゆくと、宿の主人も女中も、まさかと仰天した。

「やめよと言われましてものう。旅は道連れということもございますゆえ」

「そう言うより、毒くらわば皿まで、ってわけで」

道中笠《めどき》と髪結は、やけくその宿代を過分に投げて、いよいよ吹きつのる雪嵐の中を歩み出した。


まさしく鬼の栖じゃ――。

麓の茶屋までどうにかたどり着き、空澄《くうちょう》和尚は息を入れた。

饅頭笠に積もった雪を振り落とし、明け初《そ》めた空を見上げる。大杉を撓《たわ》ませて、啾々《しゅうしゅう》と鬼が哭《な》き続けていた。早う夜が明けぬかと念じつつ、膝まで埋もれる雪を漕いでここまで登ってきたのだが、明くれば明けたでその景色はものすごい。

杉の植林もこのあたりまで、茶屋から先は楢《なら》や櫟《くぬぎ》や雑木の森に変わる。勾配が急になりすぎて切り出しもできぬからであろうか。雪の下には一面に熊笹が茂っているはずである。

中山道はその急斜面を貫いて、まっすぐに延びていた。ほかの峠のように、曲がりながら登るのではない。攀じ登ろうが滑り下りようが、ともかくまっすぐに歩まねば日昏れに間に合わぬからである。

一雨降ればその道は、たちまち滝のように水走る沢に変わる。よってこのような吹雪どころか、旅人は雨が降っても下諏訪宿か和田宿に足止めとなる。

雪の切れ間に峠の頂が見えた。ほんの一瞬であったが、それは遥かなる天の究《きわ》みであった。まっすぐな道がその天頂に向かって延びていた。もはや人の世の道とは言えぬ。往生する魂のたどる、一筋の白き道である。

さすがに歯の根が合わぬほど、和尚の体は震え始めた。寒さも寒いが、この景色は怖ろしい。しかしここまで来て、引き戻ることはできまい。昨夜は供頭と差し向かいで桜鍋を食いながら、たとえ槍が降っても明日は和田峠を越えようと、固く誓い合うたのだった。

槍のほうがまだましじゃ、と和尚は身震いしながら思うた。

湯に浸り馬を食い、酒をしこたま飲んで気勢を上ぐれば、誰だって矢でも鉄砲でも持ってこいという気分にはなる。だにしても、誓い合うたのは早計であった。

とりあえずのところは、ここいらで早々にくたばるのもみっともないと考え、茶屋に入ることにした。力餅でも食えば、昨夜の闘志が甦るやもしれぬ。

ところが、雪の中を泳ぐようにして歩み寄った茶店には、厳重に荒縄が張り巡らされていた。当たり前の話ではあるが、本日は大荒れと読んだ爺婆は、きのうのうちにさっさと里に下りたのであった。

「やめ」

和尚はアッサリと独りごちた。

参勤道中は江戸見参の行軍。古式に則った設い《しつらい》。蒔坂左京大夫と田名部《たなぶ》百人衆の武威を世々に知らしめん――それはそれでたしかに見上げた心がけではあるけれど、吹雪の和田峠でひとり残らず凍え死んだのでは、身も蓋もあるまい。

茶屋の軒先で膝を抱え、和尚はしばらくの間、あれこれと思い悩んだ。いかなる事情があれ、男と男の誓いをみずからが破るのである。言を翻して下諏訪に戻れなどと、今さらどの口が言う。ならばいっそ、この道に座禅を組んで往生し、その死にざまにかえて御行列を引き戻させるが、正しき先達の姿であろう。

まこと妙案である。和尚はおもむろに立ち上がり、街道のただなかにどっかと腰を据えた。行く手を仰ぎ見るのではなく、来し方を見下ろして死するのである。

「一生不離叢林《いっしょうふりそうりん》、只管打坐《しかんたざ》」

生涯修行の場を離れず、ひたすら座り続ける。権威とも利欲ともいっさいかかわりなく、悟りを求めて座禅に打ちこむ。経文も学問も要らぬ。ただ菩提樹の下に黙して座り続けたお釈迦様に倣《なろ》うて、世事煩悩を去り、おのれの心を滅する。

「一生不離叢林、只管打坐」

尊敬してやまぬ道元禅師の訓えを、和尚は呟き続けた。

やがて山道を登ってくる御行列は、行く手を遮るように雪仏となり果てたおのれの姿を見て、下諏訪宿へと引き返すにちがいない。

妙案じゃ、と和尚は死にながら得心した。これで供頭との誓約も破ったことにはなるまい。御家も保たれ、きっとおのれは不惜身命の名僧として、永く語り継がれるであろう。

「一生不離叢林、只管打坐」

それにしても、じきに死ぬるというになかなか煩悩が去らぬのは、どうしたことであろうか。同じくたばるにしても、せめて嫁が欲しかった。後世いかに名僧と称えられ、寄進だの賽銭だのが山と集まったところで、父祖代々のわが血脈は絶えているのである。いい目を見るのは、永平寺あたりからやってくる見知らぬ坊主かと思えば、やはり納得はできぬ。

利欲を去れ。功名を捨てよ。そう念ずるそばから、貧乏寺を何とか繋いできた苦労が次々と思い起こされて、和尚は死ぬどころかくやしゅうてたまらなくなった。

やはり名前負けか。いくら何でも、空海の「空」と最澄の「澄」を併せて、「空澄」はあるまい。しかも名にし負うのであればともかく、永平寺における修行のころから座禅を組めばたちまち眠くなり、経文はまるで覚えられず、取柄といえば並はずれた体格と腕っぷしの強さだけであった。僧兵の活躍した昔でもあるまいに、そんなものは糞の役にも立たぬ。

しかも都合の悪いことに、この期に及んでその体力が物を言うている。死のうとしてなかなか死ねず、寒さばかりがつのるのである。

ここはとりあえず、経文を唱えて心を鎮めようと考え、空澄和尚は唇を震わせて般若心経を誦《ず》し始めた。

「観自在菩薩《かんじざいぼさつ》、行深般若波羅蜜多時《ぎょうじんはんにゃはらみたじ》、照見五蘊皆空《しょうけんごうんかいくう》――」

ところが、「色即是空《しきそくぜくう》、空即是色《くうそくぜしき》」まで唱えたあたりで、次の文句が出なくなった。さてはいよいよ脳味噌が凍り始めたかと思うたが、実は忘れてしもうただけだと知って、和尚は愕然とした。

かくなるうえは只管打坐。ひたすら座すのみ。

吹きすさぶ雪はすでに半身を埋めているが、いっこうに死ぬ気配はなかった。日ごろは座禅を組むとたちまち眠たくなるというのに。

何やら騒がしい声が聞こえてきた。空耳かと思うたが、そうではないらしい。風雪を縫うて、「エイ、エイ、オー」という勝鬨の声が、たしかに近付いてくる。

和尚は死にながら瞠目した。雪を蹴散らして御行列が登ってきた。しかもその劈頭《へきとう》を歩むは、芦毛の老馬に打ち跨ったいにしえの武将である。

こは何ごとぞ。戦国の武者が坊主のあっぱれな覚悟を寿《ことほ》ぎ、極楽浄土より迎えに参って下さったか。

街道の雪に埋もれる和尚の前で、武将は駒をとどめた。

「浄願禅寺の御坊ではないか。このようなところで何をしておる」

陣笠の下のお顔には見覚えがある。戦国の武者ではない。まぎれもなく、御当代の蒔坂左京大夫様であった。

和尚は雪を掻いてひれ伏した。

「御殿様に申し上げまする。和田峠は越えられませぬ。下諏訪までお引き返し下されませ」

お顔を見てはならぬ高貴なお方であると知ってはいたが、和尚はにじり寄って鐙《あぶみ》にとりすがり、馬上を見上げた。

「それがし、父祖代々の恩顧に報いんは今しかないと思い定め、ひそかに御行列の先達を務めおりまする。もし万々が一、御身に災いあらば、御公辺も何かと物入りの昨今、蒔坂の御家はたちまちお取り潰しと相成りましょう。お控え下されませ」

経文は忘れたが、真心を訴えることはできた。やはり悟りなどはほど遠い。おのれは世事に忠実であらんとし、御行列を諫めんがために待っていたのだと和尚は知った。

御殿様は供頭を召した。誓いをかわした小野寺一路が、粉雪を漕いで馬前に走り寄った。

「御坊はかく申すが、供頭はいかように思うか」

にべもない答えが返ってきた。

「御殿様におかせられましては、ご覚悟を召されませ。参勤道中は行軍にござりますれば、参陣の中途にて死するも討死に同じ、これにて引き返すは敵に背を向けることとなり申しまする」

とたんに御殿様は、馬上に鞭を揮うて和尚の肩を打擲《ちょうちゃく》なされた。

「身心脱落《しんじんだつらく》なるべし。先達が行列をとどむるは、参禅中に居眠りをするも同然である。引き続き先達を務めよ」

和尚は只管打坐の訓えを悟った。ひたすら座すのではなく、ひたすら勤むるのが仏の道であった。

「御意を承りました」

空澄和尚は袈裟を翻して歩み出した。まず捨つるべきは、生き死にの惑いであった。そう思いついたとたん凍えた唇から、忘れていた般若心経が淀みなく溢れ出た。

「羯諦《ぎゃてい》羯諦《ぎゃてい》波羅《はら》羯諦《ぎゃてい》、波羅《はら》僧《そう》羯諦《ぎゃてい》、菩提《ぼじ》薩婆訶《そわか》」

歩みながら雪の切れ間に和田峠の遥かな頂を望み、空澄和尚は声を限りに吠えた。

四

「峠はまだ越えぬか」

「峠どころか前の者の背中もよう見えぬわ」

矢島兵助《ひょうすけ》と中村仙蔵は、たがいの腰を荒縄で結び合って進んだ。歩くでも登るでもなく、ひたすら雪の中を泳ぐがごとくであった。たとえば深い水の底から、わずかな光をめざしてもがき上がろうとしているとでもいえば中《あた》っている。

「けっして荷は捨つるなよ、仙蔵」

「おお。二度と捨ててなるものか。いざとなればこの挟箱を抱いて死んでやるわい」

与川崩れの難所で御殿様の下知により捨てた荷を、福島関の役人が奈良井宿まで届けてくれた。有難い話ではあるが、田名部《たなぶ》の侍たちにとっては屈辱でもあった。その有難さと屈辱とを肝に銘じればこそ、ここでは誰も荷を捨てようとはしなかった。

多くの助郷《すけごう》がいた分だけ、与川崩れや鳥居峠のほうがまだしもましであった。この猛り狂う吹雪の中を、一同が手分けして担っているのである。

仙蔵は挟箱を肩に担ぎ、兵助も重い葛籠《つづら》を背にくくりつけていた。空身《からみ》の者などひとりもいなかった。

「天罰が下るような悪事を働いた覚えはないぞ」

「もっともじゃ。こんなことなら、下諏訪で飯盛女のひとりも買うておけばよかった」

「腰が抜けてとうにくたばっておるわい。こうして歩いておられるのも、酒と馬肉で養生したおかげじゃ」

「のう、仙蔵。もうしゃべるのはよさぬか。今にもくたばりそうじゃ」

しゃべっているというより、何かしら声を出していなければたちまち倒れてしまいそうな気がするのである。

「少々息を入れよう」

「よし。座りこんではならぬぞ」

二人はころあいの大木の幹に背を預けて、しばらく息を継いだ。

行列はすでに順序を乱している。等しく大荷物を担いだ侍や小者たちが、それぞれ相方と腰縄で結び合うて二人を追い抜いて行った。

兵助は雪の渦巻く行手を見上げた。いくたびも通いなれた中山道ではあるが、これほどまで荒れた和田峠越えはかつて知らぬ。人々はけっして曲がらぬ一筋の道を、転《まろ》びつつ滑り落ちつつ蟻のように攀《よ》じ登っていた。

このままでは死人が出る。いや、すでに何人もが落伍して、雪の中に置き去られているのではあるまいか。

「大変なことになったのう」

兵助は力なく呟いた。息を入れたせいで、口をきくのも億劫になってしまった。もしやおのれもここで脱落するのではないかという弱気が頭をよぎると、いっそ雪の上に倒れ伏したくなった。

ふいに腰縄が張った。大木の幹にからからと刀の鞘を引いて、仙蔵の体が頽《くずお》れたのである。兵助はあわてて腕を摑んだ。

「しっかりせい。道中にある限りおまえひとりの命ではないぞ。がんばれ」

仙蔵は気を取り直して雪を食ろうた。信じ難いことに、子供の時分から弱音を吐いたためしもない気丈な仙蔵が、雪を食らいながら泣き出したのである。

「のう、兵助。十俵三人扶持の足軽でも、侍なればおのれの命を勝手に捨ててはならぬのか」

宥《なだ》めるより先に怒りが胸に溢れて、兵助は相方の頬を殴りつけた。

「当たり前だ。武士の命に十俵も千石もあるまい。足軽ゆえにのたれ死んでもよいなどという理屈がどこにある。死んでいる暇などあるものか、行くぞ」

兵助は仙蔵の体を引き立てて歩み出した。さほど登らぬうちに、いくつもの雪達磨と出会った。木の幹にもたれたまま、あるいは雪中に膝を屈したまま生きているか死んでいるかもわからぬ、二人一番《ひとつがい》の人形《ひとがた》であった。

空は鬼の声で唸り続けていた。道というより壁のような急勾配を、雪煙を立てて滑り落つる者もあった。鬼の力の前に、人間はかくも抗うことができぬのか。

「おまえは誰じゃ、しっかりせんか」

目の前の岩蔭に倒れ伏した侍を、兵助は扶《たす》け起こした。顔の雪を払うてみれば、供頭添役の栗山真吾である。

「ああ、兵助さん。私はもういけません。どうぞお先に」

「何を言う。おまえがここでへこたれたら、参勤道中はしまいじゃぞ」

真吾の体を揺すり立てながら、兵助は突風から顔をそむけ、一瞬ののち開かれた視野を疑った。歩き出す者がない。人も駄馬も、ついにみながみな雪達磨となって立ちすくんでいた。

これでは悪だくみも糞もあったものではない。田名部七千五百石は死に絶える。

兵助はまぼろしを見た。おそらくは十数代前の祖が、関ヶ原の戦場に見た光景にちがいない。立ち騒ぐ森は夥しい敵の昇旗であり、吹雪はもうもうたる土煙であり、轟く風の音はわれらを追いつめた勝鬨の声であった。

しかし、それでも父祖は負けなかったのだと兵助は思った。その攻囲を破って生き抜いたからこそ、別格の旗本として二百幾十年ののちに残ったのではないか。御家を滅ぼしてはならぬ。

兵助は叫んだ。

「矢島兵助、田名部衆のみなみなさまに物申す。血も流さずに死ぬるは恥ぞ」

立って歩めと言うたわけではなかった。兵助は柄袋をむしり取り、脇差を抜いた。凍え死ぬ前におのおのが腹をかっさばいて斃《たお》れれば、あるいはあっぱれ士道の誉とされて御家が保たれるのではないかと考えたのである。おのれが手本になれば、力尽きた者は後に続いて腹を切るにちがいなかった。

「お先に参る。ご免」

脇差を逆手に振りかざしたそのとき、まるで力をとどめるように彼方の頭上から、御供頭とおぼしき声が聞こえた。

「おのおのがたへェー、御殿様はただいま――」

お腹を召されたか。いや、ちがう。供頭は息を継いでから、晴れがましい声で続けた。

「和田峠にお立ちあそばされましたー、おのおのがたに先駆けての、一番乗りにござりまするゥー、いざ、お励みなされよォー！」

供頭の姿は見当たらぬ。しかし人々は振り仰いだ吹雪の合間に、芦毛馬に跨って朱色の采配を打ち振る御殿様のお姿を、遥けくもたしかに見た。

脇差を鞘に収めると、矢島兵助は凍った顔を被って泣いた。御殿様は劈頭を駆けておられたのだ。戦国の武将そのままに。常に旗本八万の劈頭にあった、蒔坂《まいさか》左京大夫《さきょうのだいぶ》そのままに。

小野寺一路がたどり着いた和田峠の頂は、雪も風も嘘のように已《や》んで、雲の切れ間からは薄陽さえ射していた。

煌めく雪の褥《しとね》の上に、力尽きた老馬が横たわっており、そのかたわらに御殿様が両膝をおつきになって、雪と汗とが凍りついた鬣《たてがみ》を撫でておられた。

「白雪。死ぬるな。死んではならぬ」

老馬は答えるように、鼻孔を膨らませて息を吐いた。しかし大きく瞠《みひら》かれた瞳は行く雲を映すばかりで、瞬《またた》きすらしなかった。

「余は昔の武将のように、おまえを背負うて歩けはせぬぞ。のう白雪、立ち上がってくれ」

氷の扇となった動かざる睫《まつげ》を、御殿様は指先に挟んで温《ぬく》めた。物言えぬ馬は白い呼気で、「もったいのうございまする」と答えているように見えた。

頂には空澄《くうちょう》和尚と佐久間勘十郎と、双子の槍持奴《やっこ》が控えていた。しかし御殿様を背にした老馬は、それらにも先んじて歩み、峠に立ったのであった。あろうことか下諏訪に捨てようとした老馬が、降り積む雪を踏み分けて一行の道を拓いたのである。

白雪の呼気は見る間に弱まっていった。御殿様はおろおろとその首筋をお撫でになり、まるでわが子を愛しむように頰を寄せられた。

もはや手の施しようもないのは瞭《あきら》かなのだが、まさかそうとは言えず、一路は雪の上をにじり寄りながら言葉を探した。

「御殿様に申し上げます。御手馬をお潰しになるほどのご敢闘、おみごとにござりました。どうかご愁傷なされませぬよう」

御殿様は白雪の首を抱いたまま、静かなお声で応じられた。

「黙れ。先駆けしたるは余ではなく、この白雪じゃ。余は敢闘などいたしてはおらぬ。何ひとつ命じてもおらぬ。ただこの背にしがみついておっただけじゃ」

思い起こせば田名部陣屋を出立して以来、御殿様が白雪にお乗りになったためしはなかった。御替馬のブチをいたくお気に召されたからである。吹雪の和田峠越えに臨んで初めて白雪を召されたのは、やはりいくたびも中山道を往還して道を知る、この老馬に信倚《しんい》なされたからであろう。若くたくましいが和田峠を知らぬブチを、御殿様はあえて召されなかったのである。そして老馬は、御殿様の信頼に応えた。雪を掻き分けて人の道をつけ、峠の頂をきわめてから力尽きた。

御殿様の背ごしに、空澄和尚が合掌しながら言うた。

「たいしたものよ。倒るる折にも御殿様を落とさなんだ。前脚をこごめて主を降ろしたとたん、どうと崩れおった」

行列がひとりまたひとりと、頂に這い上がってきた。誰しもまず思いがけぬ陽の光を見上げて生き返ったようにほほえみ、それから愁嘆場に気付いて膝を屈した。いったい何が起こったのか、おのれの命をつないだものが何であったのかは、誰にもひとめでわかった。

白雪の呼気はいよいよ間遠になり、ときおり思い出したような深い息をついた。

ようやく末期《まつご》を悟った御殿様は、手ずから鞍をおはずしになった。一路が見かねて黒繻子《くろしゅす》を縒《よ》り上げた御馬飾りを解《ほど》こうとすると、「それはよい」と仰せになった。

お下知により、蒔坂家の昇旗が届けられた。白の羅紗地に黒の割菱紋を織りこんだ古い軍旗であった。死にゆく白雪の体に旗が被せられた。

「左京大夫が本陣の昇旗ぞ。これを掲げて征《ゆ》け。大儀であった」

そう仰せになると御殿様は、朱の犛牛《ぼうぎゅう》の采配を天に向こうてサッとお揮いになり、峠の降り口におみ足を進められた。二度と振り返ろうとはなさらなかった。

かわりに、いつの間にたどり着いたのであろうか、ブチが誰にいざなわれるでもなく歩み寄って、白雪の顔に鼻を寄せた。

（おお、どうにか間に合うたの。御殿様をお乗せするかわりに、たくさんの荷を背負わされておったゆえ、かえってすまぬことをしたかと気に病んでいた）

（どうして。どうしてよ、白雪さん。ここはあたしに任せてって、あれほど言ったのに）

（わしがしゃしゃり出たのではないよ。御殿様がわしをお召しになったのじゃ）

（ちがう、ちがう。あなたは御殿様の前で気合を見せたじゃないの）

（すまなんだの。じゃがの、ブチ。これまでの難所ならばともかく、深雪《みゆき》の峠の先駆けはおまえには無理じゃ）

（あなただって無理だったじゃないの）

（いや、それはちがうぞ。こうして死するゆえ無理であったと申すか。そうではあるまい。無理かどうかは生くるか死するかではのうて、お務めを果たせるか否かであろうよ。死んでお務めを果たしたのであれば、無理ではなかったのじゃ）

（あたし、これからどうすればいいの。道中はまだ続くし、お江戸なんて見たためしもない。あのね、白雪さん。あたしね、馬喰《ばくろう》が売り損ねた馬なのよ。そんなあたしが、あなたなしでやって

行けると思う？　これまでだって、あれこれ教えてくれたじゃないの）

（馬に生まれ育ちなどあるものか。わしはおまえに初めて会うたとき、加賀宰相殿の御手馬かと思うた。それくらい器量よしで、力も強い。おのれの出自など金輪際、口に出してはならぬ。さすればおまえは、誰がどう見ても百万石の御手馬じゃ。よいな、ブチ。けっして振り返らず、前を見て歩め。おのれを信じよ）

（あたし、そんな馬じゃない。そんなたいそうな馬じゃない）

（たいそうな馬かどうかは、御殿様がよう知っておられる。あのお方はの、人の善し悪しはよう見分けられぬが、相馬眼《そうまがん》はたしかじゃ。のう、ブチやい。この峠を越ゆれば、あとは碓氷《うすい》の峠があるくらいで、それもさほどの難所ではない。左京大夫様をよろしゅう頼むぞ。忠義の限りを尽くして、お務めを果たせ）

（行かないで。あたしをひとりにしないで）

（無理を申すな。わしはおのれを使い果たした。残念は何ひとつない）

（行かないで……）

（くれぐれも、御殿様を……）

（行かないで！）

（おまえも、おのれを使い果たせ。よいな……）

峠の東は丈余の雪も緩むほどに霽《は》れていた。急坂を滑りつつ下れば、じきに東の茶屋である。

一行はその東餅屋で名物の力餅を食い、陣容を立て直した。

いったい何人が落伍したであろうと、一路は茶屋の前に立って、たどり着く頭数を算《かぞ》えた。しかし案外なことに、ずいぶんと遅れを取った者はあったが八十人のすべてが揃うた。欠けたるは一頭の御手馬だけである。

驚いたことには、殿《しんがり》に朧庵《ろうあん》と髪結の新三《しんざ》と、下諏訪宿の役人が何人か下りてきた。二頭の屈強な駄馬には、行列がやむなく捨てたか落としたかした荷が、残らずくくりつけられていた。

茶屋に到着するなり、大賀伝八郎《おおがでんぱちろう》は一路に囁いた。

「さすがは名にし負う田名部衆じゃ。荷を捨てた者の詮議は一切なされますな。領分外のことゆえ、みどもらはこの足で下諏訪に戻るが、左京大夫様にはご内密に」

茶屋の蔭に荷をこっそりと下ろすと、伝八郎と下役人たちはまるで悪事でも働いたかのように引き返して行った。

一路は木の間がくれに消えてゆく背に向こうて、深々と頭《こうべ》を垂れた。「領分外」という言葉が胸に応えた。「領地の外」という意味であろうか、あるいは「宿場役人の節介」を指したのであろうか。しかしいずれにせよ、おのれの領分を一所懸命に守るを本分とする武士が、あえてそれをなすは並大抵の話ではあるまい。

「越えましたなあ」

雲の渡る峠の頂を見上げながら、朧庵が言うた。

「しかるに小野寺様、まだ油断なされてはなりませぬぞ。たしかに和田峠は高さも険しさも、中山道どころか五街道中の随一ではござりまするが、難所と申すは山や谷や雨風ばかりではござりませぬ」

一路は肯《うなず》いた。おそらく朧庵は、御家転覆の企てを暗に示唆しているのであろう。ことがことであるだけに、受け答えは難しかった。

「げに怖ろしきは人間じゃ」

朧庵の目を思わせぶりに見据えて、一路は言うた。

「さようにござりまする。しかし小野寺様、戦ならばともかく、太平の世に敵味方はなかなかにわかりづらいものでござりまするぞ」

気がかりはそれである。妻籠《つまご》宿で悪だくみを知って以来、いったい誰が将監《しょうげん》の一味であるのかわからず、一路は疑心暗鬼になっていた。

茶屋の外は峠越えにくたびれ果てた八十の供揃いで溢れ返っている。一路は雲行きを眺めるふうをしてさりげなく訊ねた。

「あらかたは晴れと見たが、雲がいくつ、どこにあるのかがわからぬのう」

朧庵も空を見上げ、指を延べて雲を算えるふりをした。

「たしかにあらかたは晴れと思われまするが、ひとつふたつの雲では何ごとも起きますまい。そうですなあ、ひの、ふの、みの、よ。いや、五つ六つの雲はござりますゆえ、このさきの空模様にはお気をつけなされませ」

「さようか。旅慣れたおぬしに、いちど空模様の読み方を伝授していただきたいものだ」

今晩にも旅籠を訪ねたい、と言うたつもりであったが、朧庵はあたりを見渡してかぶりを振った。

「めっそうもございませぬ。御供頭様の御役目は、お体がいくつあっても足りますまい」

一挙一動を見張られているぞ、と朧庵は言うているのだろう。

「雲の名をご存じかの」

「いや、姿かたちはわかりますが」

道中のどこかで、悪だくみの算段でも目にしたのであろうか。だにしても、侍の名まではわかるはずもあるまい。

「それでは、ご無礼いたします」

朧庵はいかにも他人行儀のお辞儀をして去って行った。

悪事に加担する一味はせいぜい五人か六人、しかし誰々であるかはわからぬ。あたりを見回せば、みながみな一路の挙動を窺うているような気がした。行くもとどまるも差配は供頭の声ひとつなのであるから、注目されていて当然なのだが。

茶屋から側用人が現れた。もとは将監の郎党であったというから、これは一味にちがいあるまい。

「小野寺、ぼちぼち参るぞ。下知をいたせ」

御殿様の御意であろう。伊東喜惣次《きそうじ》はそう言うと、御駕籠廻りに向こうて手を挙げた。伊東は道中ほとんど、一路と言葉をかわさず顔もまともに見ようとはしない。

一路は伊東の周辺にさりげなく目を配った。ずっと気にかけてはいるのだが、将監や伊東にとりわけ親しくしている者は見当たらなかった。やはり悪党どもも、警戒を怠っていないのであろう。

道中のどこかしらで、取り返しようのないまちがいを起こさせる。いやあるいは、手っ取り早く御殿様のお命を狙う。いずれにせよ人数は要さぬはずであった。

敵は誰々じゃ。せいぜい五人か六人というても、悪だくみには十分な数のように思えてきた。

これまでの六夜七日に何ごとも起きなかったことのほうが、むしろ奇特に思えてきた。おそらく木曽路と和田峠の難所続きでは、かえって企みも難しかったのではあるまいか。だとすると、この先しばらくの緩い道中が、むしろ殆《あや》ういのやもしれぬ。

敵は誰々じゃ。何をどう仕掛けるにせよ、将監や伊東が直《じか》に手を染めるわけではあるまい。きゃつらの操る手先を見つけ出さねば。

伊東が少し離れた雪だまりで、誰かと連れ小便をしている。これは怪しい。郎党から成り上がったせいで親しい友もおらず、しかも人一倍に気位高くふるもうている伊東が、連れ小便をする相手は悪だくみの一味に決まっている。

一文字笠に長羽織、裁着袴《たっつけばかま》はいずれも同じ徒侍《かち》の旅装束で、後ろ姿からは誰であるかわからぬ。

一路は二人を注視しながら、出立を報せる声を上げた。

「おのおのがたへェー、これより和田宿に向け出立いたしまするゥー、きりきり立ちませいー」

ひとしきり身ぶるいをして、用を足しおえた侍が振り返った。これは意外、医師の辻井良軒《つじいりょうけん》である。意外も意外だが、御殿様のお体を預る医師が敵とあらば事は重大であった。

一路のただならぬ視線に気付いたのであろう、伊東は茶屋に戻りかけて言わずもがなの言いわけをした。

「御殿様はお腹を冷やされたご様子での。良軒に診立てさせる」

まさかこの茶屋で一服盛るはずもなかろうが、一路はきつい声で言い返した。

「すでに出立の下知をいたしました。ご拝診は和田宿にてお願いいたします」

伊東は訝しげに一路を見返し、少し考えるふうをしてから、「それもそうじゃの」と言うた。

峠越えに手間取ったせいで、時刻はすでに午下がりである。これから長い下りを経て麓の施《せ》行所《ぎょうしょ》で一休みし、和田宿へと至る。幸い雪は上がったが、峠下りに御駕籠を使うことはできなかった。

行列は隊容を斉《ととの》え、御殿様を待つばかりである。一路は供揃えの後尾に付いた医師に歩み寄った。

辻井良軒。毎朝のお目覚《めざ》のあと必ずていねいな拝診をし、ご就寝の前にもご機嫌伺いにやってくる。言葉はほとんどかわしたことがないが、誠実な御側医師と思うていた。

「良軒殿。御殿様のお腹具合が悪いと聞いたが」

は、と良軒はとまどうふうをした。いよいよ怪しい。しかし、大坂の適塾《てきじゅく》にて蘭方医術を修めたという良軒は、さすがにおつむがよう回った。

「ああ、わたくしも今しがた御側用人様からそう伺うたのですが、まあ、冷え腹でございましょう。今朝方の拝診では何の障りも見受けられませぬゆえ」

齢は二十七、八。田名部の御陣屋には老練の漢方医もいるが、道中の難行に備えて若い良軒にお供を命じた。聞くところによれば、蘭方にご興味を持たれる御殿様の御意を享けて、この夏に召し抱えられたばかりであるという。考えてみれば、腕はたしかであろうと御家に忠義を尽くすとは限らない。しかも、誰がどのような伝《つて》で招いた者かもわからぬのである。

「ご拝診は和田宿に着いてからになされよ。なお、拙者も心配ゆえ、その折は必ず同席させていただきたい。よろしいか」

一路は釘を刺した。

「かしこまりました。必ず」

白皙《はくせき》のおもざしに動揺は見当たらなかった。いかにも西洋医術を修めた秀才の表情である。学問を積んだ者はおしなべて、このように人の情を感じさせぬ冷徹な顔になる。

「おーなーりィー」

小姓の甲高い声が通って、行列は一斉に片膝をついた。御殿様のお出ましである。一路は茶屋の入口に駆け寄って控えた。

「一同に変わりないか」

「はい。難行ではございましたが、ひとりの落ちこぼれもなく、荷も揃うておりまする」

「祝着じゃ」

足袋と草鞋《わらじ》をお替えになった御殿様のお足元の、いつに変わらぬ力強さを確かめた。

「お腹具合はいかがでござりましょうや」

「祝着である」

痩せ我慢か、と思うそばから、御殿様はご満悦で仰せになった。

「余はこの茶屋の力餅が好物じゃによって、弁当のほかに三皿も食ろうてしもうた。腹ごなしに下り道は歩こうぞ」

これで伊東の嘘は瞭かとなった。良軒との連れ小便も悪だくみにちがいあるまい。


「御殿様、危のうござりまする」

「お鎮《しず》まり下され、もそっとゆるりと」

「ああっ、誰かお止めせよ」

「おーとーのーさーまー！」

あわてふためく御小姓どもの叫びに耳も貸さず、御殿様は下りの急坂を駆けおりた。

雪は次第に浅くなってきたが、そのぶん滑るのはかえってたちが悪い。こけつ転びつ、しまいには小雪崩《こなだれ》とともにざあと滑り落ちて、御殿様は先を急いだ。

ついには御小姓の声も杉林の果てに消え、姿も見えなくなった。

いっけんして膂力《りょりょく》に欠くるが、その実たいそう運動が得意であらせられる。とりわけ駆足の疾《はや》さというたら、たぶん御殿様をお辞めになっても明日から飛脚で食えるかと思えるほどであった。おしきせの武術のほかには誰に物を教えられたわけでもなく、厳しい鍛錬など生まれてこのかたなさったわけもないのだから、まさに天分というほかはない。

馬術がお上手と思われているのは、つまりその能力の片鱗が馬上で顕れているに過ぎぬ。つまり、そうした天分をお持ちの御殿様がちょいとその気になれば、ひよわな小姓どころか荒武者やたくましき禅僧すらも、あっという間に置き去りにできるのであった。

上り坂は力であるが、下り坂は技である。こうなるといよいよ御殿様の独走であった。お体の動きが俊敏なだけではなく、運動中の御目が確かであらせられるから、滑り落ちながらも樹木の幹からひょいひょいと身を躱《かわ》し、巌《いわお》を跳躍し、転ぶかと見えては宙返りを鮮かに決めて走り続ける。その疾走には森に巣くう鳥獣どもも、みな樹木の枝から、こは何者ぞと目を瞠るほどであった。

しかるに、行列を数町もちぎったあたりで、断崖を覗くがごとき急坂が出現し、さしもの御殿様も勢い余って空を飛んだあげく、雪だまりにずっぽりと御身を沈められた。空を飛びながらもお羽織の袖を操られて安全な着地点をお選びになったあたりは、まさに人間ばなれのした天与の才であった。そのさまを樹上から拝見していた猿は、まさか御殿様ではなく大きなムササビじゃと思うたほどである。

「くそッ!」

御殿様は雪にまみれてそう仰せになった。ただし、その文句は「なにくそ」の意ではなかった。かくも先をお急ぎになるわけは、ふいに便意を催されたからであった。

東餅屋の茶店で弁当を平らげたうえ、大好物の力餅を三人前も食ろうたのがいけなかった。むろん冷え腹などではない。まっすぐなご気性同様に、お腹も素直なのである。食が過ぎればたちまち糞となってひり出るというお体の癖を、ついつい忘れて出立してしもうたのであった。

御殿様の道中糞というは、たいそうな手間がかかる。武将は神秘でなければならぬから、ゆめゆめそこいらで糞などひってはならぬ。まず、しかるべき清浄な場所に三尺の穴を掘り、底に杉葉を敷き詰め、ご携帯の便器を長持から出して据える。さらには周辺に陣幕を張り繞《めぐ》らせて、四方に物見の侍を立てるのである。

こうした面倒な手順は、武将の威信を傷つけぬことのほかに、戦場における安易な脱糞を戒めるという意味もあった。糞は軍勢のありかを敵に悟らせてしまうからである。

よって、御殿様はそこいらで糞をひってはならぬ。このならわしはむごい。

下り坂のなかばで腹まで下った御殿様は、面倒なならわしに順《したご》うくらいなら天賦の才に物を言わせて、麓の施行所をめざしたほうが早いと思料なされたのであった。

和田宿から二里半の登り口に設けられたそれは、「永代人馬施行所」と称して、貴人の用便にも適する厠まで備えていた。

「くそッ！」

御殿様は雪だまりから立ち上がられた。かえすがえすも、かくなる理由により「なにくそ」の謂《いい》ではない。正しくは「くそがしたい」の略がこの御声になったのである。

常人ならば、ここで我を張らずに袴を脱ぐか、もしくは間に合わずに粗相をするところなのだが、そのいずれも許されぬのが武将のつらさであった。

御殿様は気合をこめて、ふたたび長い下り坂を駆け出した。気合をこむるというても、腹と尻は労《いたわ》ったまま、そのほかの筋肉に力をこめるというその按配は難しい。しかし道中においても、とりわけ江戸城の殿中においても、便意を辛抱することには慣れておられるのである。

疾い。疾い。御殿様は「くそっ、くそっ」と叫ばれながら一気呵成に麓をめざした。そして実に人為の奇特としか思われぬほどの須臾《しゅゆ》の間に、みごと施行所に駆けこまれたのであった。

囲炉裏端でのんびりと酒を酌んでいた役人どもの驚きようというたら、ただごとではなかった。なにしろひとめでそうとわかる御殿様が、何の先触れもなくたったひとりで躍りこんできたのである。

役人たちは盃を放り棄て、板敷から転げ落ちてひれ伏した。

しかし、ここで「くそ」などとお口になさらぬのは、武将のたしなみであった。

「蒔坂左京大夫、江戸見参《げざん》の道中である。厠を拝借いたす」

御殿様は落ち着き払った貴顕のお声で仰せになった。さすがである。ははあっと平伏した役人どもは、よもやこの貴人が切羽詰まっておられるとは思いもしなかった。

御殿様は泰然と、いかにも「ついで」のようなお顔を装って厠に向かわれた。

しかし引戸を手ずから開けられたとたん、愕然となされたのである。役人たちは御行列の到着までにはまだ間があると油断していたらしく、厠は凍りついた汚物にまみれていた。

神秘なる武将が、常人の糞に汚れた厠など使うてはならぬ。

御殿様は万感の思いをこめて、「くそッ」と仰せになった。

其の五　風雲佐久平

一

「明け行く月に敵の陣を見給えば、北は切通《きりどおし》しまで山高く、路嶮《みちけわ》しきに木戸を誘《かま》え、垣楯《かいだて》を掻いて数万《すまん》の兵《つわもの》陣《じん》を双《なら》べて並み居たり。南は稲村崎《いなむらがさき》にて沙頭《しゃとう》路狭《みちせば》きに、浪打ち涯《ぎわ》まで逆木《さかもぎ》を繁く引き懸けて、澳四五町《おきしごちょう》が程に大船《たいせん》どもを並べて、櫓《やぐら》を掻きて横矢に射させせんと構えたり――」

すばらしい。まるで目に見えるようじゃ。芝居《しばや》の舞台にどれほどの書割を設《しつら》えたところで、こんなふうに観客の耳目をからめ取ることはできぬ。

和田宿の本陣で早めに床入りし、今宵ばかりはくたびれ果てて寝物語など聞けまいと思いきや、小姓の読み上げる太平記に御殿様はたちまち心奪われてしまった。

お体はさながら海鼠《なまこ》のごとくへたばって、身じろぎもままならぬというに、頭ばかりがさえざえとして眠るどころではなくなった。

新田義貞の鎌倉攻めである。稲村ヶ崎に立てば、夜明けの残月が堅忍不抜の守りを照らし出していた。山は高く道は険しく、門には垣根を繞《めぐ》らすように楯が並んでおり、浜辺にも防御の逆木がぎっしりと設けられていた。

沖合には幕府方の軍船が幾艘も、櫓を立てた船腹を浜に向けて、岬から漕ぎ出さんとする攻め手を待ち構えている。引き絞る弓弦《ゆづる》の軋みが聞こえるようである。

当たり前の武将ならば百人が百人、諦めて兵を引くであろう。しかし、義貞は馬を下りて兜を脱ぎ、神に冀《こいねが》うのである。

「仰ぎ願わくは、内海外海の龍神八部、臣が忠義を鑑《かんが》みて潮《うしお》を万里の外《ほか》に退け、道を三軍の陣に開かしめ給え」

そして、やおらみずからの佩《は》く黄金作りの太刀を抜き、海中に投げた。

御殿様は感極まって、仰向いた眦《まなじり》から涙さえお流しになった。武将たるもの、弓馬刀槍の術に長《た》けておるのは当然だが、最も大切なるはかような真心であると思うた。

戦場にて馬から下り、兜を脱ぎ、のみならず太刀を捨つるはわが命を投げ出すことにほかならぬ。忠勇の精神はここに極まったのである。

すると――。

「前々更《さきざきさら》に干《ひ》る事も無かりける稲村崎、俄《にわ》かに二十余町干上がって平沙渺々《へいしゃびょうびょう》たり。横矢射《い》んと構えぬる数千《すせん》の兵船《ひょうせん》も、落ち行く潮に誘われて遥かの澳《おき》に漂えり――」

潮が引いた。龍神が義貞の真心を嘉《よみ》した。軍船はみな沖へと流され、敵は畏《おそ》れおののき、稲村ヶ崎の下には鎌倉へと続く砂の道が豁《ひら》かれた。

義貞は二万の精兵を顧《かえり》みて号令した。

「進めや兵《つわもの》ども！」

折しも曙光は海の端《は》に昇らんとし、軍勢が駆ける由比ヶ浜は蹄《ひづめ》の先から赫々《かっかく》たる朱色《あけいろ》に染まっていった。

御殿様の胸は轟いた。世が世であれば、おのれも新田義貞と同じく、兵を率いて戦場を駆ける武将なのである。ましてやわが蒔坂《まいさか》家も清和源氏の一流、どこかで義貞公と血脈が通じているやもしれぬと思えば、興奮いやまさって、いよいよ眠るどころではなくなった。

しかし、この海鼠のごとき体では明日の道中が覚束ぬ。どうにか気を鎮めて眠り、活力を取り戻さねば。

小姓どもが夜っぴて軍記物語を読み聞かせるというは、参勤道中の古式に則るらしい。わけのわからぬお定めではあるが、御酒を召し上がらぬ御殿様にとっては、むしろ好もしいひとときであった。ところが困ったことには、平家物語も太平記も存外に面白く、とりわけ有名な場面ともなると眠気など吹き飛んでしまうのである。

枕元の床の間には、家伝の鎧兜が櫃《ひつ》の上に鎮座している。その両側には東照神君拝領の二筋槍が立てられ、御紋康継の大小御腰物が刀架に置かれ、日ごろは見たためしもない弓矢や長物の武具までが並べられている。それらはけっして芝居の小道具ではなく、武将たるおのれの得物なのだと思えば、御殿様の興奮はいや増すのであった。

閉じた瞼の裏に、灯火の揺らぐ気配がした。読み手の小姓が交替したらしい。続きはどうか退屈であるように、と御殿様はひそかに希《ねが》った。

小姓はコホンとひとつ咳《しわぶ》くと、静かだが力のこもった声で言うた。御殿様が眠っていようが覚めていようがかまわぬのである。

「太平記、巻の十。鎌倉炎上の段、お読みいたしまする」

もうだめだ、と御殿様は思うた。これで明日は日がな一日、御駕籠の中で居眠りをせねばならなくなった。

ところが、小姓が読み始めようとしたそのとき、思わぬ助け舟がきたのである。御殿様がいつもより早めにご就寝なされたと知らぬ御側医師が、ご機嫌伺いにやってきた。

「良軒にござりまする。御殿様におかせられましては、ご体調などいかがにござりましょうや」

「苦しゅうない。入れ」

と、御殿様は御身を起こされた。小姓が肩からお羽織を着せた。

辻井《つじい》良軒《りょうけん》。大坂の適塾にて蘭方医術を修めたと聞いている。将監《しょうげん》の推輓で、今年の夏から召し抱える運びとなった。なるほどこうして見ると、いかにも白皙《はくせき》の秀才といった怜悧な顔をしている。

良軒は夜具のかたわらまで膝行し、御殿様の手首の脈を取った。お体にけっして手を触れようとしない漢方医とは、えらいちがいである。

「お腹の具合はいかがでござりましょうや」

「変わりない」

「はて、お腹をお下しのご様子と聞き及びましたが」

「なになに、あれは――」

糞をひりたかっただけじゃ、とあやうく言いそうになって、御殿様は言葉を改めた。

「冷え腹じゃ」

それにしても、あの施行所の肥溜のごとき厠で、よくぞ意を決して脱糞いたしたものじゃ、と御殿様は今さらみずからをお褒めになった。しかも、疾風迅雷の早業で用を足しおえたあとは、そ知らぬ顔で身仕度を斉《ととの》え、囲炉裏端で一行の到着を待ち受けるほどの余裕であった。よもや御殿様が便意のために独走なされたなど、誰も気付いてはおるまい。

ご自身の人知れぬ堪忍と決心とに得心なされた御殿様は、ふと、新田義貞公も糞は垂れ給うたのであろうかなどと、埒《らち》もないことを考えた。

「ときに、良軒。余はいささか寝付きが悪うなった。明日の道中にさし障るゆえ、眠り薬を所望いたす」

そう言うたとたん、いきなり入側《いりがわ》の障子が激しく開かれて、寝ずの番についていた供頭が大声で諌めた。

「なりませぬ。眠り薬など、滅相もござりませぬぞ」

御殿様をきつい口調でたしなめるなど、実にありえぬ話であった。医師も小姓もにじり退がって恐懼した。ましてや他人から面と向こうて叱られたためしなどない御殿様は、いったい何が起こったのやらもわからず、ただ呆然と小野寺一路の真顔を見つめるだけであった。

そのうち、御殿様の胸に未知の快感がせり上がってきた。叱られるというのは、何とここちよいことであろう。

子供の時分からあれこれと躾をされてはきたのだが、それらはみなたいそう遠回しな物言いであった。すなわち「ダメ」という文言は帝王学の禁忌なのである。ゆえに御殿様はご幼少の砌《みぎり》から、善悪の判断や、なすべきこと言うべきことについて、すべてご自身でお考えになるほかはなかった。

もし聞きちがいでなければ、供頭はいま「ダメ」と言うたのである。他人からきっぱりと指図されることが、これほどどらくちんであるとは思わなかった。

供頭は青ざめた顔で御殿様を睨みつけている。かようまともに目を合わせるのは、同格の大名旗本か妻子のほかはない。許すべからざる無礼にはちがいないが、内心はそれも快感であった。家来と同じ目の高さで向き合うというのは、まことらくちんである。

はて、いったい何がダメと言うたのであったか。叱られた快感がまさって、その理由などはどうでもよかったが、御殿様はもういっぺん「ダメ」を聞きたくてお声をかけた。

「余は良軒に脈を取らせておっただけじゃ。供頭はなにゆえ諫言をなすか」

医師も小姓も畏れ入ったままだが、供頭は少しも臆せずに、入側の敷居ぎわまでずいと膝を進めた。

「お答え申し上げまする。行軍の陣中において、眠れぬゆえ薬をご所望なさるなど、言語道断にございます」

何ともここちよい限りである。「言語道断」という物言いは、「ダメダメダメ」と三べんくらい「ダメ」を重ねたように聞こえた。こんな言葉を浴びせかけられたのは、むろん生まれて初めてであった。

ふむ。考えてみれば新田義貞公は、たぶん糞ぐらいはひったであろうが、よもや陣中において眠り薬はお嚥《の》みにならなかったであろう。

良軒がおもむろに白皙の面《おもて》を上げた。

「御前にてご無礼を申し上げまする。それがしが修めましたる蘭方医術によりますれば、疲れを除き活力を取り戻す方法は深き眠りのほかにござりませぬ。御供頭様が何と申されましょうと、御殿様のご健康はそれがしの領分にござりますれば、眠り薬をば献じ奉りまする」

御殿様はほの暗い灯火を挟んで対峙する二人の顔をしばらくご覧になってから、改めて「重ねて眠り薬を所望いたす」と仰せになった。

これにはさすがの供頭も異を唱えようとはしなかった。良軒が薬箱を開き、赤茶色のギヤマンの瓶を取り出した。まるで茶を点てるように隙のない典雅な所作で、良軒は四角い油紙の上に白い粉末を盛った。

「あいや、しばらく」

ふたたび供頭の声が割って入った。匙《さじ》を持つ良軒の手が止まった。

「御殿様の召し上がるものは、きっとお毒味をいたす定めにござる」

良軒が気色ばんだ顔を供頭に向けた。

「医師の施薬にござりまするぞ。食物ならともかく、薬の毒味など聞いたためしもござらぬ」

「いや。薬ならばなおさらでござる」

御側医師の体面を傷つけられた良軒の白い顔が、怒りにのぼせ上がってゆく。

「いかな御供頭様のお下知といえども、こればかりは承知いたしかねる。施薬と申すは患者の病状に合わせて医師が調合いたすものにござれば、健常なる者のお毒味など何の意味もござらぬ。それともそこもとは、拙者が畏れ多くも御殿様に一服盛るとでもお疑いか」

「そこまでは言うておらぬ。しかるに良軒殿はご当家の新参者なれば、いまだ十全の信用はいたしかねる」

「何を申される。拙者が新参者ならば、おぬしこそさらなる新参者ではござらぬか。そもそもおぬしが古式じゃなどと称してわけのわからぬことを強いるゆえ、御殿様は夜もおちおちお休みになれぬのじゃ。どなたも御供頭様の差配に遠慮なされて文句はつけぬが、しからばこの新参者の口から言わせていただく。おぬしは新参者のうえに不忠者じゃ。御殿様のご所望を斥《しりぞ》けるなど、呆れて物も言えぬわ」

御殿様は困惑なさった。眠り薬など欲しがらなければ、こうした言い争いも起きなかったのである。実に不徳のいたすところであったと、御殿様はひどく反省した。

しかし、それにしてもこの二人の口ぶりは尋常ではない。たがいに何か遺恨でもあるのだろうか。

「ご両人様に申し上げまする。御前にござりますれば諍《いさか》いごとはお控え下されませ」

小姓がおろおろとそう言うて頭を下げた。これはもっともな仲裁であった。両名の間に何があったかは知らぬが、主君の前でたがいを罵り合うなどもってのほかである。

ふと御殿様は、田名部《たなぶ》陣屋を出立する朝に同じような無礼のあったことを思い出した。後見役の蒔坂将監と勘定役の国分《こくぶ》七左衛門が、供頭の権限をめぐって言い争ったのである。

あの折のように、ここはきちんと物を言わねばなるまい。家来どもおのおのの遺恨など知ったことではないが、苟《いやしく》も主君であり武将であるこの身が黙してはならぬ。

「控えよ」

と、御殿様はお羽織の袖に腕を通し、背筋を伸ばして仰せになった。

「両名に申しつくる。余は三十九代蒔坂家当主、十四代左京大夫である。そも合戦とは馬上に名乗りを上げたる武将の一騎打ちにて、家来どもは将が付属《つけたり》にすぎぬ。その家来がたがいに、余をなきもののごとく言い争うは赦《ゆる》さぬ」

たしかあのときも同じような文言であったな、と思い返すそばから、供頭も医師も小姓も蛙《かわず》のようにちぢこまった。

「者どもに申しておく。武門の主たるもの、余分な口をきいてはならぬゆえ、一度しか言わぬ。よう聞け」

これもたしか同じ。しかし定《き》めゼリフはそういくつもないのだから仕方あるまい。

「余が股肱《ここう》と恃《たの》む家来には、古参も新参もありはせぬ。蒔坂家の禄を食《は》む者、これすべて忠臣である。余に施薬をせんとするも忠義、毒味をせんとするもまた忠義ならば、余はどちらの論も斥けるわけにはゆかぬ――」

二人は息を詰めて続くお言葉を待っている。御殿様は小姓の差し向けた白湯《さゆ》を啜って、しばらく沈思なされた。べつに苦慮しているわけではない。セリフはとうに定まっているのだが、この矯《た》めかげんが大切なのである。

ややあって、いかにも思いあぐねた末の結論のごとく御殿様は仰せになった。

「誰《たれ》かに毒味をさせれば、良軒が忠心を疑うことになる。しかるに毒味をさせずに薬を嚥めば、小野寺が忠心を斥けたことになろう。ゆえに、おのおのの忠心を嘉《よみ》するための手立てはひとつきりじゃ。余と小野寺が同時に良軒の調合した眠り薬を嚥めばよい。さすれば余は、鬩《せめ》ぎ合う忠義の心を、ふたつながら裏切らずにすむ」

供頭がギョッと顔をもたげた。当然の判定だと御殿様は思うのだが、どうやらこの律義な若侍は、よほど良軒を疑うているらしい。

この反応はいささか意外であったので、御殿様はとっさに次なるセリフを考えねばならなくなった。しかるに、熟慮よりも即興のほうがうまいセリフ回しを思いつくものである。

御殿様は小才の利く音羽屋になりきって、朗々と仰せになった。

「仮に、邪心ありて余が死するにしろ、忠心を疑うて生き延びるよりは上策であろう。よいか、小野寺。そちも供頭ならば、死するも生くるも余の供をせい」

決まった、と御殿様は得心なされた。ここが中山道中の本陣ではのうて、舞台の上であったのなら、大向こうから雨霰《あめあられ》と掛け声が飛ぶところである。

淡い灯火の下で、良軒が改めて二人分の眠り薬を調合し始めた。峠から吹き下ろす風が雨戸を軋ませた。静まり返った和田宿の辻を、夜回りの拍子木の音が過ぎてゆく。

供頭は疲れ果てているのであろう。亡き父に代わって務むる供頭の役目に執心するあまり、誰も彼も疑わしく思えるほどくたびれてしもうたにちがいない。

そう思うと、胸の中の舞台の灯も消えて、御殿様は心から呼びかけられた。

「小野寺」

「は、ははっ」

「今宵は眠り薬を嚥んで、ゆるりと休むがよい。警護など無用じゃ。家来の諍いを見るくらいなら、寝首を掻かれたほうがましというものじゃて」

眠り薬を盛った油紙が、それぞれの手元に届けられた。白湯を口に含む前に、御殿様は今いちど供頭に語りかけた。もし万々が一、これが毒薬であるのなら、ぜひにも言うておかねばならぬと思うたからであった。

「小野寺。そちの父御は不忠者であったぞ」

「申しわけござりませぬ」

「いや、屋敷を焼いたからではない。道中供頭ともあろう者が、余をこの世に残して死するは不忠ぞ」

武将たるもの、多くを語ってはならぬ。御殿様は投げ遣りとも聞こえるお言葉で声をとどめた。

小野寺弥九郎が大手前の役宅とともに焼死したと聞いたとき、御殿様は目の前が真暗になるほど落胆なされたのである。ほどなく参勤道中を控えていたからではない。快活で働き者で、まっすぐな気性の弥九郎を、御殿様はことのほか信愛なさっておられた。

隔年の参勤道中を楽しみにしておられたのは、その間だけ弥九郎が近くにあったからである。生まれついて孤独な宿命を担う御殿様は、入側に控える弥九郎をしばしば御寝間に呼び寄せ、わけのわからぬ礼節やしきたりについてご下問になった。そのつど弥九郎はまるで実の兄のごとくに親しく、疑問に答えてくれた。それらは亡き父や老臣どもに教えられたくさぐさよりも、遥かにわかりやすく、正しい知識となった。

道中供頭は御殿様にとって、かけがえのない人生の供頭だったのである。

この若き跡取りには、「不忠者」の意味がわかるまい。最も忠義なる者に先立たれた悲しみは、それくらい重かったのだと御殿様は仰せになったつもりであった。

「南蛮渡来の眠り薬にございますれば、効能は覿面《てきめん》にございまする」

良軒の口元が心なしか歪んでいるように見えた。

ゆめゆめ疑うてはなるまい。家臣ことごとくを信じてこその武将でござる、と弥九郎も言うていた。疑うは卑賤の心、信ずるは貴顕の心でござる、と。

御殿様は邪念を去って眠り薬を呷った。供頭もそれに倣《なら》った。

「では、ゆるりとお休み下されませ」

良軒が頭を下げたまま後ずさった。上段の間を隔てる襖が小姓の手で閉《た》てられた。

この和田宿から先は、おおむね平坦な佐久平の旅となる。難所といえば信濃と上州を隔てる碓《うす》氷《い》の峠を残すのみである。

さきごろ京から御輿入れになった御台所様も、ここまでくればほっと一息つかれたにちがいない。

御殿様はほの暗い御寝間を見渡した。この和田宿はあろうことか、御輿入れの直前に大火に見舞われ、本陣を始めあらかたの建物を焼失した。その焼跡にあわただしく宿場を再建したものだから、すべてが白木の社のごとく初々しい。この本陣の寝間に、御台所様もお休みになったのであろう。

御齢わずか十六歳でご降嫁なされた御方に較ぶれば、おのが身の不自由も孤独も物の数ではあるまい。少なくともおのれが支えておるのは天下ではなく、たかだか七千五百石の御家に過ぎぬ。

そこまで考えたとき、ふいに新木の香りが遠のき、天井がぐるりと回ったような気がした。ふと見れば、供頭はすでにバッタリと俯《うつぶ》して高らかな鼾をかいていた。

この無礼者と思う間もなく、御殿様は蒲団に沈みこんだ。

「太平記、巻の十。鎌倉炎上の段、お読みいたしまする」

待て、それは明日の晩に聞かせてくれ、という悲願もついに声にはならず、御殿様はたちまち深い闇の底に引きこまれていった。

御本陣長井家の辻から、街道を南に一町ばかり戻れば、脇本陣の翠《みどり》川《かわ》家がある。

夜空に転がしたような上弦の半月が、和田峠の頂に懸かっていた。脇本陣の小体な庭には雪が凍りついており、そのひといろの白の中に、屋号に因むものか松の翠が月あかりに映えてみずみずしい。

側用人伊東喜惣次《きそうじ》は居ても立ってもおられぬまま、脇本陣の玄関と街道の間を行きつ戻りつしていた。

わずか小半刻の間に、いったいいくたび門の潜り戸を行き来したであろう。下駄をつっかけた素足はすっかりかじかんで、もはや冷たさも覚えなくなっていた。

御発駕以来六夜の間、将監様は必ず御本陣に宿泊しておられたのだが、和田峠を越えた麓の施行所でふいに、「今宵は脇本陣に泊まる」と言い出した。まるで射すくめるようなきついまなざしを伊東に据えて、そう言うたのである。

口にこそ出さなかったが、伊東ははっきりとその意を汲んだ。いやつまり、口に出せぬ意を汲んだのである。

それから宿場に到着するまでのみちみち、伊東は筋書きを考えた。

和田峠から一気呵成に駆け下りた御殿様は、無理がたたって心の臓を傷められたのである。なにしろ行列を彼方に置き去るほどの独走であった。そして、ご体調を懸念した医師が、お疲れを回復せしめんとして眠り薬を処方したのだが、南蛮渡来の強い薬が裏目に出て、哀れ御殿様は深い眠りのうちにあの世へと旅立たれてしまわれた――。

将監様が大坂出張の折に連れ帰った若い蘭方医は、医術の腕前はどうか知らぬが、劇薬の処方には妙に詳しい。噂によると、そうした殆い研究に没頭するあまり、適塾を破門されたらしい。

なるほど、因果を含めてひそかに命じたところ、毒入り饅頭を食ろうた供頭添役の栗山はみごとにいちころ、さらに供頭の小野寺弥九郎は、ぐっすりと眠らされたまま屋敷が炎に包まれても、目を覚ますことはなかった。

順序からいうと、勘定役の国分七左衛門を手にかけるはずであったのだが、二人に変死されたのではさすがに饅頭を口にしようとはせず、酒席の誘いもことごとく断わられてしもうた。

かくなるうえは参勤道中の途上にて御殿様を、という運びとなった。

もとより御当代の御殿様を弑《しい》することが目的ではない。風雲急を告げる昨今、あの「うつけ者」を主君に戴いていたのでは御家の先行きがない、と将監様は言うた。はたして御当代が「うつけ者」であるか否かは難しいところであるけれど、将監様を蒔坂家当主の座に据えるは、郎党たる伊東喜惣次の夢であった。

おのれが忠節をつくすべき人は、将監様のほかになかった。

参勤道中十二日の間に、御殿様を亡きものとする。たかが人の命ひとつとは思うても、ことはどさように簡単な話ではない。

なにしろ主君弑逆という大罪の発頭人《ほっとうにん》を、次の主君に据えねばならぬのである。そのためには、けっして御殿様に刃を向けてはならず、不慮の事故、もしくは突然の病死を装わねばならぬ。

しかもまずいことには、物の数にも入るまいと思われた小野寺の倅と栗山の倅が案外のしっかり者で、御殿様の周辺に隙を作らぬのである。道中が続くうちに気のせいか、行列のみなが力を合わせて、二人を励まし守《も》り立てているように思えてきた。

将監様もおそらく、そのあたりをお感じになったのであろう。勝負はこの和田宿、と肚を定めた。

辻井良軒はなかなか戻らなかった。

いっそ本陣の様子を窺いに行きたいのだが、挙動を怪しまれてはならぬ。

いらいらと行きつ戻りつしたあげく、側用人は脇本陣の玄関の式台に座りこんで心を鎮めた。白い息が夜に溶けてゆく。これはけっして悪事ではない。「うつけ者」を葬り、ふさわしきお人を主君に戴く義挙であると、伊東喜惣次はおのれに言い聞かせた。

蘭方の眠り薬は、分量を過《あやま》てば深き眠りのまま心の臓を止めるそうな。その間、将監様も自分も脇本陣にあって、仔細は知らぬ。

良軒が処方を過《あやま》ったのではない。あくまで和田峠を駆け下りた御殿様のお体が、正しい処方に耐えられなかっただけだ。

和田宿は幕府御天領である。前夜の下諏訪は高島諏訪家の領内にあり、次なる宿駅岩村田《いわむらだ》は内藤家の領分に入る。ことを起こすにあたり、この宿場は他家の取調べを受くる必要がなかった。

遅い――。

もしや良軒め、何か手ちがいをしたのではあるまいかと式台から腰を浮かせたとき、門の潜り戸が開いて、薬箱を抱えた医師が月あかりの中に立った。

伊東喜惣次は足音を忍ばせて駆け寄った。

「首尾は」

声を絞って訊ねても、良軒は答えようとしなかった。

「いかがいたした。答えよ、良軒」

饅頭に劇薬を仕込んだときも、酒に眠り薬を混ぜたときにも、眉ひとつ動かさなかった秀才の白面が、叱られた子供のように沈んでいた。

素足の裏から冷気が這い上がってきた。いったい何があったのだ。

「よいか、良軒。そのように気弱な顔を将監様に見せようものなら、ことの成否にかかわらずおぬしは亡きものとされようぞ。しっかりせよ」

ひとりで本陣から戻ってきたからには、首尾よく運んだにちがいない。ただ、主君弑逆の罪が、この若き医師の胸を苛《さいな》んでいるのであろう、と伊東は思った。

「御側用人様――」

薬箱を抱えて俯いたまま、良軒はおのれの影を踏むようなそぶりをした。

「御殿様は、うつけ者などではございませぬ。そのようなこと、御側にお仕えするおまえ様が誰よりもご存じでございましょう」

ふたたび、さらなる冷気が脛《すね》を貫くように這い上がってきた。

千載一遇の好機を逃したか。良軒は怯《ひる》んだのか。

「首尾を申せ」

「過量の眠り薬に微量の砒素を加うれば、確実に死に至りまする。御殿様のお目方を十三貫と読み、過不足なき分量を調合いたしました」

伊東は拳を握りしめた。しかし、良軒の続く言葉は期待を覆した。

「しかるに、拙者は御殿様がうつけ者ではないと知り、すんでのところで薬を差し替えました」

「何と――」

「御殿様は、適切な眠り薬を服用なされ、今宵はぐっすりとお休みになられましょう」

握りしめた拳がわなわなと震えた。これほどの謀《はかりごと》でなくば、その白面を殴り飛ばすところである。声を荒らげることもできずに、伊東は良軒を睨み据えた。

「臆したか、良軒」

「いえ。臆したわけではございませぬ」

「ならば、なにゆえ薬を差し替えたのだ」

「将監様がおっしゃる通りのうつけ者ならば、迷いはいたしませぬ。しかし、将監様はまちごうておられます。いや、まちがうはずはござらぬ。ただただ私欲のために、御殿様を亡きものにせんと企てておられるのです。おまえ様もその一味に過ぎませぬ」

「おぬし、ただですむと思うてか」

「思いませぬ。企てを裏切ったからには、斬られるにちがいございませぬ。それでよいと思いまする。何となれば、拙者はそうとは知らず、すでに二人の善人を手にかけ申しました。この足で逃ぐるは易いが、その科《とが》を背負うて生き延びれば、医術の道に安んずることはできますまい。適塾では異端とされましても、拙者から医術を取り上ぐれば、骨のかけらも残りませぬ。どうぞ面倒な手順を踏まずに、おまえ様がご成敗を」

良軒はそう言うと、伊東に背を向けて凍った雪の上にかしこまった。

御本陣で何があったかは知らぬ。ただこやつは、長い時をかけてここまで戻る道すがら、あれこれと考えたのであろう。

逃げればただちに追手がかかる。ならば、きれいごとを並べ立てて懐に入ったほうが、命はつながると読んだ。

すでに二人の家来が変死しているのである。医師が道中で斬られたならば、口封じにちがいないと誰もが考える。しかも良軒は、いったい御本陣で何があったかを、あえて語ろうとはしない。すなわち、成敗なされよと背を向けたところで、斬るに斬れぬことぐらいは読み切っているのである。

医術を志して適塾に学んだほどの者は、やはり頭がよい。

「おぬしの心根はようわかった。命は預っておく」

峠に懸かる冴えた半月を仰ぎつつ、伊東喜惣次はしみじみと思うた。

供頭はいみじくも、参勤行列は行軍じゃと申したが、これはなるほど体力と知略とを揮い続ける、十二日間の戦にちがいない。

二

御供頭心得

一、参勤道中他領通過之折ハ

急度《きっと》使者《し しゃ》用立《ようだて》　御殿様　若《もしくは》　御城代宿老ニ

御挨拶可致《いたすべし》

此事非儀礼《このことぎれいにあらず》

道中ハ戦場而《にて》　敵味方如何要　判有之《いかんをはんずるようこれあり》

若怠此儀而《もしこのぎをおこたりて》　追討被懸事等無様《おいうちかけらるることなどなきよう》

依予雖有交誼　心　許　間敷《かねてよりこうぎありといえどもこころゆるすまじく》

是《これ》戦国之　心　懸也《こころがけなり》

和田宿での失敗がよほど応えたとみえて、将監《しょうげん》様はご機嫌が悪い。伊東喜惣次《きそうじ》が話しかけても、もはや聞く耳持たぬとでもいうふうに、馬上でぷいと横を向いてしまわれる。

お怒りはごもっとも、なにしろ千載一遇の好機をみすみす逃がしてしまった。御殿様は毒を盛られてお亡くなりになるどころか、眠り薬のおかげで体力が漲り、宿駅通過の折を除きずっとお み足で歩いておいでである。

御殿様がお歩きのときは将監様も下馬なされるのが作法であろうに、行列の殿《しんがり》に下がるだけで馬から下りようとはなされなかった。

喜惣次は気が気ではなかった。将監様は口も利いて下さらぬし、失敗の張本人である辻井良軒《つじいりょうけん》は、悪びれるふうもなく開き直っている。何かしら次なる策を思いつかねばと、歩きながら喜惣次は気ばかりが焦《あせ》った。

和田宿を暗いうちに出立し、二里で長久保宿。笠取峠を越えて芦田宿。さらに一里八町を伸《の》した望月宿で昼食となった。

和田峠の荒れようなど悪い夢のような、のどかな佐久平の旅である。供頭の差配はいよいよ増してそつがなく、この様子では江戸に至るまで、つけ入るすきなどないのではあるまいかと思えた。

たとえば昼食をとるにしても、御殿様と上士は本陣大森家に通され、下士までも脇本陣鷹野家に上がって、脂の乗った佐久鯉の旨煮を供された。往還の少ない季節とはいえ、十全の接待である。

望月宿は風光明媚な宿場町で、左右に小山が迫っているせいか風が通らず、陽当たりもよい。鹿曲川《かくま》の向こう岸には雄渾な戦国の城址が望まれた。

御殿様はご昼食のあと、本陣の縁側からその小高い城址を感慨深げにご覧あそばされていた。

戦国の縄張りがどのようなものか、できることなら見物なさりたいと思し召しておいでなのだろうが、それを口にすれば命ずることになるから、じっとご覧あそばされているのである。

そのようなお心のうちを察すれば、喜惣次の決意は挫けそうになる。奇行の多い御殿様だが、けっして無理を仰せ付けにはならない。いつも家来の苦労を気にかけておられるように思えるのである。

玄関のほうから、何やら言い争う声が聞こえてきた。御殿様は縁側の日だまりでお茶を召し上がっていた手を止め、「何か」と仰せになった。

「将監様と供頭の声のようにござります る。御殿様におかせられましては、なにとぞお気遣い召されませせぬよう」

御殿様は長い睫をお伏せになり、かすかに溜息をおつきになった。しかし、ご下問はない。ご自身のお言葉が思いもよらぬ災厄をもたらしかねぬことを、よくご存じなのである。

「供頭の差配は不慣れゆえ、何か不行届がござりましたか。どのみち大した話ではござりますまい。ちと様子を見て参りますゆえ、御殿様にはどうかごゆるりと」

平伏してにじり下がる喜惣次を、御殿様がお言葉を選んで呼び止めた。

「小野寺を叱らぬよう言うてくやれ。多少のまちがいはあっても、あれはようやっておる」

ははっ、と答えたなり、喜惣次は思わずきつく目をつむった。たとえ自分が弑逆《しいぎゃく》を果たしても、御殿様はいまわのきわに同じことを仰せになりそうな気がしたからである。「多少のまちがいはあっても、伊東はようやっておる」、と。

玄関の式台の上で、将監様が他聞も憚らぬ大声を出していた。足元には小野寺一路がかしこまっている。喜惣次は二人の間に割って入った。

「御殿様のお耳に届いておりまするぞ、もそっとお声をお控え下されませ」

将監様は鍾馗眉《しょうきまゆ》を逆立てて一喝した。

「聞こえるように言うておるのだ。だまれ」

何があったかは知らぬが、その言いぐさはあるまい。もし供頭が将監様に敵意を抱けば、謀《はかりごと》はいよいよ難しくなるではないか。

喜惣次はしきりに目配せを送りながら、「お控え下されませ」と重ねて言うた。将監様はようやく気付いたらしく、廊下の奥にちらりと目を向けると、気を取り直すようにひとつ咳《しわぶ》いた。

「して、いったい何がござりましたのか」

「どうもこうもないわい。和田宿の次は軽井沢まで一息に伸すが通例であろう。無理をせずに沓掛か追分の間宿《あいのしゅく》とでも申すならともかく、ずっと手前の岩村田泊まりとはどうしたわけじゃ」

その理由は知っている。田名部《たなぶ》の陣屋を出立する前に、御殿様がぜひにもと仰せ出されたのだ。側用人の喜惣次がその上意を承って、供頭に伝えた。そうとなれば行程に無理が生ずるのは当然だが、上意とあらば仕方がない。ましてや旅慣れた御殿様が無理を承知で仰せになるのは、よくよくのことなのである。

「供頭は答えようがござりますまい。さよう計らえと申し伝えたのはそれがしにござりまする。岩村田泊まりは上意にござりますれば、側用人の拙者から申しつけました」

「わしは聞いていない」

と、将監様は不快そうに言うた。まるで喜惣次と供頭が結託していると疑うてでもいるような、険しい目つきである。

参勤道中は供頭の宰領するところであるから、たとえ御後見役の将監様といえども異を唱える立場ではなかった。上意の理由を口にするのもいかがなものかとは思うたが、ここはきちんと説明をせねばなるまい。謀とは別の話なのである。

「どうかお聞き下されませ――」

喜惣次は御殿様とおのれしか知らぬ理由をこまごまと語り始めた。


信州佐久郡岩村田は、内藤志摩守一万五千石の御陣下である。

当主志摩守正誠《まさあきら》は弱冠十七歳ながら、奏者番の大任を務めている。父が早逝したため、若くして祖父の跡を継いだのである。

この祖父は肥前唐津水野家から養子に迎えられた人物で、なにしろ天保の改革で知られる水野越前守忠邦の実弟であったから、すこぶる明晰かつ働き者であった。武役の花形である大番頭《おおばんがしら》を十四ヵ年、続いて伏見奉行を二十一ヵ年も務めたというのだから、まさしく譜代大名の鑑である。

本所の江戸屋敷は隣合わせで、両家はもともと交誼が深かった。そして御先代が病床に臥せったとき、見舞に訪れた左京大夫様に、わが孫の行く末を懇《ねんご》ろに頼んだという。

遺言を承った左京大夫様は、おそらく兄のように志摩守様の面倒を見たのであろう。江戸城中は御殿様ばかりの異界ゆえ、想像することもままならぬけれど。

御殿様の仰せになるところによると、その内藤志摩守様は、先ごろ御家積年の念願叶って御領地岩村田に築城を許された。陣屋大名から晴れて城主大名への飛躍である。岩村田の「御陣下」は、「御城下」となるのである。

場所は現在の御陣屋の南、浅間山を一望する丘の頂で、すでに縄張りも定められ着工するばかりであるという。内藤家の姓にちなむ「藤ヶ城」という名前も決まっていた。

御殿様が岩村田泊を申しつけた理由はそれである。藤ヶ城の縄張りを見届け、若き志摩守様のご尽力を労《ねぎら》い、御陣下西念寺に眠る御先代に、その旨をご報告せねばならぬとお考えなのであった。

「――と、まあ、そのような仕儀にござりますれば、ここはなにとぞご了簡下されませ」

喜惣次の話を、将監様は腕組みをなさったまま、供頭はその足元に片膝をついたまま、ともに黙って聞いていた。

道中の旅程だの御家転覆の謀だの、いろいろ考えれば頭の中がぐちゃぐちゃになるが、それはそれ、これはこれ、と喜惣次は意を含めたつもりであった。

ともかく上意なのである。御殿様がそう仰せになったからには、きっと御意に添い奉らねばならぬ。

「小野寺。そうとは知らずおぬしを頭ごなしに叱ってしもうた。赦せ」

将監様はしみじみと言うた。信じられぬ。このお方が非を詫びるなど、ありえぬ。

「いえ、それがしこそ事情も知らず、将監様をないがしろにいたしました。どうかお赦し下されまし」

「しからば出立の仕度をせよ。一刻も早く岩村田の御陣下に至り、御殿様のお望みを叶えてさし上げねば。そうじゃ、御陣屋への使者は汝《うぬ》が参れ。ほかの者に任せられる話ではあるまい。よいか、くれぐれも粗相なきようにの」

「かしこまりました」

小野寺一路は眦《まなじり》を決して駆け出て行った。

「さすがは将監様。畏れ入り申しました」

喜惣次は頭を垂れた。それはそれ、これはこれ、つまり御家転覆の謀と人の世の義理とをきちんと分別なさったわけで、やっぱり将監様こそ御大将にふさわしい大器量じゃと、喜惣次は感心したのである。

しかし、ふと見れば将監様は誰がどう見ても悪辣なお顔を引き攣《つ》らせて、「クックッ」と笑うていた。

「将監様、何か――」

「クックッ、こんなうまい話があろうものか」

「ハ？　と、申しますと」

「おぬしも小才は利くが、世間が見えておらぬのう。また、うつけ者もやはりうつけの上に大の字が付くわい」

将監様はあたりに耳のないことを確かめると、式台の日だまりにあぐらをかいた。

「まあ、座れ。うまい話を聞かせてやろう」

それから将監様は、うまいどころか聞くほどに身のすくむような話を、独りごつように囁き始めた。

よいか、伊東。黙って聞きやれ。

わしは内藤家の御先代様とは、昵懇の仲であった。おぬしの言うたことのあらましは、先刻承知の上じゃわい。

御先代様はたしかに水野越前守様がご実弟じゃ。しかも早逝したご嫡子の正室、すなわち御当代志摩守様のご母堂は、現御老中安藤対馬守様が妹君じゃぞ。昨今まずこれほどの家柄はあるまい。

わずか十六歳で家督を継がれた志摩守様が、たちまち奏者番に抜擢されたのも、働き者であった御先代様のご威光と、御老中の身びいきにほかならぬ。

わしは、そのような内藤家に恩を売っておいても損はあるまいと思うての、御先代様とは誼《よしみ》を通じておったのじゃ。

ここだけの話じゃがの。本来家督を襲《と》るべきご嫡子は、嘉永の寅の年に突然ご自害なされた。

お父上が多くを望みすぎたのであろうか、気鬱が昂じて酒に溺れ、べつだんさしたる理由もなく咽を突いてしまわれたのじゃ。御当代がわずか十歳の砌《みぎり》であった。

そうした事情であるからして、御先代様はご嫡孫の前途が不安でたまらぬ。ただでさえ祖父の孫に対する心情は細やかであるのに、子であり父であるお人が若くして自害したとあらば、いかな名門とは申せ先行きが心配でならぬのは当たり前じゃの。ましてや御先代様は、ご自身も御齢九歳でご養子に迎えられ、内藤の家督を継いでおられるゆえ、ご嫡孫の苦労を容易に予見できる。お亡くなりになる直前まで、長く伏見奉行を務めておられ、殿中でのふるまいやしきたりなども教えてはおられぬ。実に死んでも死にきれぬというほど、お悩みになっておられたのだ。

いよいよいけないという噂を聞いて、わしが隣屋敷を見舞ったのが昨年の二月。御先代様はわしの手を握って、孫を頼むとお泣きになった。

そう言われても困るのう。わしはしがない後見役で、殿中に上がることもできぬ。御殿様としてのふるまいもしきたりも知らぬ。つまり御先代様は、わしを通じて当家のあのうつけ者にご嫡孫の世話を頼んだという次第じゃ。

どうやら殿中には、右も左もわからぬ幼君を、同じ経験をした者が世話するというううるわしい慣習があるらしい。十分な教育を施され、分別ある齢になってから家督を襲る御殿様ばかりではない。城内の殿席にちんまりと座って、泣きべそをかいている幼君は必ずおるものなのだ。

御先代様は同じような経験をしたうつけ者に、ご嫡孫の身を托したいと仰せになった。

しかしのう。よりにもよって、あやつかよ。恃《たの》む人ならほかにいくらでもおるであろうに、御先代様もいったい何をお考えであろうと思うた。

だにしても、幕閣に長く参与した御方からのたっての願いとあらば、無下にはできまい。むろん恩を着せる好機でもあるしの。そこでわしはうつけ者に取り次ぎ、あやつは急ぎ内藤家を見舞って、御先代様の御意を承ったという次第じゃ。

まあ、わしがあやつの立場なら、このような話はご免蒙るの。

何となれば、ご嫡孫は一筋縄ではゆかぬ御仁だからじゃ。右も左もわからぬ幼君ならばまだしも、すでに元服をおえて「内藤志摩守」なる官名も受けておる。大伯父と伯父が御老中であることを鼻にかけておって、誰の目から見てもたいそう生意気な若殿様じゃ。なにしろわしを捉まえて「将監」と呼び捨てるほどじゃからの。

父御があのような最期を遂げたということもあって、周囲が腫物に触るように育てたのであろう。しかも父がわりの祖父は長く京にあって、何ひとつ教えてはおらぬのだ。

殿中において当家のうつけ者が、あの志摩守様をどのようにお世話したかは知らぬ。まあそう言うては何だが、目糞が鼻糞の面倒を見て、何か冥加があったかの。

さて、そうした次第じゃによって、こたびはなかなか面白い話になった。

聞き及ぶところによると、わずか十七歳で日光祭礼奉行、続いて奏者番に抜擢された志摩守様は、手の付けられぬほどご慢心じゃそうな。とりわけ御家の悲願であった城主格へと進み、いよいよ築城の許しも得て、まるで天下でも取ったように鼻高々であるらしい。

それもすべてこの一年の話、わがうつけ者は国元にあって、志摩守様の豹変ぶりは何も知らぬ。

岩村田にて御宿陣かよ。うつけ者に他意はあるまいが、旗本ふぜいに兄貴面をされたのでは、志摩守様は腹を立てようぞ。

御城の縄張りを見るじゃと。菩提寺に詣でて御先代様の御魂《おんみたま》にご報告じゃと。そのようなことをしようものなら、何が起こるかわかったものではあるまい。

わしはこう読む。

十七歳の志摩守様は嫌味など申されまい。面と向こうて、節介だの僭越だの無礼者だのと、うつけ者を叱りつけよう。あげくの果てはたがいに逆上して、刃傷沙汰にもなりかねぬ。

どうなろうと、喧嘩両成敗になどなろうものか。老中安藤対馬守様の甥にして奏者番、相手が悪すぎるわ。

そこでわしの出番じゃな。御老中にはかねてより誼を通じておるし、大目付の方々もすでにあらかたは手の内じゃわい。権現様に由来する旗本旧家をお取り潰しというわけにもゆかぬであろうし、赤穂義士の故事などに鑑《かんが》みれば、切腹を申し付くるのもうまくはない。落としどころは、うつけ者の押し込めか他家へのお預け、家督相続は蒔坂《まいさか》将監、というところであろうよ。

何じゃ、伊東。その顔は。

ははァ、そんな具合にうまく事が運ぶものか、と思うておるのじゃな。

うまく運ぶも何も、この将監がうまく運んで見せるわい。あとは内藤志摩守様のご慢心と、蒔坂左京大夫様のご乱心に期するばかりじゃ。

クッ、クッ、クッ……。

師走十日昼八ツ、蒔坂左京大夫一行は岩村田陣下に到着した。

中山道の町筋は四十三町余の立派なものだが、本陣も脇本陣もない。大名の御陣下であるがゆえに、参勤行列は宿泊を遠慮するからである。万が一、貴人が立ち寄る場合の仮本陣は武田信玄公ゆかりの古刹、龍雲寺と定まっていた。

領主内藤志摩守の陣屋は町筋にほど近く、龍雲寺の寺域からは南の地所続きであった。一行が寺に入るとじきに、小野寺一路は添役の栗山真吾を引き連れて御陣屋へと向かった。御殿様のご用向きはなるべく早くすませていただき、夜も早めに床入りしていただいて、明日は暗いうちに出立せねばならぬ。碓氷《うすい》峠を一気に越え、関所を通って上州松井田宿まで、およそ十里の長丁場である。

「お話はあらましわかり申しましたが、御殿様と御殿様が面談なさるなど、お二方はよほど仲がおよろしいのでしょうか」

真吾が歩きながら訊ねた。たしかにそうした場面は、一路にも想像がつかぬ。御殿様と名の付くお方はどなたにかかわらず、まことに神秘であり、権高なのである。たとえば江戸市中において御行列がすれ違っても、御駕籠の引窓を開けて会釈を交わすぐらいのもので、たがいにお声もお出しにならない。そうした御殿様同士が親しく語り合う図など、とうてい思い及ばなかった。

「ご兄弟のような間柄だそうだ。ならば睦まじゅうお話もなさろう」

左京大夫様は算《かぞ》えの三十四、志摩守様は十七の若さじゃそうな。兄弟というより、親子であってもおかしゅうはない。幼くしてお父君を亡くされたという志摩守様は、兄ではのうて父のごとくに左京大夫様をお慕いしているのやもしれぬ。

「今ひとつわからぬことがございます。ここは内藤家の御陣下にて、わが御殿様はお客分にござりますゆえ、主が客を訪《おとの》うと申しますのは、いわゆる主客顚倒ではございませぬか」

たしかにその通りなのである。御殿様も御陣屋を訪ぬるおつもりであらせられたのだが、将監がきつく諫めた。

「先方は一万五千石の御大名、当家は七千五百石の旗本、しかし将監様が申されるには、交代寄合表御礼衆《おもておんれいしゅう》という格式は、小大名にまさるのだそうな」

真吾は晴れ上がった冬空を見上げて、小首をかしげた。

「何やら、吉良上野介と浅野内匠頭《たくみのかみ》のようですなあ。その両者と異なるところといえば、わが御殿様が無役、志摩守様が御奏者番というあたりでございましょうが、格式と申しますものは石高どころか御公儀の御役にもまさるのでしょうか」

たしかにそこまで考えると、御陣屋の志摩守様を龍雲寺の仮本陣に呼びつけるというのは、道理に叶わぬ気もしてきた。しかし、世事に詳しい将監がそう言うのだから、まちがいはないのであろう。

「御殿様のほうがずっとお齢も上なのだし、殿中にてあれこれとご指導をなされたのだし、やはり志摩守様がおみ足を運ばれるほうが道理であろうよ」

とは言うたものの、一路には自信がなかった。だいたいからして、よその御殿様にお目にかかったためしなど一度もない。どのようなお方かは知らぬが、他家の御殿様を呼びつけるための使者かと思えば、身のすくむような気がした。

側用人が用件を取り次いだとたん、内藤志摩守は脇息《きょうそく》を覆して激怒した。のみならず御座所に立ち上がって地団駄を踏み、甲高い声をさらに裏返して叫んだ。

「余は城持ち大名なるぞ！　何ゆえ旗本に呼びつけられねばならぬのだ。しかも、奏者番の御役の合間に上様のお許しを得て、法要のため帰国しておると申すに、通りすがりの蒔坂左京大夫ごときがどうして龍雲寺におるのじゃ！　無礼きわまるではないか」

宿老浅井条右衛門は恐懼して諫めた。

「お鎮まり下されませ、御殿様。何もそこまで剣呑になられる話ではございりますまい。先様には先様のお立場あってのこと、ここは謙《へりくだ》って龍雲寺を訪うのが大人と申すものでございりましょうぞ」

ちと言い方が悪かったか、と思う間もなく、御殿様は頭ごなしに怒鳴り返した。

「控えよ、条右衛門。二言目には大人になれ大人になれと、さなる言いぐさは余を子供じゃと侮《あなど》っておるからであろう」

「滅相もございりませぬ。ようお考えなされませ、御殿様。亡きお祖父様《じじさま》は殿中における御殿様のご教育を、かつて同じご苦労をなさった蒔坂左京大夫様に託されたのですぞ。いわばご両者は師弟ではございりませぬか。弟子が師を訪うのは当然のこと、先様のお呼び立てはけっして無礼には当たりませぬ」

「黙れ、黙れ！　交代寄合表御礼衆なる旗本が、どれほどの格式の者かはよう知らぬがの、余は城主大名ぞ。誰《たれ》か障子を開けい」

たちまち小姓たちが条右衛門のうしろを小走りに通って、南に向いた広敷の障子を左右に開いた。

庭先の高塀の上に載るようにして、小高い山が望まれる。すでに木を伐り地面を均《なら》し、石垣も積み始めている藤ヶ城である。縄張りのあちこちには、下がり藤の御家紋を染めた昇旗が翻っていた。

浅井条右衛門は風景を一瞥したなり、視線を冬枯れた庭に戻した。築城はたしかに内藤家七代にわたる悲願ではあったが、このところの御殿様の変わりようを目のあたりにしていると、どうにも慶事とばかりは言えぬように思えてくる。

「あれを見よ、条右衛門。長沼流軍学の縄張りに、フランス式の砲台を備えた城じゃ。その城主たる余が、なにゆえ陣屋を在所とする旗本ごときに礼を尽くさねばならぬ」

御殿様にはいくたびも諫言をしたのだが、少しも省みては下さらぬ。このうえ言葉を重ねても、おのれが不興を買うばかりだと条右衛門は思った。

岩村田内藤家の御殿様は、代々が働き者である。ことにどの御大名も嫌がる上方での御役を、進んで引き受けてきた。譜代中の譜代、三河以来の徳川家直臣と心得るがゆえであった。とりわけ御先代様の働きぶりには、涙ぐましいものがあった。

風雲急を告げる京師に赴き、二十一ヵ年の長きにわたり伏見奉行を務められた。いわゆる安政の大獄の渦中にあって、梅田雲浜《うんぴん》、頼三樹三郎《らいみきさぶろう》等の輩を捕え、江戸に送ったのも御先代様のお手柄であった。そのご尽力なくば、皇女和宮様のご降嫁も実現せず、御所方と将軍家の関係もどうなっていたかはわからぬ。

そうした不惜身命のご努力を認められて、ついに城主格の栄誉を賜ったのだが、御先代様の余命は尽きてしまわれた。すべてはご自身の手柄などではなく、お祖父様のご尽力の賜《たまもの》だという簡単な道理に、どうして御殿様は気付いて下さらないのであろう。

ましてや築城に際して、領内の村々や商人に一千両の献納を命じた。御殿様には父祖代々の大願成就というほかには、何ひとつ見えていない。御先代様がご健在であられたとしたら、領民に無理を強いる築城はなさらなかったはずである。

「わかったか、条右衛門」

「御意を承りました」

条右衛門は膝を回して、御廊下に侍る用人に命じた。

「左京大夫様のご使者にお伝えせよ。ご面談の儀は当家陣屋にて取り行うゆえ、そちらからおみ足をお運び願いたい、とな」

若き御用人は一瞬とまどいがちに条右衛門を見つめた。その目はやはり、「御殿様は大人げない」と責めているようであった。

御先代様がご存命の時分から、左京大夫様はしばしばお忍びで隣屋敷を訪ねてこられた。おそらくは京にあってご不在の御先代様から、若様の面倒見を托されていたのであろう。べつだん何を教えて下さっているようにも見受けられぬのだが、お庭を連れ立って散策なされたり、蹴鞠に興じられたり、池にお舟を浮かべて昼餉を共になされたりと、それこそ兄のように遊んで下さった。

しかし、そもそも蒔坂左京大夫という御殿様は、あまり評判が芳しくなかった。「あれはうつけ者じゃ」と蔭口を叩く者もあった。交代寄合表御礼衆という別格旗本でありながら、公儀の御役目に就いたためしがないところからすると、その噂はまことやもしれぬ。

それでも、わずか十歳の砌にお父上を失われた若様を、不憫に思し召して下さる左京大夫様のやさしさは有難かった。御殿様という特別のお立場の心中は、家臣では計りかねるからである。やはり若様をお慰めできるのは、たとえうつけ者であれ無役であれ、同じ御殿様でなければならなかった。

条右衛門の指図を見て、御殿様はいかにも溜飲を下げたとばかりに、からからとお笑いになった。

上段の間にお座りになると、まだ幼げなお顔をいくども肯《うなず》かせて、御殿様は仰せになった。

「うつけはうつけじゃによって、物事の道理がわからぬだけじゃ。どれ、うつけ者が参ったならば、わが藤ヶ城の縄張りを案内《あない》して進ぜようぞ」

「御殿様――」

条右衛門はたまらずに諫めた。

「左京大夫様が陣屋にお越しになりましたなら、せめて御玄関にてお迎え下さりませ。また、上段にてお目通りされてはなりませぬ。なにとぞこの爺の申すこと、お聞き届け下さりませ」

「わかっておる。余は子供ではないと申しておろうに」

からからという笑い声が、へらへらと聞こえた。もしやうつけ者は、わが御殿様ではあるまいかと条右衛門はふと疑うた。

多少の身びいきはあるにせよ、どうしてこれまで考えもしなかったのであろう。あの聡明で働き者の御先代様が、うつけ者にお孫様の傅育を任されるはずがないではないか。だとすると、左京大夫様がうつけであるというのは流言にすぎず、その本性を見抜いておられたのだ。

このうつけ者の兄がわりとなるは、蒔坂左京大夫をおいてほかにはない、と。

「のう、条右衛門。実のところ余は、左京大夫殿があまり好きではないのじゃ」

初耳である。条右衛門は黙って続くお声を待った。

「人前では何ひとつ言わぬくせに、余と二人きりになるとまるで人が変わってしまうのじゃ。あせいのこうせいの、あれはいかんこれもいかんと、まるで祖父様《じじさま》に成り代わったような説教をする。余は左京大夫殿がうっとうしゅうてならなかった。一国一城の主になった余に、まだ物を申すというならば、まさかこちらから出向くわけにもゆくまい」

ああ、と条右衛門は声にならぬ溜息を洩らした。やはりまちがいはない。御先代様の人を見抜く目はたしかであった。

浅井条右衛門は伏して懇願した。

「御殿様、どうか松の御廊下の故事を思い起こして下されませ」

「何じゃ、それは」

「吉良上野介が何を申しても、ゆめゆめ刀など抜かれてはなりませぬ。また、浅野内匠頭にどのような無礼があろうと、辱めるようなお言葉はお控え下されませ」

御殿様は少し考えるようなご様子であったが、聞き流すふうをして遥けき藤ヶ城の縄張りに御目を向けられた。

「余は城持ち大名内藤志摩守じゃ。陣屋旗本など歯牙にもかけぬわい」

吹き入る庭越しの風に、条右衛門は怖気をふるった。

三

「岩村田の御殿様は、どうやら天狗になっておいでのようじゃの。たかだかの陣屋大名が城を持ったくらいで、お出迎えは用人ひとり、到着の使者を立てれば御殿様がお運びになるどころか、そちらから挨拶に来いとは無礼も甚しい。ここまでの恥をかかされるくらいなら、さっさと乗り打ちすればよかったわい」

騎馬の御殿様に従って歩みながら、佐久間勘十郎はぐずぐずと唱え続けた。声は潜めているつもりであろうが、そもそも破れ鐘《わ》のようであるからして、御殿様のお背中《せな》まで届いているはずである。しかるに、まったくもってその通りであるから、小野寺一路は知らん顔で聞いた。

「のう、小野寺。わしは身分の上下《かみしも》をどうこう申しておるのではないぞ。聞くところによれば、わが殿は志摩守様がご幼少の砌《みぎり》より、師傅《しふ》のごとく面倒を見てこられたというではないか。ならば三顧の礼を尽くすは当然、御奏者番に進まれただの御城主になられただの、それがどうした。礼の道に悖《もと》るというものじゃ。そうであろう、小野寺」

これはどうやら、声を潜めていると見せて、御殿様に聞こえるよう言うているらしい。さっぱりとした気性のようでありながら、あんがいねちねちしている。

その御殿様はと見れば、御馬飾りでおめかしをしたブチに跨って、べつだんご機嫌を損ねているご様子もなかった。

「これ、勘十」

御殿様がふいに勘十郎の名をお呼びになった。あまりに間抜けなお声は、珍奇な鳥の啼き声かと、思わず二人が冬空を見上げたほどであった。

ハハッ、と勘十郎は巨軀をこごめて御馬に駆け寄った。御殿様は控えめなあくびをなされてから、馬をとどめるでもなく勘十郎に向こうて仰せになった。

「あのきらびやかな道中装束も悪うはないが、そうして肩衣《かたぎぬ》を着けてかしこまると、そちはなかなかの男前じゃの」

不満を抱えながらも、お供を仰せつかったのであるから、さすがにきんきらきんの武者姿ではない。供連れはみな、御家紋の入った麻裃を着けていた。

「なんのなんの」

勘十郎は首筋に手を当ててしきりに照れた。

心強い御先手ではあるが、やっぱり少しおつむが足らんのかな、と一路は思った。御殿様は勘十郎の男前を褒めているわけではない。言葉を控えよ、と釘を刺しておいでなのである。

勘十郎の表情を馬上から見下げながら、御殿様は少々失望なされたように、白い溜息をおつきになった。

「今ひとつ」

「ははっ。男前の上に、また何か」

「いや、そうではない。供頭の名を呼び捨ててはならぬぞよ。日ごろは身分の上下もあろうが、道中にあらば敬せねばならぬが供頭じゃ。家中の誰であろうと、呼び捨てにいたしてはならぬ」

ありがたいお言葉ではあるが、御殿様はこまごまとした指図をなさったわけではなかった。

「何もかも聞こえておる。わかったわかった」と、遠回しに仰せになったのである。

勘十郎もさすがに畏れ入って、そろそろと一路のかたわらに戻ってきた。

だがたぶん、お言葉にこめられた意味を理解してはおるまい。御殿様の短いお言葉の中にはさまざまのご深慮が含蓄されていると思う。

曰く、「身分の上下」などと軽々に口にしてはならぬ。行列は通過する他領に対し敬意を払わねばならぬ。ましてや領主を非難するなどもってのほか。すなわち、志摩守様を龍雲寺の本陣に呼びつけようとした蒔坂将監《まいさかしょうげん》の判断こそ謬《あやま》りである——御殿様はそう仰せになったのであろう。

「佐久間殿。御殿様は悉皆《しっかい》ご承知にござります。この先は物を申されますな」

一路は小声でたしなめた。

先刻、志摩守様の御意を承って龍雲寺へと取って返したところ、将監は尋常を欠くほど憤慨した。御殿様がお宥《なだ》めになった。

出迎えがないのも訪ねてこられぬのも、事情あってのことであろう。公務多忙の合間を縫って帰国し、築城の指図をしておる志摩守殿に無理を申してはなるまい。どれ、こちらから伺うとしよう。

御殿様がそう仰せになって立ち上がられると、将監は聞こえよがしに「腰抜けめが」と呟いて舌打ちをした。

その一言には、さすがの御殿様もご不快に思われたご様子だったが、じきに顔色を改められて、仕度をせよとお命じになった。

御陣屋を訪ねる供揃えは、将監の指図により定められた。御側用人の伊東喜惣次《きそうじ》、御供頭の小野寺一路、道中御先手を務むる佐久間勘十郎、ほか数名の小姓と押足軽である。

勘十郎が指名されたのは意外であった。将監と同様、志摩守様の呼び立てに憤慨していたからである。よもやとは思うが、ご対面の折に短腹を破裂させでもしたら、それこそ一大事であった。

一行はほどなく、中山道往還に面した大手門に到着した。

龍雲寺の山門からまっすぐ南にたどれば、そのまま表御門に至るのであるが、使者ではなく御殿様の訪問であるからには、大手門を潜らねばならぬ。

そこで出迎えたのは、先刻一路の用向きを御玄関にて取り次いだ、見るだに若い御用人であった。これはおかしい、と一路も不審に思った。こちらは謙《へりくだ》って御殿様がお運びなのである。少なくとも家老宿老と名の付く重役が出迎えて当然、志摩守様ご自身がお出ましになってもふしぎはない。

大手の桝形をめぐると、正面に表御門があった。信州岩村田一万五千石、内藤志摩守が陣屋である。ここにもふだんの番人のあるばかりで、出迎える人影はなかった。

一路は悪意を覚えた。いかに多忙であるにせよ、ここまで礼を失するはずはない。第一、御陣屋は深閑としていて、多忙な様子など少しもないのである。これは何かしらの悪意が働いているとしか思えなかった。

御門前で下馬なされた御殿様を、佐久間勘十郎が諫めた。

「御殿様、やはり無礼も度を越しておりましょう。これほどの仕打ちを受けてまでお目通りをするは、御家の恥にござりまする。かくなるうえは御本陣に取って返し、さっさと引き払うて次なる宿場に向かいましょうぞ」

一路もそう思った。腹の底からふつふつと、怒りが滾《たぎ》ってきたのである。そっちが出向けと言われた。出向いてみれば知らん顔である。御家の屈辱はむろんのこと、使者に立った一路も面目を潰された。

「佐久間殿の申される通りにござりまする。小田井宿まではわずか一里と七町、さよういたしましょう」

御殿様は何ひとつ色に表さず、御手馬の鬣《たてがみ》を梳《くしけず》りながら、「ブチやい、おまえはどう思う」とお訊ねになった。

すると、斑駒《ふちこま》が御馬飾りを鳴らして、ブルブルと首を振った。

「なになに、さようか。いかに辱められようと、背中を見せることこそ武門の恥とな。とことん辱められるほうが、まだしもましと申すか。なるほど」

御殿様、と二人は同時に声を上げた。

「余が申したのではないぞよ。馬がさよう言うた」

そう仰せになると御殿様は、口取りの小者に手綱を托して、さっさと御門内に入ってしまわれた。

「なにゆえ伊東殿は物言わぬのだ」

勘十郎の険しい目が側用人の姿を探した。伊東喜惣次はまるでかかわりを避けるかのように、すでに御玄関まで先んじて片膝をついていた。

よもや、と一路は考えた。将監が何ごとかを仕組んでいるのではないか。ひたひたと忍び寄る悪意は、将監の企みではないのか。

そう思うと、立派な御陣屋の構えが何やら芝居の書割のように見えてきた。うしろに回れば薄っぺらな板につっかい棒がかかっており、大勢の黒衣《くろご》が舞台の様子を窺うているような。

しかしいくら何でも、他家を巻きこんでの御家騒動でもあるまい。

一路は気を取り直して、御殿様のあとに従った。

表御殿の御玄関にも、志摩守らしき人の姿はなかった。肩衣を着けた老臣がひとり、式台に平伏しているだけである。

「蒔坂左京大夫様におかせられましては、ようこそお越し下されました。浅井条右衛門にござりまする。ご無沙汰いたしおりまする」

どうやらこの老臣には見覚えがあるらしく、御殿様は心やすく「おお、久しぶりじゃ」と応じられた。

挨拶などはどうでもよいのだ。なにゆえ老臣ひとりが玄関先で出迎える。また、御殿様はこのとんでもない無礼をお咎めにもならず、どうして如才なくふるまわれるのか。一路は息が荒らぐほど苛立った。

「主は奥にてお待ちかねでござりまする。ささ、どうぞお上がり下されませ」

「あいわかった。では、遠慮のう通らせていただく」

御殿様が腰物をはずされて式台にお上がりになったとき、一路の背後で激しい息遣いが聞こえたかと思うと、「しばらく」という大声がかかった。

佐久間勘十郎が憤怒の形相ものすごく、拳を震わせて立ち上がった。

「あいや、しばらく。内藤志摩守様におかせられましては、客人の出迎えもかなわぬほどのご多用でござるか。しからば、さなるご尊家のご事情も斟酌《しんしゃく》いたさず、参上いたしましたるは当方が不行届き、こたびは御玄関にてご挨拶をいたし、お暇《いとま》つかまつる」

とたんに御殿様は、ぐいと勘十郎を睨みつけた。それまで見たためしもない怖ろしげなお顔である。しかし続くお声は穏やかであった。

「控えよ、勘十」

たちまち勘十郎は、もとのように膝を屈した。

「不行届きはそちではのうて、この左京大夫である。御玄関にてお暇つかまつるのも、そちではのうて余じゃ。しかるに、余は志摩守殿に不見識をお詫びしたのち、お暇つかまつる。よいな」

一路は怒りもたちまちさめて、砂利の上に双手をついたまま御殿様のお言葉を反芻した。

わからぬ。いったいどのような理屈なのか、何をお考えになっておられるのか、御殿様のお心のうちがまるで読めぬ。ただひとつだけはっきりとしているのは、御殿様がとっさに気働きをされて、勘十郎の正当な怒りを封じられたということだった。もし御殿様が何も仰せにならず、内藤家の老臣に物言いをつけたとしたら、勘十郎は御前も他家の御玄関もなく、あとさき考えずただ田名部《たなぶ》衆の面目にかけて、刀を抜いたかもしれなかった。

一瞬あたりは水を打ったように静まった。みながみな、御殿様のお言葉を考えあぐねていたのだった。

（腰抜けめが——）

将監の呟きが耳に甦った。そうかもしれぬ。まさかうつけ者ではあるまいが、存外腰抜けかもしれぬ、と一路は思った。武将の面目をこれほどまで潰されたあげく、詫びを入れると仰せなのだ。

「左京大夫様」

浅井条右衛門なる老臣が、御殿様の足元にかしこまったまま、ゆるりと面を上げた。

一路は思わず刀の柄に手を添えた。もし御殿様に向こうて無礼の一言があれば、斬って捨てる。

「何じゃ、浅井殿」

御殿様のお声がかかると、条右衛門はそのお腰のあたりをきっかりと見つめながら言うた。

「それがし、主命に逆ろうて本音を申し上げまする。左京大夫様より賜ったご恩を、かよう仇で返すわが殿を、どうかご寛恕下されませ。なにとぞ。なにとぞ」

御殿様は式台に蹲踞《そんきょ》なされ、条右衛門の肩に手を置いた。

「わかっておるわ。余も内藤の御先代様には、ずいぶんと面倒をおかけした。因果応報じゃと思えば、恕《ゆる》すも恕さぬもあるまいて」

小さなお声であったが、一路の耳にはつぶさに届いた。

「もったいのうございまする」

老臣は毅然たる顔のまま、涙を流していた。


遅い――。

内藤志摩守は広敷を歩き回りながら、しきりに床の間の西洋時計を見た。

日が傾けば寒うなって、藤ヶ城の案内《あない》ができぬではないか。あの父親気取りの陣屋旗本に、分限のちがいを思い知らせるまたとない機会じゃというに。

条右衛門はせめて御玄関まで迎えに出てほしいと申したが、さようなこと、臍が茶を沸かすわい。なにゆえ一万五千石の城持ち大名が、無役の陣屋旗本に諂《へつら》わねばならぬのだ。お祖父《じじ》様の肝煎りじゃと。余が頼んだわけでもあるまいに、師傅面をしおって。

余は一国一城の主なるぞ。しかも上様のお側近くにある奏者番で、末は老中若年寄の座も約束されておるのだ。

などと、あれこれ考えているうちに、志摩守はおのれの立場がいよいよ偉く思えてきた。そこで、下段の間に設《しつら》えられた対面の席から、よいこらしょと座蒲団を運んで、みずから上段の御座所に据えた。

そうなると、下段の間に客人の座蒲団があるのもおかしい。御小姓たちの「オトノサマ、オトノサマ」と鶏のように啼く声にも耳を貸さず、志摩守は客の座蒲団を廊下に放り出した。

「これでよい」

志摩守は得心した。客が訪ねてくるのではない。城主が拝謁を賜うのである。大名と旗本。一万五千石と七千五百石。奏者番と無役。江戸屋敷がたまさか隣合わせというだけで、そもそも対等の格であろうはずはない。

「オトノサマ、オトノサマ」

志摩守はまるで聞こえぬふりをして、広敷の隅々まで歩き、手ずから塵を拾い、障子の桟をぴたりと合わせて回った。

内藤家当主の気性は、代々がすこぶるマメなのである。祖父も父も、じっとしていることのできぬ性分であった。ために、歴代の当主は忙しい上方の御役に就くことが常とされていた。あるいは、そうした御役に代々就いていたから、七代の間にマメマメしい性格となったのやもしれぬ。

とりわけマメであった祖父は、小マメな父にああせえこうせえと口やかましく言い過ぎた。父が酒に溺れたあげく、気が変になって自害したのは、そのせいであったと聞いている。だから祖父が長く伏見奉行として不在であったのは、志摩守にとって幸いであったのだが、どうしたわけか隣屋敷の蒔坂左京大夫がばんたびやってきて、ああせえこうせえと口やかましく言った。

祖父が亡くなり、志摩守が若くして家督を継いでからはなおさらであった。

きょうといううきょうは、身のほどを思い知らせてやる。

「蒔坂左京大夫様、お見えにござりまする」

茶坊主が廊下の障子を開けて言うた。やっと来たか。

頭をもたげたなり、茶坊主は広敷の様子が変わっていることに気付いて、ハッとした顔になった。

「いかがしたか」

「いえ、べつだん何も」

「早う左京大夫を連れて参れ。さっさと会うてさっさと追い帰さねば。余は忙しいのじゃ。茶など出さんでよいぞ」

茶坊主は当惑し、「かしこまりました」と言うて退がった。何をうろたえておるのだ。余は城持ち大名ぞ。

上段の間に座り、いかにも目上の殿様らしくゆったりと構えたとたん、廊下の先から「ひーちゃんやーい」という頓狂な声が聞こえて、志摩守は思わず脇息《きょうそく》の肘を滑らせた。

志摩守の通称は「鈋一郎《ひいちろう》」という。子供の時分から「ひいちゃん」と馴れ馴れしく呼んでいたのは、隣屋敷の大うつけだけであった。

この「鈋」という字はたいそう珍しい。おのれの名のほかに、見たためしも聞いたためしもない字であった。

「ひーちゃんやーい」

思わず「はーい」と答えてしまいそうになって、志摩守は羽織の袖で口を押さえた。

ふと思い出した光景がある。幼いころ、江戸屋敷の池のほとりで左京大夫におのれの名の意味を訊ねた。伏見にあった祖父の命名によるものであったが、志摩守はその謂《いわ》れを知らず、家来たちも学問の師傅すらも答えてくれなかった。書物にもとんと現れぬ文字であった。

ところがそのとき、若き日の左京大夫は砂洲に蹲《うずくま》り、指先で「鈋」と記して、さほど考えるふうもなくこう言うた。

「これは、矛《ほこ》の柄という意味じゃ。立派な矛は柄まで鋼でできておるゆえ、カネ偏が付いておる。ひいちゃんはお祖父様《じじ》に、まこと勇ましい名前を付けていただいたのう」

お祖父様から聞いていたにちがいない。城中の大名や旗本が、みな口を揃えて呼ぶ「うつけ」に、学問などあるはずはなかった。

「ひーちゃんやーい」

天衣無縫のバカ。どうやら左京大夫の頭は、十年前で時を止めているらしい。さて、無礼者ッと叱りつけたものかどうか、まるで予期せぬ登場の有様に、志摩守はとまどった。

ともかく、十七歳の自分をいまだ子供扱いしているバカと、同じ目の高さで向き合うてはならぬ。誰からも「大人げない」と思われてはならぬ。

「ひーちゃんやーい」

志摩守は脇息に片肘を置いて頭を抱えた。家来たちから「大人げない」と思われぬよう、精一杯ふるまっているのに、すべてぶち壊しではないか。

いったいどのような顔で向き合うべきか、思い定まらぬうちに、何やらどんよりとした険悪な空気が迫ってきた。主君を愚弄されていると気付いた内藤家の家来衆が、あちこちの襖や障子を開けて広敷に入ってきたのだった。

バカが来た。西美濃田名部郡に七千五百石の知行を取る旗本、蒔坂左京大夫。格式高い「交代寄合表御礼衆《おもておんれいしゅう》」二十家が筆頭、城中では大名に伍しての帝鑑間詰《ていかんのまづめ》、ただしバカの鑑《かがみ》。歴代のバカにつき、歴代が無役。

おまけに芝居《しばや》ぐるい。三月朔日《ついたち》の町入能《まちいりのう》の折、飛び入りで下手くそな「藤娘」を舞って、上様のご不興を買った。贔屓《ひいき》の成田屋を、あろうことか飛び六方の花道から引き倒し、あげくの果ては町人に変装して出待ちをしていたところを町与力に見咎められて、謹慎を申し渡された。その成田屋から借用した鎌倉権五郎の衣裳に隈取りまでして、隣屋敷から躍りこんできたときには、病床に臥せっておられたお祖父様も、さすがに怒鳴りつけた。

そのほか、信じ難いバカの話は枚挙にいとまなかった。

「おのおの、逸《はや》るではないぞ。黙って控えおれ」

志摩守は家来どもに命じた。たちまち十人ばかりが御次の間に並んでかしこまり、無礼があった場合はただちに斬り捨てる構えである。

南向きの障子に人影が過ぎ、案内役の茶坊主が改まった声で言うた。

「蒔坂左京大夫様、お越しにござります る」

よし入れ、と志摩守は偉そうに言うた。家来たちの鞘鳴りがひとつの音になった。

一瞬ののちに起こるであろう惨劇を予感して、志摩守の胸は早鐘を打つがごとく高鳴った。

障子が左右に引かれた。しかしどうしたわけか、左京大夫は廊下に身をかがめて、茶坊主よりも低く頭を垂れていた。

顔も上げずに左京大夫は言うた。

「突然の推参にお許しを賜り、恐懼の至りにござりまする。志摩守殿におかせられては、御奏者番へのご出世、さらにはご築城との由、心より慶賀奉りまする」

「大儀である。お上がりなされよ」

晴れがましい気分で志摩守は言うた。城持ち大名の権威とはこうしたものなのだ。あの師傅面も、分限わきまえぬ馴れ馴れしさも嘘のように、左京大夫は身をすくめて座蒲団もない下段の間にかしこまった。

外廊下に控えた従者たちの表情は、さすがに不満げである。浅井条右衛門は上段の間の敷居の下に、いかにも家老然として座った。これでよい。もし左京大夫が、ほんの一瞬でも目を合わそうものなら、「無礼者ッ」と叱り飛ばすつもりなのだが、目下の者の分をわきまえたままであった。

小姓がみやげ物を捧げ持ってきた。三宝に載せ熨斗《のし》をかけた反物である。

「わが領内にて産しましたる紬にござりまする。すこぶる温かき生地にて、ご普段着にお使い下されませ」

大したみやげではないが、無礼にはあたるまい。左京大夫の物言いも多弁に流れず、適切であった。

「左京大夫殿。お心遣いはかたじけないがの、当家はただいま築城のため、たいそう物入りなのじゃ。せめていくばくかの祝儀を包むのが、隣家の義理というものではござらぬか」

条右衛門がぎょっと構えて、「御殿様」と叱るように言うた。

従者たちも気色ばんだ。しかし当の左京大夫は眉ひとつ動かさぬ。

「これはしたり。道中のあわただしさにかまけて、気が回りませなんだ。これ、伊東。金子の用意はあるか」

左京大夫は廊下に控える従者に、のどかな顔を向けた。

寒気は臑《すね》を伝って這い上がるというに、伊東喜惣次は総身に冷や汗を滲ませていた。

かたわらに座る御供頭に「いかがか」と小声で問えば、「いや」と顎を振るばかりである。喜惣次は仕方なく両手をつき、志摩守に向こうて言上した。

「僭越ながら、主にかわりご返答申し上げまする。道中なれば手許不如意にて、ご祝儀につきましては後日改めてお届けいたしまする。義理を欠きましたること、伏してお詫び申し上げまする」

喜惣次の胸のうちには、相対する感情が鬩《せめ》ぎ合っていた。

（これでよいのだ。御殿様の堪忍にも限りがある。きっと刃傷に及ばんとして刀を抜かれる。将監様の目論見通りじゃ）

そう思うそばから、志摩守の傲慢無礼には堪忍たまらず、御殿様より先におのれが刀を抜いてしまいそうな義憤が沸き上がってくるのである。

ふと見れば、供頭の膝は怒りに震えていた。「堪忍せよ」と、喜惣次はたしなめた。すると小野寺一路は、その隣にある佐久間勘十郎の膝に手を延べて、やはり「堪忍せよ」と呟いた。

将監様のお下知が甦った。

（よいか、伊東。うつけは腰抜けじゃによって、いかに愚弄されようと刀を抜かぬやもしれぬ。佐久間勘十郎はその際の押さえじゃな。あれは短腹ゆえ、うつけに先んじて刃傷沙汰に及ぶ。それならそれでよい。勘十郎は当家随一の遣い手ゆえ、志摩守様をバッサリ。いずれにせようつけ者は責任を免れまい）

悪い夢を見ているのではないかと喜惣次は思った。しかし夢にせよ現《うつつ》にせよ、ことはのっぴきならぬ大団円を迎えていた。冷や汗がうなじから背筋を、つうと伝った。

上目づかいに志摩守の顔を盗み見た。あの権高で生意気な若者の顔に一太刀を浴びせることができたなら、企てなどすべてご破算になっても、この場で膾《なます》のごとく切り刻まれてもかまわない、という思いがこみ上げてきた。

それは実に思いがけぬ想念であった。惑乱した頭の中が真白になったと思う間に、喜惣次の手は膝元に置かれた刀に延びた。

「いやはや、手許不如意とは恥晒しな。しからば――」

御殿様の手が、お膝元の御刀を摑んだ。喜惣次はおのが手を引いた。

広敷にある一同は彼も我もみな、腰を浮かせて身構えた。

しかし御殿様は、御刀を両手に捧げ持ったまま、泰然と上段の間ににじり寄ったのである。怒りの気はいささかも感じられなかった。

「これなるは、東照神君様よりご拝領の一文字吉房にござる。売り立てればおそらくは、角櫓《すみやぐら》のひとつも建ち申そう。隣家の義理、どうかお納め下されませ」

志摩守は一瞬顔色を変えたが、じきに大人げなくも「うん」と肯《うなず》いて、金梨子地《きんなしじ》の立派な拵《こしらえ》に手を伸ばした。

「御殿様！」

喜惣次は思わず叫んだ。

「御殿様！」

同時に条右衛門が声を上げた。両家の家来衆はみな口々に、大声で「御殿様！」とおのおの主を諫めた。

　たまらず広敷に駆け入った供頭を、御殿様は強いお声で、「控えよ、小野寺」と叱りつけた。

それから初めて、志摩守にきっかりと目をお合わせになった。

「いかがいたされたか、志摩守殿。武士は世にあまたござれど、武将は御家にひとりでござる。武将が差し出したる品物は、武将が受け取ればよろしい」

　志摩守は御座所に腰を浮かせたまま、子供のように手をすくめてしまった。

「さようなお宝、頂戴できぬわ」

「いちど差し出したものを引き取るなど、これにまさる辱めはござりませぬ。どうかお納めなされよ」

「いやじゃ」

　浅井条右衛門が膝を回し、扇子の尻で畳を叩きながら言うた。

「御殿様。お詫びなされませ。非は御殿様にござりまするぞ」

　当惑する志摩守をよそに、御殿様は「マアマア」と妙に下世話なお声で、条右衛門に向き合われた。

「浅井殿のご進言には痛み入り申すが、武将が軽々に非を認めるなどもってのほかにござる。いやァ、志摩守殿もすっかりご立派になられた。広敷にてお待ちかねなるは、昔のままのひいちゃんじゃとばかり思うておりましての。いやはや、とんだご無礼をいたし申した」

　もし喜惣次の見まちがいでなければ、志摩守は父を亡くした幼き日のままに、べそをかいていた。

御殿様は御刀を引かれた。

「しからば、恥をかかせていただく」

左京大夫様、と志摩守がようやく言うた。

「御城をご覧下されませ。案内いたしますゆえ」

いや、と御殿様は外廊下の彼方の丘に翻る、下がり藤の旗指物に御目を向けられた。

「陣屋旗本には胸の毒にござる。それよりも、志摩守殿がみごと城持ち大名に出世なされたこと、御先代様のご墓前にお報せいたしたいのでござるが、お赦し願えまいか」

志摩守がこくりと肯くと、御殿様は小さなお声でひとこと、「ようやった」と嘉《よみ》せられた。

企ては敗れた。またしても。

伊東喜惣次は凍える背を震わせながら、いったいこの始末を将監様にどう申し上げようかと、頭を悩ませた。

四

御供頭心得
一、自佐久平至軽井沢《さくだいらよりかるいざわにいたる》

風光明媚ノ楽旅《らくたび》ト雖《いえども》
長々不致油断《おさおさゆだんいたさず》　早足駆而可争《はやあしがけにていそうべし》
北国街道自来兵《ほっこくかいどうよりきたるつわものども》　共ニ遅取不可《おくれをとるべからず》
参勤道中ハ江戸推参ノ行軍故《ゆえ》
身分上下無構《みぶんかみしもかまいなし》　無礼不《ぶれいぶ》調法《ちょうほう》之《の》段無之《だんこれなし》
当家主《あるじ》蒔坂《まいさか》左京大夫様ハ天下無双之武者
不譲先陣《せんじんをゆずらず》

「やや、これはしたり……」

空澄《くうちょう》和尚は饅頭笠をもたげて独りごちた。

いまだ明けやらぬ信濃国は追分宿の分去《わかさ》れである。

江戸方から見れば分岐《わかされ》、江戸へと向かうには中山道と北国街道の合流《あわされ》ということになる。

そこにはまるで精霊流しのぼんぼりのように無数の提灯のあかりが合流し、東に向こうて流れてゆくのであった。

若い時分から、なかば道楽のように雲水修行を重ねている和尚は、街道という街道を知悉している。しかしこれほどの人通りは、吉日早朝の日本橋しか思い当たらなかった。

振り分け荷を背負った商人《あきんど》が行く。供連れの侍が行く。善光寺参りと見ゆる、揃いの半纏が過ぎる。重そうな荷を揺すって歩む牛や馬。女を乗せた宿駕籠。それらをすり抜けて、早飛脚が走り去った。

左京大夫様御一行は明七ツに岩村田《いわむらだ》を早立ちし、ほどなくここ追分宿の分去れにやってくる。きょうは一気に碓氷《うすい》峠を越えて、松井田宿に至る十里の行程であった。しかし道中がこの混みようでは、とうてい無理であろう。

旅人が多ければ多いほど、心して参勤行列の威儀を正さねばならず、ましてや混雑の中を押して急ごうとすれば、それだけ迷惑もかけるのである。

無理とはいえ、きょうのうちに碓氷峠を越しておかねば、予定通りの江戸入りはまったく覚束ぬ。さて、どうする。

「お坊様、石地蔵みたいにぼんやりとつっ立って、どうなすったんだね」

そう声をかけてきたのは、剝げ落ちたおしろいの襟に手拭を巻き、素足に下駄をつっかけた飯盛女であった。一夜の客を送りに出たのであろうか、提灯の上あかりが別れ涙の小狸のような顔を照らし上げていた。

「嘘泣きじゃないからね。ほんにいい人だったんだ。なじみに見えたんだろうが、そうじゃないよ。もう二度と会えないと思や、なじみのお客より切ないや」

好みの女だ、と空澄和尚は思った。むろんそう思うそばからハタと気を取り直し、飯盛女に数珠をからめた片手を向けて、「色即是空、空即是色」と唱えた。たぶん意味はまるでちがうのだろうけれど、とりあえず煩悩は去ったような気がした。

行方の闇に目を向ければ、無数の提灯が流るるごとく遠ざかっていた。そのうちのひとつが、この飯盛女の一夜の想い人なのだと気付いたとたん、空澄は胸苦しさを覚えた。

「色即是空、空即是色」

いや、やはり意味をたがえてはおるまい、と空澄は思った。

「ところで、ちと物を訊ぬるが」

「チョイの間なら百文でいいよ」

「……そうか、よし。やっ、そうではない。そういうことを訊いておるのではない。分去れのこのような混雑は見たためしもないのだが、いったいどうしたわけかの」

飯盛女は口元に手を当てて、ころころと笑った。一夜の想い人を送り出すために、急いで紅だけ引いたのであろう、小さな唇の端にはみ出た色が愛らしかった。やっぱり好みだ。

「お坊様につまらんことを申し上げました。いえね、どうしたわけか師走に入ってからというもの、毎日がこうなんでございますよ」

「だから、どうしたわけなのだ」

「みなさんがおっしゃるには、ご政道が定まらぬから、お侍様も商人も忙しいんだろうって」

世には尊皇攘夷の嵐が吹き荒れ、御公辺《こうへん》の威信は地に堕ちている。だが、なにゆえそれが街道往還の混雑となるのであろうか。

「頭のいいお坊様なら、おわかりになりますでしょ」

わからぬ。中には頭の悪いお坊様もいるのである。

愚也哉《ぐなるかな》、不識為識《しらずにしるとなす》。

師の一喝が耳に甦った。無知が愚かなのではなく、知ったかぶりが愚かなのだ、と。

「わからんのう。ご政道が定まらぬと、なにゆえ忙しくなるのだ」

飯盛女は丸い目をきょとんと瞠《みひら》いた。

「そりゃあ、お坊様。世の中がどう転ぶかわかんないから、商人は掛け取りを急ぐんでしょうよ。お侍様は江戸と国元を行ったり来たりしなけりゃならんし、神仏への願かけも多くなるしね」

なるほど。北国街道の通ずる越後は、米どころであり物流の要衝であり、大名の領分や旗本の采地や御天領が、細かに入り組んだ国である。世情が慌ただしくなれば、江戸との往還が増すのは道理であろう。また沿道には、霊験あらたかな神社仏閣も数多かった。

「俗事に無縁のお坊様が、どうしてそんなことをお訊きなさるんだい」

飯盛女が衣の袖を引いた。おまえが好みじゃから、とはまさか言えずに、空澄和尚は饅頭笠をつまんで、薄れゆく星空を仰ぎ見た。

雪をかぶった浅間山の頂きだけが、まるで宙に浮いた御大師様の笠のように、鴇色《ときいろ》に染まっていた。

「乙姫《おとひめ》様に申し上げまする。浅間山の曙《あけぼの》がたいそう目出度《めでと》うござりますれば、なにとぞご覧あそばされませ」

供頭の声が聴こえたかと思うと、御駕籠は水面《みなも》に浮かぶようにふんわりと置かれた。

「苦しゅうない。姫は乗物より降りて、浅間山を仰ぎ見ようぞ」

姫様が御駕籠から降り立たれると、金襴の打掛けに曙光が爆《は》ぜ返って、かしこまる家来たちをよろめかせた。

むろんお顔を見てはならぬのだが、もし盗み見る不心得者がおれば、そのお美しさ耀かしさに、たちまちまなこがつぶれてしまうにちがいない。

御齢十六歳を迎えられて、そのお美しさは天地に比ぶるものなく、そのお声は神鈴を振るがごとく、あるいは天竺の琴の弦を弾くがごとく、そのお姿はおすべらかしのお髪《ぐし》がおみ足まで延びて、譬《たと》うるに一羽の白鷺の澪《みお》に佇むがごとくであった。

姫様は長い睫《まつげ》に縁取られた御目を、眩げに細められて浅間山の姿を眺められた。姫様が浅間の曙をご覧になっているのではなく、通りすがった姫様の前に、曙の紅をまとった浅間山がおずおずと姿を現したかのようであった。それくらい乙姫様は神々しかった。

「扇を……」

お付女中が小袖の袂に扇をくるんで、姫様に奉った。寒さにかじかんだ御手が、痛ましいほどにゆるゆると扇を開いた。開くほどに空が晴れゆくような、金色の扇であった。

姫様は打掛けの袂を握るや、右手《めて》を高々と掲げて扇をお振りになった。

「アッパレェー、アッパレー」

姫様は鴇色に染まった浅間山を、おほめになったのだった。

乙姫様は加賀百二万五千石、前田宰相慶寧《よしやす》侯が御妹君にあらせられる。ゆえあって国元にお育ちであられたが、お輿入れにふさわしきお齢ごろにおなりあそばされたので、江戸下屋敷にて住日のお仕度をなされるべく、こたびのご出立と相成った。

しかし、婚儀が決まっているわけではなく、許婚《いいなずけ》もなかった。なにしろ、かの前田利家公が裔《すえ》のお血筋である。実母ではないが父の正室は、十一代将軍家斉《いえなり》公が女《むすめ》であった。

父と兄の身分である「従三位上宰相」は、御三家御三卿を除けば三百諸侯の筆頭であり、むろん「加賀百万石」は他に較ぶるべくもない大身であった。

本郷の上屋敷をはじめとする四ヵ所の江戸屋敷は併せて三十二万八千坪、その広さは公方様のおわす御城に匹敵する。

そうしたお家の姫君にあらせられる乙姫様は、天与の美貌とも相俟って、御齢十六になられる今も夫にふさわしき殿方が定まらずにおられるのであった。

早い話が――何もかもできすぎで、釣り合う男がいないのである。

急ぐ旅ではなかった。江戸と金沢を往還する旅は、主として北国街道を越後から回って中山道に合する道筋で、参勤道中ならば十二泊十三日を要するのだが、姫君の旅ゆえ二十日をかけてゆるゆる参る、という運びになった。つごう百十九里を二十日間もかけるというのは、相当にゆるゆるであった。

実はこのとき、姫様が浅間山見物を勧められたことには、べつの理由があった。

三百人余の行列が止まると、御駕籠のまわりには梅鉢の御家紋を染めた陣幕が閉《た》てられ、その向こう側を、うしろにつっかえていた旅人や牛馬が、ひそかに走り抜けたのである。姫様の行列にゆるゆると進まれたのでは、まさか追い抜くわけにもゆかず、師走の中山道は渋滞をきたしていたのであった。

「乙姫様におかせられましては、今しばらく浅間山をご覧あそばされませ」

供頭は背後の様子を窺いながら言った。侍たちが急《せ》かしてはいるのだが、ぎっしりと詰まっていた旅人たちは、なかなか通りすぎてはくれぬ。陣幕の間から覗き見る者あり、また振り返って見る者もあり、そうした不届き至極の見物人が、さらなる渋滞を引き起こしているのである。

「供頭。姫は浅間を見飽きた。出発してたもれ」

「ははっ、しばしお待ちを」

供頭は身をこごめて御前を退き、侍たちを叱りつけた。

「何をのんびりしておる。旅人の通過を急がせよ。権柄《けんぺい》ずくでかまわぬ。無礼のある者は斬って捨てるとでも言え。姫様はおむずかりにあらせられるぞ」

むろん、みめ麗しいばかりかお心の中までお美しい乙姫様は、おむずかりになってはいなかった。そもそも不平不満などというものは、下々の感情なのである。お生まれになったときから、何ひとつご不自由のない姫様であるから、不平不満がどういうものかもご存じないのである。

およそ小半刻ののち、優雅な梅鉢の御家紋に彩られた三百余の行列は、ゆるゆると動き始めた。遠目に眺むれば、それはけっして生きた行列などではなく、黒漆と金泥で描かれた、ひとひろの蒔絵と見えたにちがいない。

「いや。それはなりませぬぞ、御坊」

小野寺一路は空澄和尚の提言を斥《しりぞ》けた。

「軽井沢にて一泊などもってのほか、行列が威儀を正す要などござらぬ。返すがえす申し上げておる通り、参勤道中は行軍にござれば、一刻も早く江戸に推参いたさねばなりませぬ。ここはどうあろうと、早足駆けにて松井田まで押し通りまする」

追分の分去れには、空澄和尚が待っていた。たしかに北国街道から合流した旅人は、思いがけなく多かった。しかし、だからと言うてことさら威儀を正したり、迷惑を怖れたりしてはならぬ。

「ハッハッ、先陣を譲らず、と申すか。まったくおぬしは、齢に似合わぬ頑固者じゃのう。しかし、この佐久間勘十郎も似た者じゃわい。その意気ごみ、気に入った。何があろうと松井田までの十里、早足駆けにて押し通ろうぞ」

勘十郎はきんきらきんの陣羽織の背に負った旗指物を抜き取ると、思いのほか上手な筆を揮《ふる》って、「不譲先陣」と大書した。これで行列の覚悟は決まった。

一路は下知を待つ者どもをめぐりながら告げた。

「おのおの方に物申す。これより先の中山道は混み合っておるが、脇目もふらずに走るべし。旅人や百姓町人の無礼は一切これを咎めず。隊伍の乱れは致し方なし。遅れを取った者は、着到の時刻にかかわらず、松井田宿本陣に拙者を訪《おとの》うべし。楽な道中に楽を致すは田名部《たなぶ》武士の本分に悖《もと》る。楽を苦としてこそのわれらである。ご返答、いかがか！」

とたんに八十人の田名部衆は、おのおのが拳を振り上げて、「おう」と答えた。

それから一路は、御駕籠のかたわらに片膝をついて言上した。

「御殿様にお願い申し上げまする。この先の十里は早足駆けとなりますれば、どうかお手馬をお召し下されませ」

コホン、とひとつ咳《しわぶ》かれたあとで、御殿様はひとこと、「祝着である」と仰せになった。

ただちに馬が曳かれてきた。久しぶりの出番が嬉しいとみえ、ブチは鶴首を撓《たわ》ませ前脚をしきりに掻いて、気合を露わにしていた。

行列のうしろへと走り、馬上の蒔坂将監《しょうげん》にことの次第を報せた。

「たいそうな覚悟じゃが、これほどの道中混雑はわしも初めて見る。何があろうと走るのじゃな」

「はい。何があろうと」

「言を翻すは恥ぞ。まあ、供頭の下知に物申したのでは、また御殿様に叱られるでな。お手並み拝見じゃ」

仕度は斉《ととの》うた。一路は行列の先頭に立ち、朗々たる声で命じた。

「いざ早足駆けに、前ェー！」

息を合わせ足並みを揃えて、蒔坂左京大夫率いる八十人の一行は、浅間山の裾を巻いて緩い登りの続く中山道を走り出した。

大名旗本家も二百五十有余年続けば、それぞれ固有の習慣を持つ。そしてそれらは、余りにも古いしきたりゆえ、由来が明らかでない場合が多い。つまり、その習慣が何のために行われるのか、どのような理由や価値があるのかわからぬまま、「古いしきたり」というだけで大切にされ、今となっては疑わしく思う者もない。

　たとえば蒔坂家にはこういう奇妙なならわしがある。二人の侍が連れ立って歩むとき、一人が二歩を「せいせい」と声に出して言い、もうひとりが「どうどう」と次なる二歩調を唱える。御陣屋の廊下も、御陣下での通行も必ずそのように歩む。昔からのしきたりであるから、ことさら気合を入れるわけでもなく、ほとんど呼気に等しい。

　またこの際、身分の上下は問われぬ。むろん上士と下士、御家来衆とその陪臣は並んで歩むことはないが、士分である限りは前後にて声を出す。どちらが「せいせい」でどちらが「どうどう」という決まりはない。

　田名部の侍である限り、国元にあろうと江戸詰であろうとこの習慣は同じで、笑いぐさになったり、子供らが真似をしながら後をつけてきたりするのだが、ご本人たちにとっては呼気と同じくらい当たり前のならわしなので、笑ったり囃《はや》されたりしても、いっこうに応えない。

「せいせい」「どうどう」は正々堂々たる田名部衆の気概を唱えている、と伝えられているが、また異説もあって、馬を急かす「せいせい」と、宥める「どうどう」であるともいう。さらなる説としては、歩行中は私語を慎み、職務上の機密を守るために、そう呟き続けるのだとも言われていた。

　では行列の場合はどうかというと、慣例として自由に歩いているときは使われない。しかし、城下町や宿場の通過に際して、あるいは御発駕と御着駕の前後数町は、誰が命ずるでもなくごく自然に、「せいせい」「どうどう」と始まるのである。

この際もまた、べつだんのお定めはないのだが、左右の列、もしくは前後半々に分かれて、「せいせい」「どうどう」と唱えられる。

さて、追分からは早足駆けである。一町も行かぬうちに声はまとまった。行列の右手《めて》が「せいせい」、左手《ゆんで》が「どうどう」である。

先頭には「不譲先陣」と大書した旗指物を翻して、佐久間勘十郎が行く。

「ご通行中の皆々様に物申っす、急ぎの旅なれば下座の要はなし。道を開けられよ！」

いきなりそう言われても、習い性で土下座をする者もあったが、あらましは勘十郎の声を聞き分けて、きょとんと立ち止まるだけである。

続く双子の奴《やっこ》は、丈余の朱槍を肩に負いながら呼ばわり続けた。

「せいせい」

「どうどう」

「せいせい」

「どうどう」

「そこのけ」

「おうまが」

「とおるぞ」

「どげざは」

「むようじゃ」

「げざ」

「むよう」

「せいせい」

「どうどう」

「せいせい」

「どうどう」

緩く長い登り坂である。一同の声がぴたりと合すると、足は軽うなり、呼気も楽になった。行列は速度を増した。すると、御手馬の鈴の音や空駕籠の軋《きし》りが合の手のようにはさまって、いよいよ調子がよくなった。

御馬前を駆けながら、一路には思いついたことがあった。

そもそも「せいせい」「どうどう」は、早足駆けの歩調なのではあるまいか。「せいせい」と声を出したあと、相方の「どうどう」に合わせて鼻から「スッスッ」と二度息を入れる。その息が「せいせい」の声に変わる。実に早足駆けの奥儀という気がした。田名部衆の父祖はこうして息を合わせて、誰よりも早く戦場に馳せ参じ、先陣を駆けたのではなかろうか。その日のために常日ごろから、早足駆けの呼吸法を習いとしていたにちがいない。

「せいせい」

「どうどう」

「小野寺の小童《こわっぱ》め、何としてでも十里を走り切るつもりじゃな。せいせい！」

将監様が殿《しんがり》の馬上から仰せになった。

「どうどう。この調子ならば、難しい話ではございますまい」

「しかるに、伊東。これだけ急げば、追い抜く者は下々ばかりではあるまいぞ。せいせい！」

「どうどう。――と、申されますと」

「それはおまえ、下々の者どもがこれほど忙しゅう旅をかける師走じゃ、道中には影をも踏めぬ御方もおられるであろうよ。せいせい！」

伊東喜惣次《きそうじ》は走りながら考えた。この時節の参勤道中は珍しかろうが、公儀の御使者や朝廷の御勅使や佐渡のお金山《かなやま》からの御用金や、ほかにも何かの事情で往還する大名がおるやもしれぬ。

「どうどう。だとすると、威勢よく走ってばかりもおられませぬな」

「そこじゃ、せいせい」

将監様は悪辣な高笑いをなさった。

「どうどう。そこ、とはいかに」

「御先手の佐久間はちとおつむが足らぬうえ、道中は初めてじゃ。そこで、前を行く者の偉さなどてんでわからずに、どなた様であろうと追い越すにちがいない。せいせい！」

「どうどう。なるほど、小野寺一路もその名のごとき一本気、走り出したら止まりますまい」

「うつけ者は馬にて乗り打ち。せいせい！」

「どうどう。おや、言うておるはしから、何やら前が詰まって参りましたぞ」

しかし早足駆けの行列はまるで止まらぬ。それどころか、道の端に少しずつ寄って、誰にかかわらず一気に追い抜く気配であった。

「何やら立派な御行列じゃの。しかも妙にゆるゆると進んでおるぞ。せいせい」

「どうどう。馬上から昇旗でも見えませぬか」

将監様が鐙《あぶみ》の上に騎馬立《きばだ》って手庇を掲げられた。

「やっ、ややや、せいせい！」

「どうどう、いかがいたされました」

さしもの将監様も、お声が裏返った。

「梅鉢の御家紋じゃ、加賀百万石の御行列じゃ。せ、せせ、せいっ、せいっ！」

早足駆けは止まらぬ。乾いた路上に土埃を舞い上げ、行列はいよいよ速度を増した。

陽が昇りきり、火桶の熾《おき》が盛り始めると、御駕籠の中は暑うてたまらなくなった。

「御窓を……」

乙姫様は小声で仰せになった。そのお声のかそけさというたら、蛍の羽音か笹の葉のそよぎのごとくである。どのようなときでも、姫様は大きなお声などお出しにはならなかった。

よって、お付女中は常に前屈みで御駕籠に寄り添い、姫様のお声を聞き洩らさぬよう歩まねばならなかった。

「承りました。少々お待ち下さりませ」

こうした折にも、行列を進ませながら引窓を開けるなどという不調法は許されぬ。まず供頭に御意を伝え、三百人の行列を止めねばならなかった。むろん、姫様が御手《おんて》ずから窓を開けるなどありえぬ。

「外は寒うござりまするが、このくらいでいかがでござりましょうか」

「……もそっと」

「ああ、たしかに御駕籠の内はお暑うござりまするな。これではお胸が悪うなりましょう。では、そちらも」

「……大儀じゃ」

両側の御窓が開かれると、さわやかな高原の風が熱を払った。姫様はたいそう幸せな気分になられた。

「お寒うなりましたら、またお申し付け下されませ」

御女中が供頭に首尾を伝えると、「おォ立ァちィー」という声がかかって、人々の立ち上がる気配がした。

ところがそのとき、行列のうしろのほうから、尋常ではないどよめきが伝わってきた。姫様は耳をお澄ましになった。

「無礼者、控えよ！　これなるは加賀宰相が御妹君の行列なるぞ」

畳みかけるように荒々しい声が応じた。

「当家は参勤道中なれば、身分の上下かかわりなく罷り通る。ごめん！」

姫様は御窓の御簾《みす》を少し押して、外の様子をご覧になった。土煙が近付いてくる。大勢の足音が地を轟かす。さては合戦か。攘夷の策がならぬうちに、とうとう外国が攻めてきたのであろうか。

「……なにごとか」

お訊ねになった姫様のお声は、たちまち軍旅の足音にかき消された。

供頭が御駕籠の脇に双手を挙げて立ち塞がった。

「控えよ！　無礼にもほどがあろうぞ。そこもとらは何者じゃ」

土埃の中から真先駆けて現れたのは、まるで節句人形の九郎判官みたような、きらきらの陣羽織を着た武者であった。

「問われて名乗るもおこがましゅうござるが、蒔坂左京大夫様が参勤の行列にござる。そこのけ！」

姫様は興奮なされた。ご不満の感情はそもそも持ち合わされぬのだが、そのかわり「そこのけ」という荒々しい男の声に、わけもなく身が震えるほどの心地よさを覚えたのであった。

マイサカ、などという御家の名は聞いたこともなかった。しかし御駕籠の外をつむじ風のように走り去った武者の背には、割菱の紋所が記されていたので、これはたぶん、かの武田信玄公が御家来衆なのであろうと姫様は考えた。

信玄公は遥か昔の武将であるはずだが、どこぞにその裔《すえ》がおられたのか。あるいは今日のふがいない世の中を見るに見かねて、彼岸から湧き出た攘夷の軍勢であろうか。いずれにせよ、かの信玄公が行軍であるなら、無礼も慮外もあるまいと姫様はお察しになった。

勢いに気圧された供頭が、かしこまって言上した。

「姫様、この無礼の段はのちのちきっと詮議いたしまするゆえ、しばしのご辛抱を」

乙姫様は胸苦しいほどの興奮を御身のうちに鎮めながら、ようやく「苦しゅうない」とお答えになった。

御先手の武者の後からは、天を衝くほどの長い槍を掲げた二人の奴が、「せいせい」「どうどう」と息を合わせながら駆け抜けていった。

姫様の耳にはその声が、「正々堂々」と聴こえた。後に続く侍たちも、一糸乱れぬ駆足で「正々堂々」と声を揃えていた。そしてその者どもはみな、御駕籠の前を通り過ぎるとき、呼気の合間に「ごめん！」と叫んだ。

加賀百万石が何者かに追い越されてゆく。なすすべもなく、「ごめん」の一声で並ぶもののなき権威が蹂躙されてゆく。生まれてこの方、誰にも諂《へつろ》うたためしのない姫様にとって、それはまるで恋しい殿方に抱きしめられるような快感であった。

供頭は御駕籠の引窓を閉ざそうとしたが、姫様は指を添えて抗《あらご》うた。

騎馬の武将が来た。華やかな御馬飾りを装った斑駒《ぶちこま》は、兄の御手馬に似ていた。武将はみごとな手綱さばきで馬を常足《なみあし》に控えさせた。

「蒔坂左京大夫、馬上よりご無礼つかまつる。乗り打ちのわけは追って加賀宰相殿に申し開きをいたす。ごめん」

まあ、何と格好のよい。陶然とする間もなく、ひとりの若侍が満面に汗をほとばしらせながら、御駕籠の窓辺に片膝をついた。むろん、見ず知らずの男と顔をつき合わせるなど、かつてない経験である。

「蒔坂家が道中供頭にござりまする。ご無礼の段は拙者一身の責にござりますれば、何とぞご承知置き下されませ」

得体の知れぬ感動を収むることができずに、姫様はご自分でも信じ難いお言葉をかけられた。

「苦しゅうない。面を上げよ」

若侍はハッと虚を衝かれたように肩を震わせたが、やがておもむろに顔をもたげた。

「……もそっと」

姫様は御簾をいっぱいに持ち上げた。下々の者と同じ目の高さで見つめ合うなど、ありえぬ話ではあるのだが、その若侍の姿形の麗しさたくましさに、姫様の心はかき乱された。

「名は、何と申すか」

若侍も目をそらそうとはしなかった。

「小野寺一路と申しまする」

「おのでら、いちろう……」

「いえ、姫様。いちろ、にござりまする。ひとつの路と書きまする」

ああ、と姫様は桃色の溜息をおつきになった。月代《さかやき》に汗の玉をたたえ、肌は日に灼け泥に汚れてはいるが、その瞳が見つめ続けている遥けき一路が、姫様の御心にもありありと映ったのであった。

「乙姫と申す」

姫様は思わずお名乗りになられた。控えていた御女中たちは、一斉にぎょっと顔を上げた。姫様が御自ら名乗られるなど、あってはならぬことである。

「畏れ多い限りにござりまする。では、これにて」

にじり退がろうとする若侍を、姫様は「待たれよ」と呼び止められた。

もう二度とは会えまい。それでもこの一瞬のめぐりあいを、胸にとどめていてほしいと姫様は思うたのである。

「……これを、つかわす」

おすべらかしのお髪の前に飾った珊瑚玉の簪《かんざし》を抜いて、姫様は若侍に手向けた。言葉にはならなかったが、もし妻があるのならその人の髪に、あるいはゆくゆく妻となる人の髪に、飾ってほしいと願ったのであった。

けっして物を与えたのではなかった。さすればおのが魂のひとひらが簪に宿って、とこしえに添いとげられるような気がした。

若侍がためらいがちにそれを押し戴いたとき、とうとう思いが胸に溢れて、姫様ははらはらと涙を流された。

「ごめん」

潔い一声を残して、若侍は行ってしまった。行列は土埃にくるまれて遠ざかっていた。もいちど振り返ってはくれまいかと思うたが、若侍のうしろ影は次第に小さくなって、やがて街道の松枝《まつがえ》の彼方に消えてしまった。

「……履物を」

かそけき声で姫様は仰せになった。御駕籠の戸が開けられ、緋《あか》い鼻緒のお草履が運ばれた。

「扇を……」

乙姫様は余塵のわだかまる中山道にお立ちあそばされ、打掛けの袂を握るや右手を高々と掲げられて、金色の扇をお振りになった。

「アッパレェー、アッパレー」

これが御女中たちの申す初恋というものだとしたら、あまりに切なく、あまりに短い逢瀬であった。そう思うと、何不自由のないおのれの立場がみじめになって、姫様は涙の涸《か》れるまで声を上げ、扇を振り続けた。

其の六　前途遼遠

一

御供頭心得
一、自碓氷峠先《うすいとうげよりさき》　道中難所無之《これなく》
只管耳指向江戸《ひたすらえどをめざすのみ》
雖然《しかりといえども》　心身疲労極而《きわまりて》御家来悶着
或《あるいは》病人等頻出致モ又此先也
油断為不可《ゆだんすべからず》
万万一御殿様御不快御就床之際而《さいにて》ハ
直《ただち》ニ立早馬《はやうまたて》　江戸表御老中様宛《あて》
御報致可《おしらせいたすべし》

参勤道中ハ行軍故《ゆえ》 着陣遅レ 即《すなわち》
御家断絶之大罪ト可心得事《こころうべきこと》

旅の原則は「暮六ツ泊まり七ツ立ち」である。

すなわち日暮のころには宿入りし、夜明けを待たず暗いうちに出発する。長い一日のあと、さらに夜道を伸《の》そうとすれば危険もあるし体に無理もかかる。ならば一日を早く始めるほうが道理だからである。

この日、信州岩村田《いわむらだ》を暁七ツに出発した蒔坂《まいさか》左《さ》京《きょう》大夫《のだいぶ》一行は、信濃追分からの行路混雑を物ともせずに碓氷峠を越え、上州松井田《まついだ》宿をめざした。

佐久平から軽井沢までは、浅間山の麓を巻く緩やかな長い登りが続く。知らず知らずに高さを稼ぐから、峠越えは難所と呼ぶほどの苦労ではなかった。そのうえ天候にも恵まれて、山間の日蔭に凍った雪だまりを見る程度の道中であった。つまり中山道の難所と呼ばれる碓氷峠は、上州と信州の標高差があるゆえに、京向きはつらい道だが江戸向きはさほどでもないのである。

しかし、行列は疲れ切っていた。この峠を下ればその先は平坦な関東平野だという安心が誰の胸にも兆《きざ》して、いきおい長旅の疲れがどっとのしかかってきたのである。旅はまだまだ続くのに、気持ちばかりが終わってしまったと言うてもよかった。

「それにしても長い下りじゃのう。膝がすっかり笑うて、今にも折れてしまいそうじゃ」

つづら折りの夜道を下りながら、矢島兵助《ひょうすけ》は弱音を吐いた。杉の木立ちに見え隠れする坂本宿の灯は、まるで夢の中のように歩けど近付かない。

「何やら狐にたぶらかされておるようじゃの。もしやわしらは、山の中を行きつ戻りつしておるのではないか」

力なく答える中村仙蔵の手には、杖がわりの太枝が握られていた。やはり膝が震えてならぬのであろう。

「松井田の宿はあの坂本よりも、まだ二里十五町も先じゃそうな。考えただけでうんざりするのう」

そう言うて白い溜息をつくと、仙蔵が真顔で叱りつけた。

「愚痴が多いぞ。誰も彼もうんざりしながら歩いておるのじゃ。たいがいにせえ、サル」

つねづねその身の軽さから、「猿《ましら》の兵助」と異名をとってはいるが、面と向こうてサル呼ばわりされた兵助は気色ばんだ。

「そういうおのれも、いい若者が杖になどすがりおって。少しは武士の体面を考えたらどうだ」

「何をッ、ぐずぐず弱音を吐くよりよほどましじゃろう。おまえこそ恥を知れ」

言い争うて歩くうちに、前後の同輩たちまでが剣呑な声を上げ始めた。

「くたびれておるのはみな同じじゃ」

「諍《いさこ》うひまがあったら黙って歩け」

「なにゆえ坂本で泊まらぬ」

「知るものか。御供頭様に訊いてみよ」

「ああ、腹がへった」

「暮六ッ泊まりどころか、松井田に着くころは五ッを過ぎようぞ」

「もう、うんざりじゃ」

「さよう、うんざりじゃ」

兵助はつづら折りの夜道を見おろした。力の要らぬ下り坂だというのに、人々はみな手にした御道具を持て余すようにだらだらと歩んでいた。時おり、アアッと声を上げて提灯が翻る。疲れ果てた足元が覚束ずに、やたらつまずいたり滑ったりするのである。

そうこうするうち、交わし合う愚痴も絶えてしまった。

いったいどうしたわけだ。これが木曽路を跋渉し、吹雪の和田峠を越え、佐久平を一気に早駆けした同じ行列とは思えぬ。

やはり物怪《もののけ》のしわざであろうか。


「もし、御殿様――」

声をおかけしても、御駕籠の中からご返答はなかった。一路は歩きながら身をこごめてさらに言上した。

「じきに碓氷峠を下り切り、坂本宿でござりまする。そのさき松井田宿までは、まだ二里十五町ござりますれば、御馬をお使いになられましょうか」

お眠りになっておられたのであろうか、しばらくの間を置いてから「無用である」とのお声が返ってきた。

一路は山道を振り仰いだ。つづら折りの下り坂に、間を置いた提灯の火が延びていた。歩度も実に遅い。行軍録に記されている通り、一行の心身疲労は極まっているのである。

「おのおの方、間をお詰めなされよォ！」

一路は闇に向こうて命じた。声はたしかに逓伝《ていでん》されてゆくのだが、間延びした行列が縮む様子はなかった。

「小野寺……」

道がようよう平らかになったあたりで、御殿様が一路の名を呼んだ。

「ははっ、小野寺はこれに。御馬をお召しにござりまするか」

「いや……」

何とも気の抜けたお声である。一路は不安になった。

「少々熱が出たようじゃ……」

冷や水を頭から浴びせかけられたような気がした。行軍録が書き記すところの、「万万一御殿様御不快」であった。

坂本宿の灯は前方指呼の間である。しかし一路があれこれ迷うそばから、御殿様はか細いお声で仰せになった。

「坂本宿で騒ぎ立ててはならぬぞ。止まらぬはずの行列が止まれば迷惑をかけるゆえ、予定通りに松井田へと向かうがよい」

中山道の混雑ぶりから察するに、麓の坂本宿は満杯であろう。そこに急病の御殿様が御駕籠を止めたなら、大騒ぎとなるは必定であった。

坂本宿は上州安中《あんなか》三万石、板倉主計頭《かずえのかみ》が領分である。東に碓氷の関所、西に碓氷峠を控えているところから、旅宿四十軒を算《かぞ》える大きな宿場であった。御殿様は多くを語られぬが、こうした時と場所で騒ぎとなれば、迷惑もそのぶん甚しいとお考えになったのであろう。

「碓氷の関所まで半里にござります。今しばらくのご辛抱を」

一路は行列を止めず、「御一同、早駆けに前へ!」と命じた。


「あらら、御行列が一目散に走ってゆく。これはいったい、どうしたわけだえ」

「どうしたもこうしたも、これじゃあ土下座をする間もねえや」

坂本宿の旅籠の二階から、朧庵《ろうあん》と新三《しんざ》は街道を見おろしていた。

道中笠《めどき》と道中髪結、さすがに旅慣れた二人は峠の下りをだらだらと進む行列に業を煮やして、間道伝いに先回りしたのであった。坂本宿に入って湯に浸り、膳に向こうて一献傾けようとしたところに、ようやく行列がやってきた。しかも、仰天する人々をよそに街道を駆け抜けてゆく。

「まあ、この時刻となれば急ぎたくなるのもわからんでもないが」

「それにしたって先生、天下の参勤行列が見栄も外聞もなく宿場をつっ走るってえ、話が尋常じゃありやせんぜ」

余りに突然のことであったから、二人も開いた口が塞がらぬ。行列がそうならまさか高みの見物も無礼には当たるまいというわけで、開いた口を塞ぐように手酌の酒を飲み始めた。

佐久平での早駆けのように、整然たる隊伍ではない。峠下りの折にすっかり崩れてしまったまま、てんでんばらばらに息せききって走るさまは、どうにも見苦しかった。しかし見ようによってはこれにまさるおかしさはないから、旅籠の二階や出梁《だしばり》はどこもかしこも一杯機嫌の見物人で鈴生りである。

「さて、どのように思われるかな」

「さいですねえ。関所が閉まっちまうんじゃあねえんですかい」

朧庵は落ち着き払って答える。

「それはあるまいの。碓氷の関には安中から二人の御番頭《ごばんがしら》が出張っておりまして、夜詰の番をしておるのです。板倉様は三万石の御譜代、碓氷峠を越えてきた参勤行列によもや杓子定規のことは申しますまい。そのあたりは、先だっての福島関とはちがうはずですなあ」

「なるほど。言われてみりゃ、安中の板倉様は名君の誉れが高うござんす」

話している間にも、隊伍を乱した行列がばらばらと通り過ぎてゆく。

「ところで新三さん。安中の遠足《とおあし》をご存じかな」

「へい、知っておりやすとも。板倉の御殿様は、武門たるものまずは駆足だってえわけで、ともかく安中の御家来衆は子供の時分から足が速えそうで」

「鍛錬といえば、安中の御城下から碓氷峠までを、競い合うて往還するそうだ」

「ひえっ、あの碓氷峠を行ったり来たり」

「わしもいちど、その遠足の鍛錬に出会《でくわ》したためしがあるがの、数人が一組であったが、ともかく速いのなんの。まったく草木を薙ぎ倒して走り去る、つむじ風か何かのようじゃった」

「ははあ。だとすると、足自慢の左京大夫様のこった、安中の遠足に負けじと走り出したてえわけじゃねえんですかい」

「はっ、はっ、それはそれで面白いが、ご本人のお姿は見当たらぬ。ほれごらんなされ。どう見てもあの御陸尺《おろくしゃく》の足どりから察しまするに、左京大夫様は御駕籠の中」

二人は今しがた通り過ぎた御駕籠を、伸び上がるようにして見送った。

「だとすると、こんなのでいかがでござんしょう。左京大夫様は道中の無理が祟って、お具合が悪くなった。一刻も早く松井田宿まで」

盃を呷って、朧庵はううむと唸った。

「それは、まずい」

「ねえ、先生。そいつァまずかろう」

「ううむ。参勤の着到遅れは天下の大罪でございますからなあ」

「で、するとどうなるんですかい」

二人は手酌を傾けながら街道を見おろした。折しも行列の殿《しんがり》を行く蒔坂将監《しょうげん》の馬が、目の下を過ぎて行った。

「思うツボ」と、二人は異口同音に言うた。

なるほど、宿場の灯に照らし上げられた悪党の顔は、心なしかほくそ笑んでいるように見えた。

行列が御駕籠をおろしたのは、役人のほかには傍目《はため》のない碓氷の関所である。

夜空には上弦の月が冴えて、妙義山の猛々しい姿を露わにしていた。風はないが、身の凍るほどの寒さである。

御駕籠の引戸を開けて、一路は息を詰めた。どれほどお疲れでもけっしてお姿を崩されぬ御殿様が、背もたれに深く沈みこんでぐったりとなさっていたのである。お顔色が幽鬼のごとく青ざめているのも、月あかりのせいではなかった。

たちまち医師の辻井《つじい》良軒《りょうけん》が駆けつけた。

「お脈を頂戴つかまつりまする」

そう言って御殿様の腕に手を当てたとたん、良軒はぎょっと一路を振り返った。

「松井田まではいかほど」

「ここまで参れば、せいぜい一里半でござる」

「それは遠すぎる。間宿《あいのしゅく》はござらぬか」

「すぐそこの横川と、その先の五料《ごりょう》に茶屋本陣がござるが」

ご容態が険悪であることは、一路にもひとめでそうとわかった。

「たいそうなお熱であるし、お脈も頻《しき》っておられる。一刻も早うお床をお取りしなければなりませぬ」

茶屋本陣とは、正規の本陣ではないがそれに準ずる体裁の整った屋敷で、貴人が休息所として利用する。しかし場合が場合である。ともかく今は、どこであれ御着陣を急ぐほかはなかった。

「では、横川の茶屋本陣に参る」

一路が決心してそう答えたとたん、御駕籠の中から御殿様が強いお声で仰せになった。

「ならぬ。松井田に向かえ」

気息奄々たる有様で御殿様は続けた。

「本陣を変えるは、松井田の宿にも横川の宿にも迷惑じゃ。ましてや御領主の主計頭殿にもご迷惑をかけようぞ。それにひきかえ、病に迷惑をかけられおるは、余がただひとりである。はた迷惑は控えよ。しかと申し付くる」

闇の向こうから悪辣な声がかかった。影絵となった妙義山を背にして、天狗のように立っているのは蒔坂将監である。

「仰せの通りじゃぞ。ほれ見よ、関所役人もどうしたものかとうろたえておるではないか。なあに、御殿様はまだまだお若い。何の一里半ばかり」

御殿様とその御後見役が同じ物言いをするのでは仕方がなかった。

良軒が熱さましの薬を献じた。御前を退《さ》がるとき、将監が一路にも聞こえよがしの声で言うた。

「これ、良軒。ただいま調合したる薬は、熱さましにちがいなかろうな」

良軒は答えなかった。その背を追い討つように、将監は続けた。

「おぬしも体を大切にせい。医者の不養生と申すは、ままあるものじゃぞい」

思わず言い返そうとした一路の手を、御殿様が御身を起こして握りとどめた。その掌の燃えるような熱さに一路はおののいた。

上州松井田はとりたてて大きな宿場ではないが、人別一千余を算える豊かな町である。いつのころからか信州諸藩の年貢米がこの宿場に集積されるようになり、一部は売却されたので、米相場が立つようになった。その利鞘によって、小さな宿場が豊かに潤ったのである。

そもそも領分から江戸に向かう年貢米は、江戸詰め家臣の扶持を除いて換金される。ならば江戸まで運ばずに、道中で売却できれば都合がよい。そこで中山道ではこの松井田と、少し先の倉賀野《くらがの》宿に米市が出現したのであった。

伊東喜惣次《きそうじ》の胸中は、とっぷりと昏れた夜の闇のように暗鬱であった。碓氷の関所で御殿様御不快と聞いてから、まるで鉛でもくくり付けられたように足が重くなり、早駆けの行列からも遅れてしまった。

側用人たるもの、いかに供頭の差配する参勤道中といえども、御殿様のかたわらに添うていなければならぬ。だがどうしても、急な御不快に見舞われた御殿様のお姿を見たくはなかった。

何という矛盾であろう、と喜惣次は思う。御殿様を失脚せしめ、将監様に御家を継いでいただくことに執着してきたおのれが、どうして願ってもないはずの御不快に胸を痛めるのであろうか。失脚どころか、お命まで頂戴しようと肚を括《くく》っていたおのれが。

夜も更けた五ツ過ぎに御殿様が担ぎこまれると、本陣金井家は上を下への大騒ぎとなった。すでに御先手の佐久間勘十郎が指図により、奥居の御座の間には床が取られていた。御駕籠は陣幕を張った玄関からそのまま奥へと、文字通り担ぎこまれた。

一行より遅れて本陣に到着した喜惣次は、門前に立てられた「田名部《たなぶ》左京大夫寓」の関札を見たとたん、足がすくんでしまった。まるでそれが、悪鬼を寄せつけぬ御札のような気がしたのであった。

御殿様はお着替えもなされず、袴と羽織を脱いだだけのお姿で床に入られていた。ひとめ拝して尋常ならざるご容態であると知れた。

入側《いりがわ》に辻井良軒を呼んだ。

「いかがじゃ」

良軒は白皙の顔を向け、しばらく疑わしげに答えをためらった。

「いかが、とは、良し悪しのどちらをお訊ねなのですか」

胸に刺さる問いであった。しかし喜惣次には、ご回復を願うほかに他意はなかった。むろん、他意を抱かぬおのれの、内なる矛盾をみずから怪しんでもいたのだが。

「何とかご本復を。頼む、良軒」

喜惣次は虚心を声にして頭《こうべ》を垂れた。

「さて、そう言われてもにわかには信じられませぬ。なにゆえのご翻心でしょうか」

答えは見出せなかった。喜惣次の心は庭先の篝《かがり》のように揺れ続けていた。

「翻心をしたわけではない。武将が病に斃《たお》るは本望ではあるまい」

「きれいごとを――」

良軒はにべもなく喜惣次の声を遮った。きれいごとにも聞こえよう。そう言う喜惣次自身が、唇の寒くなるような答えであった。

「お熱の下がりますまでは、けっして御出立あそばされてはなりませぬ。たかが風邪《かざ》ッ引《ぴ》きじゃなどとなめてかかれば、肺腑を冒されて命取りにもなりましょう」

「で、お熱は下がるか」

「効能ある蘭方薬を進ぜましたゆえ、ご安静になさっておられれば、いずれは」

「いずれでは困るのだ。明朝には出立せねば江戸着到の時日《じじつ》に間に合わぬ」

「それは無理な話――」

良軒は言葉をとざして、また訝《いぶか》しげに喜惣次の顔色を窺うた。

「わたくしは医者でござりまする。過日はあやうくその本分を見失うところでしたが、もはや迷いはありませぬ。御家にどのようなご事情ありやはさておき、医者は人の命を救うことのみに執心いたしまする。ご承知おき下されよ」

きっぱりと言い切る良軒を、喜惣次は羨《うらや》んだ。本分を尽くすことの、いかに幸せで易きかを感じたからであった。

しかるにおのれは、鬩《せめ》ぎ立つふたつの本分に揺れ動き、方途を失うているのである。

良軒が御寝間に戻ると、外廊下の先に影が動いて、旅装も解かぬままの将監様がぬっと姿を現した。喜惣次は暗みを小走りに歩き、行灯のかたわらに平伏した。

今のやりとりを聞かれてしもうたか。将監様の顔色は凶々《まがまが》しい怒気を含んでいた。

「おぬしは貧乏を忘れてしもうたようじゃの」

やれやれ、と溜息を洩らしながら、将監様は廊下に座りこんだ。

「ここでは話も何でござります。お座敷へ」

「いや、かまわぬ。厠を使うておっただけじゃ。わしとおぬしとの臭い話には、座敷よりもここのほうがふさわしい」

あたりは小さな行灯がほのかに灯るばかりの真の闇である。襖ひとつを隔てて耳目のある座敷などより、よほど安心できる場所であった。だが喜惣次にとって、本陣の奥の暗みは、おのが心の暗みそのものに思えた。

「上《かみ》の御厠はもっぱら御殿様がお使いあそばされまする」

厠の木戸に目を向けて、喜惣次はせめて抗うつもりで言うた。

「うつけの使う厠を、わしが使うて悪いか」

将監様はそう嘯《うそぶ》きながら、喜惣次のかしこまった膝を扇子の尻で叩いた。

「ましてやそのうつけは、熱に浮かされて厠にもよう立てぬわ。まさしく天命われにあり、江戸入りの遅れは合戦における着陣の遅れぞ。これにてめでたくうつけ者は永蟄居《ながちっきょ》、御老中方々はわしを十五代蒔坂左京大夫に推すであろうよ」

「畏《おそ》れながら、参勤の時日遅延がそればかりですみましょうや。御公辺も何かと物入りの昨今、御家お取り潰しのうえ領分召し上げの御沙汰がないとも限りませぬ」

将監様は喜惣次を小馬鹿にするように、扇子を拡げてその顔を煽《あお》った。

「案ずるな。うつけには腹を切らせるわい。永蟄居など金がかかるだけではないか。命と引き替えに御家存続を請うのであれば、御老中方々も文句はつけられまい」

悪鬼の扇に煽られて、体がすっかり縮み上がってしまった。それが士道かと思いもするが、声にする勇気がなかった。

「ところで、伊東。おのれは貧乏を忘れたようじゃの」

「いえ、忘れてはおりませぬ」

「ならば、貧乏人に戻りたくはあるまい。銭金ばかりではあるまいぞ。あれは将監様の郎党よ使用人よと、御家来衆からさんざ侮《あなど》られた屈辱も忘れたわけではなかろう」

「いかにも」

貧乏と屈辱を免れたのは、将監様のご推挙があったからである。そして側用人として召されたあとは、御殿様が可愛がって下さった。蒙ったご恩は等しいはずであった。

将監様の御屋敷の門長屋で暮らした貧乏と屈辱の日々は、今も夜ごとの夢に見る。おのれひとりの不幸ではなく、父母や祖父母が甘んじた、武士とは名ばかりのみじめな暮らしであった。厠の臭いのたちこむる、この漆黒の闇。身じろぎもできぬ義理と欲の暗みに、おのれは追いつめられたのだと思うた。

「のう、伊東。貧乏人に戻るか」

喜惣次は行灯の上あかりに照らされた顎の先から、ぽとぽとと涙をこぼした。

おのれひとりの利欲ではない。父母や祖先の無念を忘れず、妻子の幸福を願えば、利は義に先んじなければならぬ。しかし、そう思い定めるそばから、胸の内なる士道が喜惣次を泣かせるのであった。

「よおっし！」

上野《こうずけ》国安中城とその城下は、板倉主計頭勝殷《かずえのかみかつまさ》侯の気合の入った一声によって目覚める。

主計頭様のご起床は暁七ツ、誰に促されるでもなく、むろん時計などに頼るはずもなく、刻限ぴったりにはね起きるのである。そして、この際に発せられる「よおっし！」の大音声で、まず小姓や宿直《とのい》の近習が目覚め、「よおっし！」と唱和する。その「よおっし！」はたちまち御城内から城下へと伝わって、太鼓や鐘が打ち鳴らされる。したがって、安中には朝寝坊などひとりもいない。もし七ツを過ぎて起き出してこぬ者があれば、まさか罪までは問われぬにせよ、甚だ軽侮されるのである。上は御重臣から下は商家の丁稚に至るまで、このならわしに順《したが》わぬ者はなかった。

もっとも、この「よおっし！」に格別の意味はない。強いていうなら、「よおっし、きょうもやるぞ！」の略であろうか。つまり、未明の七ツにはね起きて、ただちに一日の活動を開始するための気合であった。

主計頭様は御齢四十二歳、しかしお体は常日ごろの鍛錬の成果で鋼のごとくたくましく、「よおっし！」の気合も獅子吼《ししく》のようであった。

板倉家の家祖は、東照神君のご信任すこぶる篤く、駿府や江戸の町奉行、のちには京都所司代をも務めた伊賀守勝重公である。東照神君の腹心であったことから、その健康法や身心鍛錬術を身近に学んで累代の家法にしたと思えば、御当代主計頭様の「よおっし！」はまこと理に適う。

また、勝重公の子息である内膳《ないぜんのしょう》正重昌公は、大坂冬の陣の軍使として知られ、のちには島原の乱の将に任じられたが、援兵の派遣を恥じて強攻をしたあげく、知れ切った討死を遂げた。御当代様の武勇専一たるご気性も肯《うなず》けるところである。

さらには勝重公の嫡子周防守《すおうのかみ》重宗公は、京都所司代を長きにわたって務め、その無私公正、裁決明断ぶりが後世の亀鑑として謳われた。すなわち、御当代様の卓抜せる正義感と責任感は、やはり血脈のなせるわざであった。

要するに、主計頭様はけっしてうらなりの御殿様ではなく、健康第一、武勇専一、無私公正、といった武家の道徳を一身に体した名君なのであるが、はたしてそれが御家来衆や領民にとって、幸福なことであるかどうかは疑わしい。そもそも人間の幸福とは、ある程度のいいかげんさによってもたらされるものだからである。

さてこの日、御家来衆の誰よりも早起きなされた主計頭様は、本丸御殿の大廊下を「よおっし、よおっし！」と呼ばわりながら湯殿へと赴き、筋骨隆々たるお体に冷水をざんぶと浴びせかけるや、いっそうの気合をこめられた。御小姓衆が駆けつけたときにはすでに、御みずから下帯も替え、髭も月代《さかやき》も剃って鍛錬の仕度を斉《ととの》えられていた。

おのれのことをすべておのれでなさる御殿様など、三百諸侯中ほかに例はあるまい。

「よおっし、走ろうぞ！」

剣術の稽古着に襷をかけ、袴の股立《ももだ》ちを取った主計頭様は、すばやく草鞋《わらじ》をお履きになるや庭先から走り出す。遅れてはならじと御家来衆が後に続く。朝飯前の駆足は御城の廓内《くるわうち》を一巡りしてから、馬場を大回りに幾周もする。そのころには夜もしらじらと明け、駆足で登城した侍たちも合流してなかなかの賑わいとなる。

弓馬刀槍の鍛錬に励むは武門の習いではあるが、ひたすら走る御家中などあるまい。しかし板倉主計頭様は、あらゆる武芸の基《もとい》となるは駆足であるとの信条をお持ちで、御みずからもひたすら走り、御家来にもひたすら走らせ、領民たちにも駆足を奨励し続けておいでである。

御先代のころより始まった「安中の遠足《とおあし》」は夙《つと》に名高い。御城下から碓氷峠の頂きまでの険阻な七里を、一気呵成に往還するのである。下るだけでも膝が笑う上州側からの急勾配を、駆け登って戻ってくるというのだから、知らぬ人が聞けばとうてい人間業とは思われぬ。

鍛錬というより、すでに家風であった。駆足の苦行から免れるのは算え五十七歳という定めであるから、壮年に至っても腹のつき出た侍などはひとりもいない。御殿様はじめ御家来衆のことごとくが、真黒に陽に灼けた顔と、脂気のない引き締まった体を持っていた。

朝の駆足から駆足でお戻りになった主計頭様は、再び湯殿にてざんぶと冷水をお浴びになり、実にさわやかに表書院へとお出ましになった。

一汁一菜の質素きわまる御朝食を摂りながら、一日の予定をお聞きになる。報告をなすは本年めでたく駆足御免となった家老であった。

「御殿様におかせられましては、本日もおみごとな駆足をおえられ、恐懼の限りに存じまする」

「大儀である」

と、このような朝のやりとりをする主従もほかにはあるまい。

しかしこの朝は、家老の口からのっぴきならぬ報せが上げられた。

「昨夜戌《いぬ》の刻、蒔坂左京大夫様御一行が松井田宿本陣に入られました」

「さようか。この年の瀬の参勤道中は難儀じゃな。左京大夫殿とは昵懇の仲ゆえ、本日は城下にてお出迎えをいたそう」

「しかるに御殿様。松井田宿からもたらされました朝駆けの報せによれば、左京大夫様は道中にて急なご発熱、本日はご出立が叶わぬそうでござりまする」

沢庵漬をばりばりと嚙む御殿様のお顎の動きが止まった。ちなみに、主計頭様の歯は獅子頭のごとく頑丈にあらせられ、顎の先は二つに割れておられる。そのうえ不動明王のごとき眼光にくわっと睨みつけられれば、家臣たちは畏れおののいて声をなくした。

要するに多年にわたる駆足鍛錬の結果、御殿様のお体には無駄なものが何もないのであった。

「よおっし！」

御殿様はやにわに立ち上がられた。身の丈は六尺に近く、ために御殿の鴨居は高く造作されていた。

何が「よおっし」なのかわからぬ家老は、満身の気合に思わず後ずさった。

「ただちに御見舞つかまつる！」

「ハハッ、では御馬の仕度を」

「無用！」

そう叫びつつ主計頭様は、早くも脱兎の勢いで表書院から駆け出していた。

「御殿様、お待ち下されませ」

「何の何の、松井田まではほんの二里と十六町、馬を追うより走ったほうがよほど早いわ。カッ、カッ、カッ！」

すわ駆足、とばかりに、御小姓衆や近習たちが御殿様の後に続く。板倉主計頭様が本気で走れば、馬より速いことは誰もが知っていた。

二

軽井沢宿に泊まり、碓氷峠《うすい》の頂きに鎮座まします熊野権現に道中安全祈願をなされた乙姫様は、ご来光に向こうて「アッパレー、アッパレー」と扇をお振りになってから、石段下に建つ神官の屋敷にてしばしのご休息をおとりになった。

この立派な屋敷を、旅人は「赤門屋敷」と呼ぶ。さすがは加賀百万石、江戸本郷の上屋敷に倣《なら》った朱塗りの御門を建てて、ここに寄進しているのである。

そうした次第であるから、神官は乙姫様を奥居の上座に招き、心をこめてこの地にまつわる故事を語った。

「このお社は、実に信州と上州の国境いに鎮座まします。ちょうど水の分去《わかさ》れでしてな、この頂に降った雨は、石段下から右と左に流れを分かつのでござりまする」

わかされ、と聞いただけで姫様の胸は痛んだ。珊瑚玉の簪《かんざし》をはなむけとして別れたあの若侍は、今ごろ中山道のどこを歩んでいるのだろう。

「その昔、東国平定に向かわれた日本武尊《やまとたけるのみこと》は、武州上州を経てこの碓氷峠の頂きに立ち給えるとき、東南《たつみ》の方角を望んで三たび歎息せられ、『吾嬬《あずま》はや……』と曰《のたま》われたのでござりまする」

よくはわからぬが、何やら悲しげな話のようである。乙姫様は胸の痛みに耐えつつお訊ねになった。

「アズマハヤ、とは何か」

「ははっ。それは『わが妻よ』という意味にござりまする。相模国の馳水《はしりみず》という浦を船にて渡られました折、尊が妻御の弟橘媛《おとたちばなひめ》は、海神《わたつみ》の怒りを鎮めんとして人柱となられたのでございます」

たちまち胸が潰れてしまった。できればその先は聞きとうない。

「見晴らしのよいこの峠の頂にお立ちになり、尊は来し方を望まれてお歎きになったのです。本来ならば心は歌に托するべきでござりましょうが、さしもの尊も思いが溢れて言葉にはならず、ただ、『吾嬬はや』と曰われたきりでございました――やや、姫様。いかがいたされましたか」

乙姫様は俯かれて、打掛けのお膝の上に涙をこぼされていた。

「いえ……日本武尊がおいたわしゅうて」

姫様はあらぬ夢想をなさったのである。たとえば、この道中ふいに浅間山が噴火でもするか妙義山が崩れるかして、その荒ぶる神を鎮めんと姫が人柱に立つ。恋しいあのお方の道中を安んずるために。さすればあのお方は、来し方を望んで歎いて下さるであろうか。「吾嬬はや」、と。

乙姫様はあらぬ夢想に陶然となさり、あまつさえ涙までお流しになったのであった。

畏れ入った神官が退出すると、かたわらのお付女中が不安げに姫様のお顔色を窺うた。

「何かご懸念でもござりましょうや」

姫様はお髪《ぐし》の飾り物をシャラシャラと鳴らしてかぶりを振った。

「お望みあらば、何なりとお申し付け下されませよ」

望みはある。叶うことなら今ひとため、あの小野寺一路と申す若侍に会いたい。しかし、早駆けに先を急ぐ御行列に追いつくことなど、できるはずもなかった。こうして歎いている間にも、隔りは増す一方なのだ。

思い余った乙姫様は、奥居にひとけのないことを確かめてから、御女中の顔を招き寄せた。

「鶴橋。近う……」

お付女中の鶴橋は姫様の信頼とみに篤く、かつ男まさりの利れ者として家中に知られている。その物言い物腰は、どことなく鶴嘴《つるはし》に似て、痩せてはいるが重く鋭かった。

「わらわは、恋をしてしもうた……」

そう告白されても、鶴橋の顔は石を喰《は》んだ鶴嘴のごとく小動《こゆる》ぎもしなかった。実にひとかどの人物であった。

山頂の気は限りなく清浄で、太古の武将の息吹がいまだ満ちているようであった。鶴橋はしばらく俯きかげんに物思うふうをしてから、常に変わらぬ硬い声で訊ねた。

「その果報者はどこのどなた様にござりましょうや」

乙姫様は軽口を悔いた。叶わぬ恋であることはわかりきっているのだから、せめて慰めてほしかったのだが、鶴橋は唇を鋼のように引き結んだまま、ほほえんでもくれなかった。いったいにこの老女中は、姫様の前で笑うたためしがなかった。

「昨日、わらわが簪を与えた者です」

胸に刻んでいた「小野寺一路」という名前を、姫様は口に出すことができなかった。声に出そうものなら、そのとたん恋しさのあまり気を失ってしまうだろう。

「それは叶わぬ想いにござりまするぞ」

「……わかっておる」

「ならば姫様はなにゆえ、鶴橋に物を申されましたのか」

巌《いわお》も砕く鶴嘴の声で、鶴橋は叱った。答えねばならぬ、と乙姫様は思った。

「叶わぬ恋を口にしてはならぬのか」

「お口になさる姫様も、伺いまする鶴橋も、ともに悲しい思いをするだけにござりまする」

「それもわかっておる」

「ならば、なにゆえ」

姫様は泣き濡れたお顔をもたげ、きっぱりと仰せになった。

「今いちど、あの者に会いたい。遠目に見るだけでもよい。さすれば姫は、叶わぬ想いを二度とは口にせぬであろう」

とたんに鶴橋は、男まさりの長身を小さく屈めて退いた。

「御意を承りました。江戸に入られたのちではけっして叶いますまい。鶴橋にお任せあれ」

姫様はかえって困惑なされた。あの屈強な早駆けの行列に、追いつくことなどできようはずはない。しかし主の願望は口に出したとたん、揺るがせざる下知にすりかわるのである。

「……鶴橋、無理はせずともよい」

「いえ、姫様。加賀百万石に、なそうとしてなせぬことなどござりませぬ。ただちにご発駕のお仕度を」

無理であろう、と乙姫様が重ねて仰せになるより先に、鶴橋の姿は打掛けの衣ずれの音のみを残して消えていた。


そのころ、松井田宿本陣金井家の奥座敷に臥せる蒔坂《まいさか》左《さ》京大夫《きょうのだいぶ》の容態は、いっそう険悪になっていた。

辻井《つじい》良軒《りょうけん》が処方した蘭方の妙薬が功を奏し、いったんは小康を得たのだが、うとうととまどろんでおられた朝早くに騒々しい見舞客が訪れて、またお熱がぶり返してしまったのである。

ふつう病気見舞は、病人に気遣って静粛に行われ、なおかつおのれの健康が申しわけないというぐらいの謙虚さが肝要なのであるが、この早朝の客はまるでそうした心がけを欠いていた。

なにしろ襷がけに袴の股立《ももだ》ちを取った一団の侍が、安中《あんなか》から二里十六町の道を疾走してきたのである。

「カッカッカッ！　しっかりなされよ、左京大夫殿。たかが風邪《かざ》ッ引《び》きではござらぬか。冷や水をかぶれば熱など下がる。食欲がなくば粥などすすらずに、酒漬け飯をかきこむがよいわ！」

枕頭に座して病人の顔を覗きこむ板倉主計頭の体からは、もうもうと湯気が立ち昇っていた。顎の先が二つに割れたその顔を仰いだだけで、御殿様はめまいを感じた。

病気はどっちだ、と御殿様は思った。しかし相手は三万石の御大名、そのうえここは御領内とあらば文句もつけられぬ。

「さあさあ、気合を入れられよ。病は気からと申すではないか。こう、まずは丹田に力をこめての、肚の底から裂帛《れっぱく》の気を吐き出すのじゃ。よおっし！」

主計頭が大声で気合を入れると、裂帛の気ならぬニンニクの臭いが顔に降りかかって、御殿様は吐き気を催された。

なおも苛立たしいことには、主計頭の気合に呼応して、障子を隔てた庭先から「よおっし！」と御家来衆が声を揃えたのである。むろん主従が心を一《いっ》にしているのは見上げたものではあるのだが、これが武門の精華だとはどうしても思えぬ。やはり御家ぐるみの病気であろう。

「よもやとは思うが……みなみな走って参られたのでござるか」

「カッカッ！　よもやというより当然でござるよ。拙者の号令一下、城下を駆け出たるもの五十余、いまだ朝飯も食うてはおらぬ」

「朝飯前、と」

「さよう。わが板倉家は、遠足《とおあし》こそがあらゆる武術の礎であると信ずるによって、おのおの毎日のごとく碓氷峠やら榛名山《はるなさん》やらに駆け登って足を鍛えおるのじゃ」

「はあ……その噂はかねがね」

「さすれば、安中より松井田までの平らかなる二里十六町など、まったく朝飯前の一ッ走りにすぎぬ」

「すまぬが、主計頭殿。拙者は頭が痛うてたまらぬゆえ、もそっとお声を小さくしていただけぬか」

「ややっ！　これはしたりっ！　気配りをしておったつもりじゃが、これでもまだやかましゅうござったかっ！」

江戸城中では同じ帝鑑間詰《ていかんのまづめ》で、たがいに気心は知れている。揃いも揃うたうらなりの御殿様たちの中にあって、板倉主計頭の古色蒼然たる武将の風采はひときわ輝いて見えた。だがしかし、誰もが避けているのである。

もっとも、われらが左京大夫様は人見知りをなさらない。おむずかりの幼君に親しくお声をかけるのと同様、孤独な御殿様とも交誼を結ばれる。

「のう、左京大夫殿。貴公とそれがしとは、生まれたときは別でも死するは共にと誓い合うた仲じゃ」

いいや。多少の交誼はあるがそんな誓いに憶えはない。

「じゃによって、病の篤い貴公に、立てよ歩めよと無理は申さぬ」

言っておるではないか。

「しかるに、参勤道中において病を得れば、面倒もさぞ多かろう。この主計頭、貴公のためならば何でもいたそうぞ。遠慮なさらずに何なりと申されるがよい」

待てよ、と御殿様はめまいのする瞼をとざしてしばしお考えになった。

昨夜、側用人と供頭が悩ましく話し合うていた。ここで御殿様に寝込まれたのでは、江戸着到の時日に間に合わぬ。御老中あての早馬を立てるかどうか、と。

そのときは薬効により、いっとき熱が下がっていた。そこで御殿様は、時日遅延の早馬など罷りならぬ、明朝は出立じゃ、とお命じになったのであった。しかし、見舞客のせいかどうかはともかくとして、熱はふたたびぶり返したのである。とうてい御駕籠に乗ることのできる容態ではなかった。

「お畏《おそ》れながら、主計頭様に申し上げまする」

座敷の隅に控えていた供頭が、御殿様に代わって物を言うた。

「かくなるうえは、本日中の出立がかなわぬどころか、明日あさってすらもおぼつきませぬ。早馬を立つるは御殿様が許されず、今となってはすでにその機も失しました。主計頭様に何かご妙案がござりますれば、お聞きしとう存じまする」

御殿様は力ないお声で、「小野寺、控えよ」とお叱りになった。しかし内心では、言いづらいことをよくぞ言うてくれたと感謝をなさったのであった。

すべては病を甘く見たおのれのせいなのである。すでに事態は取り返しようがなく、また御領内での出来事なのだから、恥を忍んで御領主の耳に入れておかねばならなかった。

「カッカッ、いったいどのような無理難題と思いきや、なあんだ、そればかりの話か」

馬鹿か、と御殿様は主計頭の顔色を窺うた。しかし、全然とまどうふうがない。強がりを言ている様子もない。早馬も間に合わぬこのときに至って、これが無理難題でないはずはなかった。

カッカッカッと笑いながら、主計頭はやにわに立ち上がった。そのとたん六尺豊かな体から汗と脂とニンニクの臭いが溢れて、居並ぶ蒔坂家の家臣たちをのけぞらせた。最も近くにあった御殿様は、たまらずに嘔吐《えず》かれた。

「開けよ」

主計頭が命ずると、庭向きの障子が左右に開かれた。そこに控えているのは、朝飯前に二里十六町を走ってきた安中のつわものどもであった。五十余人の汗と脂とニンニクの臭いは、朝霧と見紛うほどにわだかまっており、いっそう人々を噎《む》せ返らせた。

外廊下に歩み出るや、主計頭は破《わ》れ鐘のごとき声で言うた。

「松井田より江戸表まで三十二里、本日中に駆けおおす者はあるか！」

おう、とほとんどの拳が突き上げられた。どの顔も嬉々としている。下知に応じているとは見えず、手柄に逸《はや》っているふうにも見えぬ。いかにも走りたくてうずうずしているのである。これは病気だ。

「大儀である。しかるに、ここにおわす蒔坂左京大夫殿が御家の大事なれば、誰でもよいとは言えぬ。えりすぐりの三名にて、風陣の秘走を行うものといたす。走術の免許皆伝に至らぬ者は手を下ろせ」

するとほとんどの拳が下ろされた。がっくりと肩を落として「無念じゃ」と歎く声も聞こえた。

小姓に背中を支えられて身を起こしたまま、御殿様はその様子に目を瞠《みは》った。「風陣の秘走」なる術が何物であるかは知らぬが、要するに剣術の奥伝と同様、その道を極めた練達の士にのみ伝授される「秘走」なのであろう。

「よおし。それでは、余が指名をいたす。主君が下知ではなく、安中流遠足術師範としての公正なる判断ゆえ、不平不満はこれを許さず。また、常々申しておるごとく、遠足はひたすら克己のわざなれば、褒美などと申す卑《さも》しきものはない。よいな」

おう、と家来たちは声を揃えた。

御殿様は感動した。やはり御家を挙げての鍛錬が、病気などであろうはずはない。武門に生まれた者が、武道専一にわが身わが脚を鍛える行いの、何が病気などであろうものか。

「身分の上下は問わず。免許皆伝の者のうちより、近々の碓氷峠遠足および榛名山遠足の儀の上位者より選出いたす」

ここでまた、肩をがっくりと落とす者が多くあった。近ごろの「遠足の儀」で、芳しい成績を残せなかった者どもであろう。

「風陣の秘走、第一走者は根本国蔵《ねもとくにぞう》」

おうっ、と声を上げて、こぼれんばかりの歓喜の表情をうかべた若侍が立ち上がった。

「第二走者、石塚与八郎《いしづかよはちろう》」

無駄な肉のひとかけらもない、痩せた侍が拳を掲げたまま立った。

侍たちは息をつめていた。残るひとりにわが名の呼ばれんことを、あるいは朋輩や縁者がこの名誉に与ることを、誰もが祈っていた。

「第三走者は、海保数馬《かいほかずま》。以上である。三名は御当家よりの書状が斉《ととの》い次第、ただちに出走せよ。風陣の秘走を用うれば、江戸表までの三十二里を三刻半で駆けおおせようぞ。いざ、かかれっ！」

御殿様は再び強いめまいに襲われ、寝床に沈みこまれた。三十二里を三刻半。早馬など物の数ではない。たとえば、このごろ御公辺が採用されているフランス式兵学の単位に換算すれば、百二十八キロメートルを七時間で走り切るというわけである。考えただけでめまいがする。

御側用人が枕元に膝行して言うた。

「御殿様。三十二里を三刻半で走るなど、天翔《あまか》くる天狗様でも無理に決まっておりまする。どうかご自身のお口から、ご遠慮なされませ。さもなくば御殿様ばかりか主計頭様までもが、幕閣より譴責を蒙る始末に相成りましょうぞ」

卑賤の陪臣から取り立てられた伊東喜惣次は、人生の苦労を舐めている分だけ思慮深い。武家の面目やら矜恃やらにこだわらぬ大切な見識であると考え、御殿様はこの側用人の意見をあだやおろそかにはなさらなかった。

道中に病を得て江戸着到が遅るるは致し方ないが、その旨の届け状がなければ、参陣遅れとみなされて罰を蒙る。江戸参勤は実に行軍だからである。来たるべき兵の定時に到着せざるは、全軍に重大な影響を及ぼすが、事前に届けさえあれば作戦の変更も可であるとする考えに基き、無届の着到遅れは厳に戒めらるるところであった。

しかしその罪を怖るるあまり、急使の務めを他家に托し、あまつさえそれすらも間に合わなかった場合はどうなる。いかな申し開きもできず、しかも他家にまで着到遅れの罪の一端を背負わせることにもなろう。

さよう考えれば、たしかに側用人の申す通りであった。

「主計頭殿。ちと……」

熱に浮かされて朦朧としながら、御殿様は主計頭の大きな背を手招いた。

「何か」と、涼しげな顔で主計頭は枕頭に座り、丸太のごとき腕《かいな》を組んだ。

「遠慮は無用であるぞよ、左京大夫殿。刎頸《ふんけい》の交わりを結んだ、貴公とそれがしの仲ではないか」

やはりどう考えても、そういう仲ではないと思う。如才ないご気性の御殿様にとって、これを「刎頸の交わり」とするのであれば、三百諸侯のほとんどは同様なのである。首などいくつあっても足らぬ、と御殿様は思った。

「もしや貴公、世に知られる安中の遠足を、お疑いなのではあるまいな」

「いや……そうではなく……」

三十二里を三刻半。ありうべくもないその勘定がのしかかって、御殿様は一瞬気を喪われた。

「しっかりなされよ、左京大夫殿。それがしが名指したる三名は当家きっての手練《てだれ》――いや、足練《あしだれ》にござれば、万が一にもまちがいはござらぬ。そのような心配をなされる間に、早う御祐筆《ごゆうひつ》にお届け状を下知なされよ」

御殿様はお顔をごろりと倒されて、主計頭のたくましき膝ごしに御庭をご覧あそばされた。安中の侍たちはすでに退出し、走者と定まった三名が出仕度の運動に余念がない。

どれもさほど強そうな侍ではなかった。揃いも揃うて鶴のごとく痩せた体を、伸ばしたり屈ませたり、腿を高く掲げてせわしない足踏みをくり返したりしているのである。

「安中流遠足には作法がござっての。まず額には、汗取りのために厚手の鉢巻を締める。襷をかけ、袴の股立ちを高く取り、足元は定めて裸足にござる。武士の軍行じゃによって刀は差すが、脇差は持たぬ。腰には水の入った竹筒をくくりつけ、懐には岩塩の塊を忍ばせており申す」

主君の解説に気付いて、三人のつわものは縁先に並び立った。それぞれが双手《もろて》に水筒と塩の塊を掲げたのは、出走前の得物を検《あらた》むる儀式なのであろうか。

「お畏れながら、主計頭様にお訊ねいたしまする」

夜具の足元に座る供頭が、走者に目を向けたまま言うた。

「ご家伝の『風陣の秘走』なるは、どのようなものでござりましょうや。ふと思いまするに、ご三方が書状を次々と逓伝《ていでん》して三十二里を走りおおすのでござりましょうが、同じ場所からの出走では、さように申し送ることなどできますまい」

まことその通り、と御殿様は寝たまま肯《うなず》かれた。もしや主計頭は、気合ばかりで物を考えていないのではなかろうか、とお疑いになったのであった。

しかし主計頭は少しもとまどわず、むしろ憮然として答えた。

「懸念には及ばぬ。奥伝の秘走ゆえ、そこもとらに説明するわけには参らぬが。まあ、三者一体、とのみ言うておくとしよう」

何じゃ、それは。紫の鉢巻をお締めになった熱いおつむの中で、御殿様は「三者一体」という謎の形をあれこれと夢想なさった。

たとえば――三人が気合もろとも抱き合うと、たちまち天翔ける天狗様に変身する。ありえぬ。

たとえば――奥伝は自来也か孫悟空の使うような妖術で、三人が印を結べば大蟇《おおがま》か觔斗雲《きんとうん》が出現して江戸までひとっ飛び。もっとありえぬ。

そうだ。ひとりが先行して心の臓が破れるまで走り、次なる者がその屍から書状を抜いてまたひた走り、さらにその死後に次の走者が――全然ありえぬ。

考えることが嫌になった御殿様は、うわごとのようにお声を絞って、「祐筆を呼べ」と仰せになった。


上信の国を分かつ山巓《さんてん》の気は身を切るほどに冷たいが、乙姫様の心は春のごとくはずんでいた。

赤門屋敷の玄関には、下々の旅人が使う竹駕籠が置かれており、そのまわりに控えおる者どもは三百人の行列から選び抜かれたにちがいない、見るだに屈強な侍と御陸尺《おろくしゃく》たちであった。

「社の御師殿《おしどの》の申すには、蒔坂左京大夫殿が行列は松井田宿にとどまりおるそうでございまする」

鶴橋が耳打ちをした。あの早駆けの行列が、なにゆえ日の高うなるまで松井田にとどまっておるのであろう。もしや願いが熊野権現様に通じて、その神力により足止めされたのではなかろうか。

「実はつい今しがた、板倉主計頭殿のご家中が、安中より遠足駆けで到着いたしましての。聞くところによれば、松井田宿にて急なご発熱をなされた左京大夫殿の平癒祈願に参ったと。熊野権現の功徳と申すなら、それを蒙ったは姫様にござりまする。いざ、お乗物へ。願いが天に通じたからには、人事をつくさねばなりませぬ」

鶴橋は乙姫様の打掛けを脱がせ、かわりに軽い緋羅紗でお体をくるんだ。

「ご覚悟はよろしゅうござりまするか、姫様。これよりは万事が人事、合戦に臨むつもりでお急ぎあそばされませ。鶴橋も他の者どもも、じきに後を追いますれば」

乙姫様は小さな御駕籠にお乗りになると、吊り手を握りしめた。

「鶴橋。松井田宿に至りなば、わらわはどうすればよいのか」

すると老女は厳しい顔をいっそう険にして、乙姫様の耳元に囁きかけた。

「おなごの幸せは、恋することのほかには何もござりませぬ。遠目にご覧になるなり、駆け寄って抱《いだ》き合うなり、姫様の思う通りになされませ。どなたが何を申されようと、責めは鶴橋が命ひとつにて承りまする。よろしゅうござりまするな、姫様。おなごの幸せは恋することのみ。その心を虚しゅうなされたのでは、おなごに生まれた甲斐はござりませぬ」

そのとき、朱塗りの御門の外を疾風《はやて》のごとく駆け抜けてゆく武士の一群があった。いずれも白鉢巻に襷がけ、先頭には竹竿に挟んだ御札を捧げ持ち、その後には板倉巴の御旗印が続いた。

「あれが世に名高い、安中が遠足か」

「さようにござりまする。ささ、姫様。あの者どもの後を追うてお立ちめされませ。こはご先祖前田利家公が臨まれた桶狭間のごとく、乙姫様が一世一代の合戦にござりまするぞ」

小さな駕籠は軽々と地を離れるやいなや、空を翔くるがごとき速さで走り出した。

生まれついてこのかた、「急ぐ」ということをまるで知らぬ乙姫様は、ひたすら歯をくいしばられ、吊り手にしがみつかれた。

おなごの幸せは恋することのみ。鶴橋のくり返した言の葉が、乙姫様のおつむに渦を巻いた。老女と呼ばれるまでついに夫を持たず、ひたすら姫君に仕え続けた鶴橋の、それは偽らざる本音なのであろうか。

参勤行列は行軍ゆえ、江戸着到には定められた時日があると聞く。さすれば蒔坂左京大夫が一行は、無理を押していつ出立するやも知れぬ。ましてや安中の侍が遠足かけて、平癒祈願をした。いったい熊野権現様は、おのれと侍たちとの相反する願いの、いずれをお聞き届けになるのであろうか。人事をつくすとは、すなわちこれにちがいなかった。

軽い竹駕籠をめぐる三十人の一行は、舁手《かきて》のくたびれると見るやただちに手代わりをして、つづら折りの急峻な坂道を駆け下りて行った。

ふと見おろせば、名にし負う安中が遠足どもは遥か眼下にあった。感心しつつもこればかりは

「アッパレー」とは言えず、乙姫様は吊り手にしがみついた。幸せに向かう道の、これほどつらく怖ろしいとは知らなかった。

松井田の宿場に遠足《とおあし》の出発を告ぐる御太鼓が鳴り渡る。

厳寒の砌《みぎり》ながら空は雲ひとつなく冴えて、いかにもさにふさわしき日和であった。

時刻はすでに四ツである。三十二里を三刻半で走るのだから、日没までに蒔坂家の江戸屋敷に到着するには、これでよいのだそうだ。それから留守居役が御老中役宅に参上して、着到遅れの届け状を提出すればよいという。

本陣前には主計頭に率いられて安中から駆けつけた五十人の侍のほかに、松井田在の足自慢どもが集まって、まるでお祭り騒ぎであった。三人の走者はそれぞれの朋輩親類に囲まれ、手足を揉みほぐされている。

人々は走者とともに安中城下まで走るという。

佐久間勘十郎は主家の面目にかけても、片鎌十文字槍を提《ひっさ》げて伴走するつもりである。きんきらきんの衣裳は厄介だが、駆足には自信があった。

「用意」の触れ太鼓が鳴り渡るうちに、勘十郎の胸はとどめようもないほど昂揚した。もともとその気にさせれば木にも登る豚の性《さが》である。むろん、みごと木に登る豚の実力も備えていた。

お仲間衆から「行け行け」と勧められるうちにその気になり、事と次第によっては江戸表まで駆け切って、田名部侍の武威を示してくれようぞ、などと考え始めていた。

やがて御太鼓は、勘十郎の胸の鼓動とともに早打ちとなり、「位置につけ」の連打に変わった。三人の走者を中にして、百姓町人まで加わった群衆が、「出発」の半鐘を合図に砂塵を巻いて走り出した。

実に壮観である。武士は脇差のない一本差しだが、なぜか百姓は鋤鍬《すきくわ》を担ぎ、商人は算盤《そろばん》や大福帳を持って走る。つまりそれぞれが、みずから矜《ほこ》りとする得物を携えて走るならわしであるらしい。

一町と行かぬうちに、三人の走者は群衆から抜け出た。さすがは安中流遠足術免許皆伝、足色がまるでちがうのである。

勘十郎は懸命に追いすがった。宿場を駆け出たころには、前を行く三人のほかに人影はなくなっていたのだから、実に「善戦」と言うてよかった。

松井田宿と安中城下の中ほど、原市《はらいち》の杉並木のあたりまで、勘十郎はかろうじて三人について行った。

根本国蔵。石塚与八郎。海保数馬。三人は縦列にぴたりと体を重ねて走る。後ろからは三人が一人にしか見えぬのである。

そのとき勘十郎は気付いたのだった。「風陣の秘走」とは、まさにこれではないのか、と。

杉並木の中途で、先頭を走る根本国蔵が「ハッ！」と気合を入れた。するとその一声を合図に石塚と海保が前に出た。根本は一瞬のうちに二人をやり過ごし、後尾についたのである。とたんに速度が増し、勘十郎はつき放されるように退いた。

これでわかった。「風陣の秘走」とは、三人の走者が一体となって走るばかりではなく、先頭の風よけに立つ者が逐次入れ替わって、速度を落とさずに遥けき道をひた走る秘術だったのである。

もはや追いつけぬ。勘十郎は杉並木を遠ざかってゆく三者一体の怪物を見送りながら、ついに力つきて歩み出した。

武術とは刀槍弓馬の道であると信じ続けてきたおのれの卑小さに、勘十郎は思わず涙した。戦場に馳せ参じ、あるいは困難から離脱するすばやき脚がなければ、いかな武術も役には立たぬ。遠足こそがつわもののの本領だったのだと、勘十郎は初めて思い知ったのであった。

「お頼み申しましたぞォ！」

もはや声も届かぬ走者の背に向こうて、佐久間勘十郎は叫び、それから杉並木に両膝を屈して行く手を伏し拝んだ。

御届書

今般　某《それがし》　江戸見参《げざん》之道中ニ乍有《ありながら》
於而上州安中御領分《じょうしゅうあんなかごりょうぶんにおいて》　熱発就床致候《ねっぱつしゅうしょういたしそうろう》
就而《ついて》ハ師走十四日ニ着到可致処《いたすべきところ》
一両日之遅延御承知置被下度《くだされたく》

不取敢《とりあえず》以書面《しょめんもって》御届申上候
何分急状ニ付　万々御配慮之程
宜敷御願上候《よろしくおんねがいあげそうろう》

文久辛酉《かのととり》十二月十二日

御老中各位

蒔坂左京大夫　花押

右之条《みぎのじょう》以無違《もってたがいなし》

板倉主計頭　花押

三

「総じて其《そ》の門葉《もんよう》たる人二百八十三人、我先にと腹切って屋形に火を懸けたれば、猛炎昌《みょうえんさか》んに燃え上がり、黒煙《くろけぶり》天を掠《かす》めたり。庭上門前に並み居たりける兵《つわもの》ども、是を見て或は自ら腹掻き切って炎の中へ飛び入るもあり、或は父子兄弟刺し違え、重なり臥すもあり――」

小姓の読み上げる太平記は、いよいよ「鎌倉炎上」の惨憺たる場面にかかっていた。

新田義貞に攻め立てられた幕府軍はさんざんに敗れ、得宗高時と北条一門は菩提寺たる東勝寺に入って自害した。鎌倉幕府の滅亡である。

「――血は流れて大地に溢れ、漫々として洪河の如くなれば……」

小姓の声は次第にか細くなり、ついに絶えてしまった。その目は御殿様の病床をおろおろとさまようて、対《むか》いに座る一路の胸元に止まった。

いくら何でも、高熱に浮かされている御殿様の枕元で、「鎌倉炎上」はあるまい。

一路は迷うた。道中の本陣では夜を徹して軍記物語を読み続けるが古式の定めである。奇妙なならわしだが、あんがいのことに道中の御殿様は楽しんでおられるご様子であった。しかし、よりにもよってこんな晩に「鎌倉炎上」か。

御殿様は月代《さかやき》に大粒の汗をたたえられて、低い唸り声を上げ続けておられる。ご自身も東勝寺の修羅場に臨んでいる悪夢を、ご覧になっているのであろう。

「御殿様に申し上げまする」

一路は膝を進めて言上した。

「この段はいささか不都合にござりますれば、今宵は憚らせていただきまする。どうかごゆるりとお休み下されませ」

すると御殿様は、物うげに瞼をもたげられて、ひとこと「ならぬ」と仰せになった。

「続きはご本復の折に、また」

ならぬ、とお声を重ねられてから、御殿様は気息奄々たる有様で一路を諭した。

「武将は夜も眠らずに、勇ましき物語を聞かねばならぬ。そう申したのはそちであろう」

「はい、たしかに」

「陣中にて病を得たるは、武将たる余の不徳のいたすところじゃ。続けよ」

御殿様は片意地を張られておるわけではあるまい。古式に則る参勤道中を貴《たっと》んでおられるのである。そう思うと、いにしえの祖が書き遺した行軍録を、主君にまで無理強いしたおのれが情けなくなった。

この御方が噂通りのうつけ者なのか、あるいはうつけを装った賢君にあらせられるのか、一路にはいまだ判然としない。ただ、清らな水のごとくに無私のお人柄であることだけはたしかであった。

重ねてのお下知とあらば致し方ない。一路が肯《うなず》くと、小姓は太平記の続きを読み始めた。

「――血は流れて大地に溢れ、漫々として洪河の如くなれば、尸《かばね》は行路に横たわって累々たる郊《こう》原《げん》の如し。死骸は焼けて見えねども、後に名字を尋ぬれば、此の一所にて死する者、すべて八百七十余人なり」

寝しなの薬湯が効いてきたのであろうか、御殿様の呼気がいくらか和らいできた。

得宗北条高時は腹を切って死んだ。夥しくうち重なる骸の先に、煙の立ち昇る鎌倉の町が目に見えるようであった。源氏の白旗を掲げる軍船からは勝鬨《かちどき》の声が聞こえてくる。由比ヶ浜の海は初夏の油凪ぎである。

「得宗殿はご立派であったの」

乾いた唇をわずかに開いて、御殿様は呟かれた。いったい何をお考えやらと、一路は耳を欹《そばだ》てた。

「鎌倉が天下は百四十年、その長き間には得宗家も九代を算《かぞ》えて、武家の本分も忘れられておったはずじゃ。しかるに、八百七十余もの御家来衆とともに、みごと腹を召された。さなる最期、余にはとうてい覚束ぬ。参勤道中に病を得て死したとあらば、冥府にて得宗殿に合わせる顔もないわい」

一路は思わず言い返した。

「御殿様、さよう不吉なこと、おたわむれにも仰せられますな」

「いや、冗談ではない。余はただいま、死ぬかと思うほど苦しいがの、物語を聞くうちにここで死んではならぬと思うた。夜っぴて平家や太平記を語るなど、妙なしきたりじゃと思うておったが、なるほど功徳はあるものじゃ。父祖のお定めにはまちがいがない。小野寺、大儀であるぞ」

言いおえると御殿様は、たちまち安らかな寝息を立て始めた。

御殿様が嘉《よみ》して下さった。一路は御寝間に流れる物語に頭《こうべ》を垂れ、懐に納めた小冊に掌を当てた。

その晩から数刻溯《さかのぼ》る同日午下がり、上州松井田宿より遥か二十一里を隔てた中山道桶川《おけがわ》宿に、白昼の怪異が起こっていた。

江戸板橋まではわずか八里を余す宿場である。ここに宿をとれば、明日は大宮の氷川神社に詣でても夕暮までには江戸入りができる。そうした旅程の便利もあって、宿場は大いに賑わっていた。

　桶川宿はまるで物差しでも置いたように、まっすぐ延びている。冬の陽も温む昼八ツごろ、その怪異は起こった。

　のどかな宿場町に、突如つむじ風が吹き抜けたのである。

　からからに乾いた中山道に土煙が巻き上がったと見る間に、商家の暖簾が北から南へと次々に翻った。それらは当地名産の紅花で染められているから、その有様の艶やかさというたら、まるで立ち並んだ芸者衆が一斉に着物の褄《つま》を取って、紅絹《もみ》を露わにしたごとくであった。

　いや、暖簾ばかりではなく、道行く人々の袖や裾もみな吹き上がって、紅絹どころか見たくもない毛脛や尻までが開帳された。

　杖を飛ばされた年寄りはよろめき、馬の鬣《たてがみ》は炎《ほむら》のごとく逆立った。折悪しく髪結床からめかしこんで出てきた人の髷は台無しになった。

　とりわけ運が悪かったのは、いいお日和じゃと屋根の葺きかえに精を出していた職人たちで、留縄をかけぬままの茅もろとも、雪崩《なだれ》るごとくに滑り落ちた。

　しかしそれらの悲劇はすべてほんの一瞬の出来事であったから、人々はいったい何が起こったのやらわからず、誰もがみなしばらく呆然としていた。実に白昼の怪異であった。

「迦葉山《かしょうざん》の天狗様か」

　茶も団子も取り落として、茶店の女房は呟いた。

「あっしにはかかわりのねえこって」

三度笠の庇を目深に押さえ、縞の合羽の襟元を握って、旅人《たびにん》は渋い声音で答えた。

「それよりご新造さん。早えとこ茶をふるまっておくんなさい。咽が干からびちまってるんだ」

つむじ風に煽られた人々は、ひとりだけ何事もなく縁台に腰を下ろす旅人を畏《おそ》れた。その痩せた背中からは、もはや生き死ににもこだわらぬような、ただならぬ気配が立ち昇っていた。

「みなさん、今のァ天狗様じゃあねえから、どうぞご安心なすって」

旅人の目にだけは怪異の正体が見えていたのである。白鉢巻に股立《ももだ》ちを高く取った三人の侍が、土埃を巻き上げ、とうてい人の脚とは思われぬ速さで宿場を駆け抜けて行った。

茶を差しかえてきた女房は、旅人の風体をしげしげと眺めながら言った。

「おまいさん、大した貫禄だねえ。どこぞの名のあるお貸元だったら、ご無礼は堪忍しておくんなさいましよ」

旅人は三度笠から覗く薄い唇を、にっかりと歪めて笑った。渋い。

「私《あっし》ァ、問われて名乗るほどの名前《なめえ》なんざ持ちません。ご覧の通り、親も子もねえ渡世人でござんす」

人呼んで「ひぐらしの浅」、もしくは「ひぐらし浅次郎」という。

本人はこの「ひぐらし」の二ツ名を、夏の夕暮にカナカナと鳴く蜩《ひぐらし》だと考え、俺には似合いの風流だと満足しているのだが、実はそうではなかった。生まれつき博才がないのに博奕打ちになった浅次郎は、いつも無一文なのである。すなわち「ひぐらし」は、「その日暮らし」の意であった。

昨晩も本庄宿《ほんじょう》の賭場で丸裸にされた。旅を続けていられるのは、旧知の貸元に泣きを入れて旅姿の一揃いとわずかな路銀を投げてもらったからであった。浅次郎の中山道江戸下りは、ずっとその調子である。

一方、「ひぐらしの浅」といえば、居合の達人として渡世にその名を知られていた。喧嘩の助ッ人に立てば百人力なのである。だから丸裸の本人に泣きを入れられた親分衆はこれ幸いと、借金証文ではなく「屹度加勢起請文《きっとかせいきしょうもん》」すなわち助太刀契約書を取って路銀を与えるのであった。

で、その金も次の宿場の盆に吸いこまれる。義理ばかりが嵩《かさ》んでゆく。一事に秀でている者はそのぶん別の一事に劣っているという、お手本のような人物であった。要するにその背中から立ち昇る得体の知れぬ貫禄は、宿場ごとに血判を捺し続けた起請文の重みであった。

それらが借金証文であったら、どれほど気が楽だろうかと、浅次郎は渋茶を啜りながら思った。茶の渋さに歪んだ顔が、また渋い。

「迦葉山の天狗様じゃあなかったとすると、いったい何だったんだろうねえ」

茶店の女房は土埃の行方に遠い目を向けながら、浅次郎のかたわらに腰を下ろした。猿股の膝に女房の膝が押しつけられて、浅次郎はいっそう顔を歪めた。生来、女と納豆は苦手であった。

「あれァ、安中《あんなか》の遠足《とおあし》でござんす。江戸表に急なお報せでもあるんでござんしょう」

「へえ、そうかね。私にァつむじ風にしか見えなかったけど」

浅次郎は三度笠の庇をつまんで、午下がりのお天道様を眩《まばゆ》げに仰いだ。

「他人に見えぬものが見えちまうてえのは、因果な人生でござんすよ」

女房の膝がぐいと迫り、浅次郎は思わず尻をずらした。

「おまいさん、神がかりかえ」

「いいえ、そんなたいそうなもんじゃあござんせん」

「なら、どうして見えるんだね」

浅次郎は娘のように長い睫《まつげ》をとざして、お天道様のぬくもりを顔に受けた。

「渡世の義理を果たしておりやすうちに、動いているものも止まって見えるようになりやしたんで」

女房は咽を鳴らして詰め寄ってきた。縁台の余裕がなくなった。

「もしよかったら、亭主に線香を立てていっておくれよ」

「へ？……何ですかい、そりゃあ」

「おまいさん、齢はいくつだね」

「へい。二十と六に薹《とう》がたちやした」

「薹のたつものかね。男盛りじゃあないか」

どうして世の中は、こうもうまく運ばねえのだ。三度の飯より目がねえ博奕は下手の横好きで、苦手な女は小娘から婆様まで、片っ端から色目を遣いやがる。

「一服おつけよ」

女房は莨盆《たばこぼん》を引き寄せた。火を入れて回された煙管《キセル》の吸口には、べっとりと紅がこびりついていた。

「ごめんなさんし。莨はやりやせん」

「だったら、奥で一杯どうだね」

「あいにく酒も飲めやせん。不調法者にござんす」

女房は眼尻の皺を深めて、あからさまにしなだれかかった。

「中山道もここまで伸《の》せァ、明日は這うても江戸じゃあないか。のう、亭主に線香を立てたって、罰は当たらないよ」

「ご新造さん、傍目《はため》がござんす」

「そうさ。だから女に恥をかかせんでおくれな」

そこでようやく浅次郎は気付いた。対《むか》いの紅屋で働く丁稚たちも、通りすがる人々もみな知らん顔をしている。要するにこの茶店は、旅人にちょいの間の色を売る曖昧宿で、女は客引きなのだろう。亭主に先立たれた茶店の女房を装うなど、うまい手口を考えついたものである。

世も末だ、と浅次郎は顔に出さずに嘆いた。二百幾十年も続いた公方様のご政道も揺らいで、侍の御遠からず天朝様の御代になるというもっぱらの噂である。どこの国でも飢饉が打ち続き、侍の御禄は「お借り上げ」と称して支払われず、参勤行列もめっきり貧相になった。この春には、破れ寺の境内で野宿をする御大名さえ見かけた。

そんな不景気だから、旅人の財布の紐も堅くなって、茶店もまともな商いでは食うてゆけなくなったのだろう。

「おまいさん、国はどちらだえ」

この客は金にならぬと踏んだのか、女房は身を起こして浅次郎の横顔をしげしげと見つめた。

「彦根にござんす」

とっさにそう答えてしまってから、浅次郎は嘘の苦さに顔をしかめた。生国は彦根の御城下よりずっと東の、田名部《たなぶ》であった。

「里と言ったって、親兄弟がいるわけじゃあござんせん。今はご覧の通り、しがねえ流れ者で」

胸の奥底に葬っていた記憶が甦って、浅次郎は魔に遭うたかのようにきつく目をつむった。

田名部御陣屋の大手前にあった屋敷を召し上げられ、家族は放逐されたのであった。郡《こおり》奉行の御役目を誠実に務めていた父に落度があったはずもなく、革職のうえ所払いという重罰は、何かのまちがいか、さもなくば悪意のもたらした災厄としか思えなかった。

――わしが物言えば御家の一大事となろう。

遠縁を頼って彦根へと落つる旅の途中で、父は寒月を見上げながら言うた。その物言いがあまりに悲しげであったから、浅次郎は二度と訊ねなかった。

人伝てに聞いた噂があった。田名部の御殿様のおそばには悪者がいて、御当代が幼君であらせられることを幸いに、御家を私しているのだ、と。

父は彦根に田畑を得て、潔く侍を捨てた。しかし数年を経ずに、猖獗《しょうけつ》を極めた流行り病が父母の命を奪った。

「やだねえ、怖い顔をしていったい何をお考えやら」

茶店の女房に肩を叩《はた》かれて、浅次郎は我に返った。

「いんや、他人《ひと》さんにはかかわりのねえ話で」

「よかったら聞かしておくれな。おまいさんのような色男なら、かかわりのない話だってかかわってみたいよ」

浅次郎はさしあたっての気がかりを口にした。

「実はゆんべ、本庄宿のお貸元に喧嘩助太刀の起請文を入れやしたんで」

「へえ。そいつは豪気な話だね。よっぽど腕を見込まれたんだろ」

「ところが、おとついの晩はその先の高崎のお貸元に同じ起請文を書きやしたんで」

浅次郎は縞の合羽の懐から、膏薬だらけの左手を出した。宿場ごとに血判を捺し続けているせいで、五本の指が傷だらけなのである。

「うわっ、なんて律義なお人なんだ。でもねえ、おまいさん――」

「みなまでおっしゃらずとも、承知いたしておりやす。やくざ者の喧嘩てえのは、隣同士の縄張りで起こるもんでござんす。本庄と高崎のお貸元が出入りとなりゃあ、私ァどちらさんに加勢すりゃいいんでしょう」

茶店の女房の顔から、すうっと色気が消えて行った。

「もしや、きのうとおとついだけだろうね」

「いいえ、かれこれ二十日、早え話が彦根を立ちましてより、ずっとその調子で」

しばらく浅次郎の横顔を見つめたあとで、女房はしみじみと馬鹿にした。

「やっぱり、かかわりあいになるのはやめとく」

女房が立ち去ってしまうと、浅次郎は捨子のように寄る辺ない気分になった。

母が遺してくれたものは、旅人らしからぬ白い肌と、役者のような顔かたちであった。父が遺してくれたものは、目にも留まらぬ居合の腕である。ほかには何もなかった。

浅次郎が江戸所払いとなって伝馬町《てんまちょう》の牢屋敷を放免されたのは、この夏のことである。東海道の宿場ごとに起請文を書きながら、十年ぶりに彦根へと舞い戻った。ふた親の墓参りもしねえから博奕に負けるのだ、と考えた末の帰郷であった。

彦根の親分は、天涯孤独の浅次郎を拾ってくれた大恩人である。長年の不義理を叱られるかと思いきや、懐の深い親分は浅次郎を歓待してくれた。若い衆も「浅兄ィ」と呼んでくれた。

博奕さえ打たなければ、浅次郎は行儀もいいし貫禄もある。見かけ倒しの浪人を用心棒に雇うより、腕も確かであった。

ところが、平穏な幾月かが過ぎた秋の終りになって、親分が妙な話を持ちかけてきたのである。

（のう、浅。おめえ、よもやてめえが根っきりのやくざ者だと思うているわけじゃあるめえの。おうよ、もとはと言やァ、田名部七千五百石、蒔坂《まいさか》左京大夫《さきょうのだいぶ》様が御家来衆のお血筋だ。実は先立って、御勘定役の国分《こくぶ》七左衛門様がお忍びで彦根までお運びになって、のっぴきならねえ頼み事をされちまった。まあ、肚ァくくって聞きねえ——どうやら御家門の蒔坂将監《しょうげん》様が、あろうことか御家乗っ取りを企んでいるらしい。むろんお国元では国分様やほかの御家来衆が目を光らせていなさるから何もできねえが、参勤道中となれァ話は別だ。ましてやつい先日は、国分様とはご昵懇の御供頭様が消されたらしいてえんだから、その謀《はかりごと》にまずまちげえはあるめえ。そこで、いざというときの助ッ人を、道中のあとさきに出してもらえねえかてえご相談なのだ。まあ、そういう話なら、雑魚なんぞ出すよりもってこいの助ッ人がいる。やい、浅。これァ義理の話じゃあねえぞ。今だから言うが、田名部の蒔坂将監は、おめえにとっちゃ親の仇も同然なんだ。四の五のと言う口はあるめえ）

浅次郎は白い溜息をついて、無情のお天道様を見上げた。

つむじ風の過ぎた桶川宿には、もとの静けさが戻っている。こんなお日和なのに、どうして俺の心にだけ嵐があるのだろうと、浅次郎は運命をはかなんだ。

いまわのきわの父の声が甦った。

（けっして田名部にはかかわるな。かかわらぬがただひとつの忠義と心得よ）

鬩《せめ》ぎ合うふたつの心を合羽の懐に抱えこんだまま、浅次郎は冬の中山道を歩み続けてきた。しかし、所払いの身では戸田の渡しを越えられぬ。のどかな中山道は、行くも返すもままならぬ袋小路であった。

「私にァ、かかわりのねえこって」

おのれに言い聞かせるように独りごちて、ひぐらしの浅次郎は茶店の縁台から立ち上がった。

三度笠の庇をつまんで、街道の涯《は》てを振り返る。江戸着到の時日は迫っているはずなのに、旧主の行列は見えなかった。

「加賀宰相殿御妹君、乙姫様罷《まか》り通る！」

天下の百万石に、可ならざるところはないのである。梅鉢の御旗印を振ってそう叫べば、碓氷《うすい》の関所も乗り打ちであった。

信長、秀吉、家康の天下三代に仕えて事を構えず、今日も変わらずに百万石余の領分と従三位上宰相の身分とを保っておるのは、ひとえに家祖前田利家公のご人徳と言うべきであろう。世の中、成さんと誓うて成らざることなどない。

関所役人たちはあわてて転げ出し、おのおのがその場で手をつかえて見送っただけであった。なぜか御乗物は峠越えの竹駕籠で、お姫様も羅紗の毛氈にくるまっておられた。「大儀じゃ」とひとこと仰せになったきりの乗り打ちである。

「このところ、妙なことが続くのう」

御行列が駆け去ったあと、関所役人たちはこぞって首をかしげた。

数日前には、江戸所払いとなった無宿人が間道を抜けたという噂が入り、山狩りや宿場改めに人を出した。

うつけ者の悪評が高い蒔坂左京大夫様が、さもありなんと思えるへんてこな行列とともに通られたのは、昨日の話である。しかも御駕籠の中の御殿様は、ひどいお熱を出して息も絶えだえの有様であった。

続いてけさも早うに、安中の遠足どもが血相変えて峠へと向かい、やがてアッと言う間に「平癒祈願病魔退散」の御札を押し立てて下ってきた。そして、こは何ごとぞと思ううちに、お姫様の早駕籠が通過したのである。

江戸や上方の変事、街道筋の諸国の騒動などは、まずまっさきに関所役人の知るところとなる。だがそれらしい話は何ひとつ届いていなかった。

「腕ずくで関所を破られたわけでもあるまいし、間道越えのひとりやふたり、そう目くじらを立てることもあるまい」

「熊野権現様のご霊験は灼《あらた》かじゃによって、御札が届けば左京大夫様のご病気も、たちまち本復なされるであろうよ」

「しからば、加州の姫君が早駕籠は何としたことじゃ。もしや江戸屋敷におわすお身内が、ご重篤か」

「いやいや、物事を何でも悪く考えてはなるまい。たとえば、御三家御三卿の若君様と急なご婚儀が斉《ととの》うてじゃな、一刻も早う江戸に向かわねばならぬ、というのはどうじゃ」

「ははァ、なるほど。それは祝着でござる」

「まこと慶賀の至りじゃ。祝着、祝着」

と、二百幾十年もの太平の世に馴致された役人どもが、変事を吉事と信じて呑気に語り合うているところに、またぞろ奇怪な一団が現れたのである。

「加賀宰相殿御妹君乙姫様お付、鶴橋。ご無礼つかまつる！」

竹駕籠から身を乗り出してそう叫んだのは、白無垢の着物に襷をかけ、額に鉢巻まで巻いた、何やらものすごい貫禄の老女であった。エイ、エイ、と裂帛の気合を放ち続けるその姿は、老女鶴橋というよりむしろ、巌《いわお》を砕かんと打ち下ろされる鶴嘴に見えた。

しかし、いくら何でもお付女中ごときに関所を乗り打ちさせるわけにはゆかぬ。役人たちは双《もろ》手《て》をかざして早駕籠を阻んだ。

「しばらく。あいや、しばらく。お女中が白無垢に襷がけとは、定めて物騒にござる。仇討ちと申されるのであれば、しかるべき御免状をお示し下されよ」

よもやそんなはずはあるまいと思いつつ、役人は訊ねた。仇討ちなどというものは、むろん芝居のほかには見たためしもないが、出で立ちはまさしくその通りであった。しかも老女の堅長《かたなが》い顔には、いかにも幾星霜の労苦の果てに仇の居場所をつきとめたとでもいうふうな、いわゆる「ここで遭うたが百年目」の気魄が漲っていた。

関所の砂利の上に早駕籠が据えられ、仇討ち装束の老女が降り立った。

痩せてはいるが身丈は男まさりに高く、眼光は炯々《けいけい》として役人たちを圧倒した。

「ほう。仇討ち、とな」

低い声で老女は言うた。遠巻きにした侍たちは後ずさった。

「仇討ちならば御免状を見せよと申されるか」

「いかにも」

と、答える役人の声はうわずっていた。

「持たぬと申せば」

「お通し致しかねる。これにて御行列の着到をお待ち下されよ」

「さすれば仇を取り逃がすと申せば、いかが致されるか」

「お通しできませぬ。御免状を持たぬのなら、正しき仇討ちではござるまい」

「しからば、刀にかけても押し通るまでじゃ」

鶴橋は懐剣の柄を逆手に握ると、おもむろに鯉口を切った。黄金造りの鎺《はばき》が朝の光に映えて、役人たちの目をくらますほどに輝いた。

「しばらく、しばらく待たれよ。お女中の申されることは、悉皆《しっかい》わけがわからぬ。要するに何だ、加賀百万石のお姫様が仇討ちをなさり、お女中が助太刀をいたされると、そういう話でござるのか。わー、口に出せばいよいよわけがわからなくなった」

刀にかけて、と言われても、まさか刀で応ずるわけにはゆかぬ。役人たちは刀の柄に手をかけたまま、口を揃えてマアマアと宥《なだ》めるほかはなかった。

「まあまあ、お女中。おそらく仇討ちと申すは拙者の早とちりでござろう。お姫様ともどもお急ぎのわけを、お聞かせ下されよ」

老女の殺気は鎮まらなかった。ぐるりを取り巻く役人どもを、松枝《まつがえ》に止まる鷲の目で睥睨《へいげい》して鶴橋は言うた。

「仇討ちじゃ。不倶戴天の仇を求むること五十有余年、ついに本願叶うて天機を得た。そこもとらも義を貴ぶ武士ならば、黙してお通し下されよ」

「通さぬと言えば」

「そこもとらと斬り結んで死ぬるも、みずから咽を刺し貫いて死ぬるも覚悟の上じゃ」

聞けば聞くほどわけがわからなくなるが、いざ大ごととなれば相手は加賀百万石である。

役人たちがとまどううちに、折よく御行列が峠を下ってきた。

「ご無礼つかまつった。お邪魔をいたしたが、無事ご本懐をとげられますよう、蔭ながらお祈り申し上げる。通られよ」

老女は懐剣を鞘に納めると、白鉢巻の髷をねんごろに下げた。

「もそっと早う。松井田宿までに、姫様の御駕籠に追いつくのじゃ」

鶴橋が叱咤すると、早駕籠は手代わりをして速さを増した。道が平坦になってからは、二本の引縄までつけられた。

中山道の枯田が、左右に翻って過ぎる。動かざる景色といえば、かなた南の妙義山だけであった。

駕籠に揺られながら、鶴橋は白無垢の胸元に手を当てた。

仇討ち、か。なるほどそう見えて然るべき死に装束であった。

だが、あながち誤解ではあるまいと鶴橋は思うた。仇を討つのはたしかであった。おなごの一生を百万石の大奥に封じこめた、理不尽に対する恨みである。

みずから望んだ人生ではなかった。お仲間の多くは、行儀を覚え奥向勤めの箔をつけると、宿下がりをして嫁に行った。

あるいは、器量よしに生まれついた果報で、御殿様のお側に上がったおなごもあった。しかしいつの時代にも、おのれの幸せと引き換えに、生涯を奥向の暮らしに甘んずる老女がいなければならなかった。年老いて足腰が立たなくなれば、尼寺に入って御仏に仕えるほかはない。たしかにそれなりの御禄は頂戴し、それなりの権威も身につけた。だが、おなごの幸せとは何かと考えるとき、それらはとうてい秤にもかけられぬほど軽きに過ぎた。

乙姫様が行きずりの若侍に恋をしたと知ったとき、鶴橋は有難さに涙した。手塩にかけてお育てした姫様が、おのれに代わっておなごの幸せを知ったと思うたからであった。

所詮は叶うはずのない想いではあるが、叶う叶わぬが幸せではあるまい。恋することがおなごの幸せにちがいなかった。

そのまことの幸せに、姫様が今一歩、よしや恋人の腕や胸にまで届かずとも、今一歩だけでも近付けるのなら、その一歩のためにおのれは死んでもよいと鶴橋は考えたのだった。

鶴橋の仇討ちとは、そうしたものであった。

早駕籠はやがて、松井田の宿場に走りこんだ。仰天する人々を尻目に本陣金井家をめざす。

「止めよ」

鶴橋は命じた。冬晴れの青空には一筋の雲が刷《は》かれ、その天の碧《あお》にくるまれて、本陣の立派な長屋門が聳えていた。

乙姫様は人形のように緋の羅紗をお羽織りになって、竹駕籠の前に佇んでおられる。そして大屋根の切り落とす翳《かげり》の中に、あの若侍が呆然と立ちつくしていた。

姫様。叶う叶わぬがおなごの幸せではございませぬ。もそっとお近付きなされませ。その胸におすがりなされませ。

鶴橋は声に出さずに祈りながら、遠い昔に恋したたったひとりの男の顔と名前を、懸命に思い出そうとした。

四

その夜、一路は怖ろしい夢を見た。

大手前の屋敷が紅蓮《ぐれん》の炎に包まれている。田名部《たなぶ》の御陣下には早鐘が鳴り渡り、人々は懸命に走り回っているのだが火勢は衰えない。折悪しく風は西向きで、危機は濠ごしの御陣屋に迫っていた。大屋根に踏ん張る宿直《とのい》の侍たちが、箒《ほうき》を揮って火の粉を叩《はた》き落とし、あるいは濠の水を汲み上げては手渡しして、漆喰壁にぶちまけている。

「父上、父上！」

一路は走った。しかし足元は深いぬかるみで、なかなか先に進めぬ。

歴代の父祖が住んだ家が燃えている。江戸屋敷に生まれ育ったおのれが初めて訪ねるふるさとの家であった。

「若旦那様ァ、行ってはならんがやァ」

下男《したおとこ》の与平が一路の足にかじりついた。

「このうえおまえに万一のことあらば、小野寺の家はしまいじゃぞ」

叔父が羽交い締めに背中を抱き止めた。一路は人々の手を振り払って炎の中に躍りこんだ。

真黒な煙を突いてしばらく走ると、そこだけが能舞台のように静まった御玄関が見えた。まるで来客を迎えるように、父が端座している。

「一路、よう戻った」

父は淋しげに言うた。式台に手をついて一路は詫びた。

「いいえ、父上。これは夢にござりまする。わたくしは父上の訃報を聞き、急ぎ立ち帰ったのです。この目が見たるは、屋敷の焼跡ばかりにございました。親心に甘えて江戸屋敷に住まい続け、御役の申し送りも受けぬままかくのごとき次第と相成りました」

黒羽織の背をすっくと伸ばしたまま、父はひとつ肯《うなず》いた。

「御陣下における失火は大罪じゃ。ましてやここは大手前の役宅、御陣屋にまで火の粉が飛んでおる」

「失火ではござりますまい。悪者が父上を酩酊させたうえ、火を放ったに相違ござりませぬ」

「だにしても、失態にはちがいあるまい。責を負うてただちに御禄召し上げのうえ所払いとなるところを、国分《こくぶ》七左衛門殿がとりなして下された。跡取りの一路めがこたびの参勤道中をつつがなくなしとげるゆえ、ご容赦願いたい、とな」

「さようなお約束は、無茶にござりまする。現《うつつ》のわたくしは今、上州松井田宿におりまするが、江戸まではいまだ前途遼遠と存じまする」

「わずか三十二里を残すばかりではないか」

「いえ。行列はこれまで、無理に無理を重ねて参りました。悪者どもは虎視眈々と機を窺うている のです。道中供頭たるわたくしがかくもくたびれ果てたうえ、御殿様まで無理がたたって御床に就かれたとあらば、もはや御家転覆の悪だくみに抗う術もござりませぬ」

「力つきた、と申すか」

「はい、父上」

これは夢じゃとおのれに今いちど言い聞かせてから、一路は頭を垂れ顔を被うて大泣きに泣いた。

「愚か者め」

屋敷を繞《めぐ》る炎を眩《まばゆ》げに見渡しながら、父は静かに叱った。

「男が泣いて然るべきときは、ひとつきりじゃぞ」

「親が亡うなったときにござりましょう。しからば父上が亡くなられた今、わたくしは泣いているのです」

父は動《ゆる》がぬままに顔だけを一路に向けて、かぶりを振った。

「いいや、ちがう。わしはさようなことをおまえに訓《おし》えたおぼえはない。親の死に目に遭うた折だけ泣いてもよいなど、百姓町人のならいじゃ。武士は親が亡うなっても涙など見せてはならぬ」

「では、何があっても泣いてはならぬ、と」

一路を見据える父の瞳は、炎を宿してあかあかと輝いていた。

「そうではない。よいか、一路。武士たるもの、泣いて然るべきときはただいちど、戦に敗れて腹を切るときだけじゃ。負け戦は痛恨の極みじゃによって、万斛《ばんこく》の涙を流してもよい。おまえは今、勝敗も定まらぬうちに戦がつろうて泣いておる。武士として恥ずかしいとは思わぬか」

父は言葉少なな人であった。面と向こうて叱られたおぼえもなかった。そのかわり、一路に何か過ちのあった折には、竹刀を握って稽古をつけ、足腰の立たなくなるまで打ちすえた。

「どうやら、思い出したようじゃの。わしは物を言わずに訓えたつもりであった。武士が泣くは敗れたときだけじゃ。悲しみの涙も嬉し涙もあろうものか。悔し涙だけが武士の涙ぞ」

たしかに父は、子が泣き出すまで竹刀を揮い続けた。そして、悔し涙にくれたあと初めて一路は、おのが過ちを知ったのであった。耳で聞いた説教なら忘れもしようが、痛みと屈辱のもたらした真理は体が覚えた。

「よいか、一路。国分殿はわしを知り尽くしておる。わしの育てた倅ならばまちがいないと信じて、一人娘をおまえに添わせんと決めた。こたびの道中も、おまえに差配させれば、けっして悪人どもには負けぬとお考えになったのじゃ。しからば、負けてはならぬ戦であろう。負けて腹切ればすむ話でもあるまい」

猛り立つ炎の輪の中に、二人は向き合っていた。式台に端座する父と、その膝元にかしこまる一路は、示し合わせたようにふるさとの夜空を見上げた。天の星ぼしは炎にも煙にも超然として輝いていた。

「見よや、一路。星はひとつに見えてひとつではない。目を凝らせば、その耀《かがよ》いにはあまたの星が群れておる。正義とは星ぞ。いかに夜空の闇が広うても、正義が孤独であろうはずはない。義のあるところ、必ず星ぼしは群れ集うて輝く。目覚めよ、一路。起き上がって歩み始めよ。残る中山道を千里万里とするもわずか三十二里とするも、ひとえにおまえの覚悟じゃ」


一路は目を覚ました。

漆黒の闇の底から、何やら言い争うようなささめきが伝わってきた。

道中装束のまま微睡《まどろ》んでいた小座敷は、本陣の台所と板戸一枚を隔てている。

「あー、そこもとの申されることは、どうにもわけがわからぬ。百万石の姫様が星を見たいとおむずかりゆえ、当家の道中供頭を用心のためにお借りしたい、とな。腕の立つ御家来衆ならば、いくらもおいでであろうに、なにゆえさようなことを申されるのじゃ」

板戸のすきまから覗くと、吊り行灯のほのかなあかりの下に、佐久間勘十郎の大きな背中があった。上がりかまちの囲炉裏端で向き合うているのは、いかにも百万石が奥女中という貫禄の老女である。

「物のわからぬお人じゃ。おまえ様も一人前の男ならば、おなごの口からあれこれ言わせるではない」

「お言葉じゃが、お女中。それがしは一介の武弁ゆえ頭が悪いのだ。あれこれ言うてもらわねば、わかるものもわからぬ」

「ともかく、御供頭殿と直《じか》にお話をしたい。馬鹿が相手では話が通じませぬ」

権高な物言いに勘十郎は腹を立てるでもなく、うなじに手を当てた。

「そう無理強いをなされますな。小野寺は御殿様の看病をいたしておるのじゃ。供頭が病の主をさしおいて、他家の姫君の用心棒を承るなど、誰がどう考えてもおかしな話ではござらぬか」

そう言いながら勘十郎は、やや顔を横向け、片手を尻に回してひらひらと振った。

一路の起き出す気配を悟ったのであろう。ここはわしに任せておけ、という合図である。

勘十郎は少々おつむの足らぬ武辺者とされているが、どうやらそうではないらしい。馬鹿を装うて世事にかかわらぬが武辺の心得じゃと、考えているのではあるまいか。たとえそこまでの要領は弁《わきま》えぬにせよ、勘十郎がそうして家中のしがらみから身をかわしているように、一路には思えるのである。

「誰がどう考えてもおかしな話と思われるのなら、今少し勘働きをなされませ。よろしゅうござりますか、乙姫様はこちらの御供頭殿とともに、冬の夜空を眺めたいと仰せなのです。ここまで言うてもわからぬか、この馬鹿」

「あー、わからぬ。風流のお相手なら拙者でもようござろう。腕にもちと覚えがござれば、用心のお役にも立ち申す」

「だめ」

一路は小座敷の闇の中で膝を抱え、背中を太柱に預けた。この御家存亡のときに、何とも面倒な話である。

浅間山の裾で、みめうるわしき姫君から御髪物《おぐしもの》を頂戴した。おのれがなにゆえ褒美を賜るのかわからぬまま、先を急いだ。ところがどうしたわけか、その姫君が早駕籠を仕立てて追いすがってきたのである。

折しも一路が松井田宿本陣の長屋門を出掛けたところにその早駕籠が到着し、あろうことか姫君が胸ぶところに飛びこんできたのであった。

いったい何が起きたのかはわからなかったが、胸の中で小鳥のようにうち慄《ふる》える姫君がいたわしく、しばらくはじっと抱きしめていた。

「どうしても無理と申されるのなら、わたくしにも考えがござりまするぞ」

いっそう権柄ずくに老女は言うた。

「ほう。どのようなお考えでござるかの」

勘十郎も引かぬ。

「よろしいか。当家は蒔坂《まいさか》左京大夫殿が急なご病気と聞き、御本陣をお譲りして脇本陣に下がりました。三百余の供廻りの多くは近在の寺や百姓家に泊まり、奴《やっこ》どもはこの寒空に野宿をいたしておるのでございます。加賀百万石が、たかだか七千五百石の御旗本の下《しも》に立つなど、そもそもあってはならぬこと、こればかりの無理が聞けぬと申されるのなら、ただちに御本陣を明け渡されませ」

一路はぎょっと顔をもたげた。道理は老女にある。参勤道中に何かの手ちがいで本陣の「差し合い」が起きた場合、当然低い家格が引き下がらねばならぬ。ましてや百万石の国持大名と七千五百石の交代寄合では、話にもなるまい。

しかし、勘十郎は怯《ひる》まなかった。

「あー、お女中。おっしゃるところはわからんでもないが、それはちと乱暴な話でござるぞ。そもそも当家が松井田に宿陣するは予定の通り、よってわが殿は病を押してここまでお運びになったのじゃ。しかるに、ご尊家は宿陣の予定なき松井田に後から割り込まれた。これをもって本陣差し合いと申されるは、いくら何でも権柄ずくというものでござろう」

やはり馬鹿ではない。勘十郎の言うところもまた道理であった。

おし黙る老女を責めるように、勘十郎はぐいと膝を進めた。

「今ひとつ。百万石と七千五百石はたしかに雲泥のちがいではござるが、百万石のご息女と七千五百石の当主では、話も別でござろう。畏れながら、あまたおわすご眷族までもが御大名の権威を着るのであれば、どこの宿場も差し合い騒ぎでてんてこまい、いや道中ばかりではのうて、まずは天下のご政道が成り立ちませぬぞ。いかがか、お女中」

返す言葉をなくした老女は、勘十郎の胸元を見つめるばかりである。二人を隔てる囲炉裏の熾《おき》がくすぶって、忠義一徹の奥女中の顔に煙を吹き寄せた。

「一介の武弁などと、よう申すわ」

老女は打掛けの袖で瞼を拭うた。煙が目にしみているのではあるまい。忠義の及ばざる無念が彼女を泣かせているのだと気付いたとき、一路はたまらずに板戸を引き開けていた。

「道中供頭、小野寺一路にござりまする。これより姫様にお供つかまつりまする。なにとぞ、本陣差し合いの儀はご容赦下されませ」

勘十郎は舌打ちして頭を抱え、老女は晴れがましい笑みをうかべた。


こぼれんばかりの星空にござりまするなあ。

こうして川辺の枯草の上に二人して腰をおろしておりますと、まるで天の河のただなかを、小舟に乗って流れておるような心地がいたします。

彦星と織姫ならば、せめて一年に一度の逢瀬も叶いましょうが、わたくしと乙姫様は金輪際にござりまする。

しかし、それはそれで風流な話です。人間の出会いは一期一会でござるゆえ、巡りくる暦にもましてなお美しい。

わがまま。いえいえ、何を仰せられますか。おなごはわがままを言うてこそかわゆきもの、そのわがままを聞くが男の幸せにござりまする。しからば、これほどのわがままに応ずることのできるわたくしは、果報者にござりましょう。

姫様がこたびご参府なされるのは、お輿入れのためと存じます。加賀宰相の御妹君にふさわしきお相手と申せば、公方様のお身内か御三家御三卿が若君様、その下では釣り合いますまい。

わたくしの身分をご存じでしょうか。旗本が陪臣にして、八十俵取りの供頭にござりまする。百万石の御身代から見れば、塵のごとき御禄でしょうが、それでも家中では上士なのです。

いわば姫様は天上の星で、わたくしは地の草にござりまする。その星と草とが、たとえひとときでもこうして肩を並べ、彦星と織姫にわが身をなぞらえるなど、これにまさる果報も風流もござるまい。

この一夜の思い出を胸にとどめて、姫様はどこぞの奥御殿にお輿入れになる。わたくしは無事に道中をなしおえて、国元にある許婚《いいなずけ》と夫婦《めおと》になる。ほかの未来はない。

実は今しがた、この川辺で姫様をお待ちする間、いろいろと物を考えていたのです。

正直のところ、姫様のわがままには腹を立てておりました。懸想なさるのは勝手だが、こちらはそれどころではないのだ、と。下々の苦労など考えもせずに、何たるわがままを申されるのだろう、と。

しかし、その怒りをおしとどめて星空を眺めるうちに、ちがう思いが湧いて参りました。よおし、ここは何としてでも残る道中をつつがなく歩みおえ、許婚を嫁に迎えよう、と胸に誓うたのです。

かようなことを姫様に申し上ぐるわたくしを、どうかお赦し下されませ。わたくしは道中に疲れ果て、絶望しておったのです。その絶望の灰の中から、姫様は希望の火種を掻き起こして下さいました。

それでよい、と。

かたじけのうござりまする。姫様のそのお言葉、いっそうの力となりまする。

さきほど、本陣の小座敷でまどろんでおりましたところ、亡き父が夢枕に立ちましてな。

その父が申すには、星はひとつに見えてひとつではない、と。

じっと夜空を眺めおるうちに、然りと思うたのです。目を凝らせばたしかに、ひとつの耀いに見える光が、あまたの星ぼしの群であるとわかった。さらには、それらの星がたがいに引き合うて星座を成し、動《ゆる》ぎなき夜空を構えているのだと知ったのです。正義と申すは、宇宙の摂理にござりまするな。

ああ、流れ星が。

なるほど、悪意などと申すものは、宇宙の正義を穢《けが》さんとする流れ星に如かず、何の怖るるところがござりましょう。

わたくしは、道中供頭と申す務めの重みを、ひとりで受け止めておると思うていたのです。だが、そんなはずはない。わたくしが正義である限り、あまたの星ぼしがわたくしの行いを支えてくれている。みんなして宇宙の真理を形作っているのだと知ったのです。

もし姫様がわがままを貫いて下さらなければ、わたくしはその真実に気付くことなく、わずか三十二里の道を千里万里と思い過ごして、務めを投げ出していたやも知れませぬ。おそらく姫様も、わたくしを支える大いなる星なのでしょう。

寒うはござりませぬか。

ご無礼ながら、お打掛けの肩を抱かせていただきまする。

卑しき身分とは申せ、わたくしも武士のはしくれにござりますれば、寒さに慄えるおなごを放っておくことはできませぬ。

しばしこの胸の中で、夢をごらんあそばされよ。

姫様が知らずわが身にもたらして下された天の験力《げんりき》に、報ゆるものをほかに持ちませぬ。

どうかあなた様も、おのがさだめを正義と信じて、この先の道中をお歩きなされませ。

人はみな、貧富貴賤にかかわらず、つらい道中を行く旅人にござりますれば。さだめという重き荷を負うた、おのおのが等しき旅人にござりますれば――。


「葱《ねぎ》かよ……」

地場に産する解熱の特効薬が届いたと聞いて台所に駆けつけてみれば、上がりかまちにどっさりと積まれているのは葱であった。

辻井《つじい》良軒《りょうけん》にも、蘭方医としての矜恃はある。いや、名にし負う大坂適塾に学んだ彼は、いくらか偏屈者ではあるが矜恃のかたまりであった。南蛮渡来の秘薬はいっこうに効能を顕さず、その矜恃も揺らぎかけていたところに、「地場の特効薬」が届けられたのである。

「葱かよ……」

もういちど腑抜けた声が出た。

「だども、御典医様。まんず下仁田《しもにた》の葱で下がらぬ熱はねえから。松井田の宿で御殿様が難儀していなさると聞いたもんで、暗えうちから野良さ出て、背負ってきましただ」

役人か庄屋でも付き添っているならまだしも、まったく野良からやってきた百姓である。さては褒美めあての口から出まかせか、と思いもしたが、それにしては土間にかしこまった姿が堂々としていた。

「おらは今年七十七のつるかめになりますだがね、この葱のおかげで風邪ひとつひかねえのだ。いや、ちょぃと風邪ッ引きかなと思うたら、ええかね、まずこの白いほうを生味噌つけてかじり、青いほうは、こう裏表を引っぺがして、べとべとをおでこに貼り付けるのだ。まあ見端《みば》は悪いが、それでたちまち熱なんぞは下がりますで」

ふつうの長葱に較べれば、異形である。太くてたくましく、丈も短い。良軒が屈みこんで検《あらた》めているうちに、老いた百姓は「そしたら、よろしゅう」と言い残して去ってしまった。

名乗りもせずに立ち去るからには、よほど善意に自信があるのだろう。しかし、蘭方医がさまざまの投薬ののちに、今さら葱でもあるまいと、良軒は考えこんだ。

すでに日も高いというのに、台所続きの小座敷からは高鼾が聞こえてくる。板戸を開けてみれば、供頭の小野寺一路と宿直の佐久間勘十郎が、ひとつ蒲団に抱き合うて寝ていた。

いったいどんな夢を見ているのかは知らぬが、からみ合うた毛脛が気色悪い。

「どうした、良軒。とうとう困《こう》じ果てて、葱の黒焼きでも処方するつもりか」

振り返ると、井戸端から戻ったらしい蒔坂将監《しょうげん》が、悪辣な顔を拭いながら笑いかけていた。

「黒焼きなどにはいたしませぬ。白いところは生味噌をつけて食し、青いところは裏返して膏薬にいたしまする」

「ハハッ、適塾でそう教わったたか」

将監は板敷に上がると、良軒の手から葱をもぎ取り、大口を開けてばりりとかじった。

「なるほど。この葱は甘うてうまい。輪切りにして鮪《まぐろ》と煮れば、さぞかし美味であろう。じゃが、うつけの額に貼り付けて、熱が下がろうはずもあるまい」

そして二口めをかじりながら、良軒の顔を招き寄せて、「馬鹿も風邪を引くのじゃな」と笑うた。

「将監様、悪口雑言もたいがいになされませ」

「おお、どの口が言う」

小座敷の様子をちらりと窺ってから、将監は良軒を台所の隅に引き入れた。

「今さら翻意したところで、おぬしの犯した罪の免れるわけもなかろう。そもそも供頭に眠り薬を処方し、添役に一服盛ったのは、ほかならぬおぬしじゃ。さあ、薬じゃ葱じゃなどと言わず、あのうつけにもっとうまいものを噉《の》ませてやれ。熱にうかされた今ならば、心の臓が止まったところで誰も疑いはせぬ」

良軒は声を絞って抗った。

「翻意ではござりませぬ。もともとは将監様と国家老の由比様が、お家のためと偽ってそれがしを騙したのです。この道中の間、それがしははっきりと気付きました。罰は甘んじて蒙りましょう。しかし、罪を重ぬることはできませぬ」

「罰を蒙る前に、おぬしの命はないぞ」

「罪を重ぬるよりはましにござる」

良軒は将監の胸を押しやって、百姓の届けた葱の山に歩み寄った。

奪いそこねた命ゆえ、救わねばならぬ。たとえおのが命と引き替えてでも。

しかし南蛮渡来の秘薬は効を得ず、御殿様のお命は風前の灯であった。良軒は藁にもすがる思いで葱の束を抱え上げた。


御殿様は心地よい夢をご覧あそばされた。

春風の吹き過ぎるお花畑を、鼻唄まじりに歩んでいた。陽光はうららかで、日ごろ師匠泣かせの清元の声も、まるで青空を貫くほどによく延びた。

もうじき三途の川を渡るのであろう。そういうことにちがいないと思うてはおられるのだが、あまりの快さに引き返そうなどという気持ちはさらさら起きず、ことほどさように未練もなかった。

馬鹿からうつけかはともかく、余は能天気よのう、と御殿様は思われた。

〽裾もほらほらようようと、お嬢吉三が竹梯子、登れば辷《すべ》る水氷、足に覚えもなく雁の、声も乱れて後《あと》や前《さき》――

御殿様が最も好きな演目《だしもの》といえば、「三人吉三《さんにんきちさ》 廓初買《くるわのはつがい》」である。とりわけ五幕目の大切《おおぎり》では、興奮の余りお立場も忘れて声を掛け続ける。

〽あしらい兼ねし後ろより、お坊吉三が助太刀に、こなたはなんなく火の見の上、撥《ばち》おっとって打つ太鼓――

おお、どうにもわが声とは思われぬ。御殿様はすっかり嬉しくなって、いっそう晴れがましく唄い続けた。

そのときふいに、一面のお花畑が消えたかと思うと、鼠色の雲の低く垂れこめる河原に出た。

吹き寄する風は湿り、彼方には稲妻が閃いていた。彼岸と此岸を隔つ三途の川の、賽の河原であると知れた。

太鼓の音が轟く。それはお嬢吉三が櫓の上で撥を揮う太鼓ではなく、いにしえの戦場に鳴り響く陣太鼓であった。

彼岸より一群の騎馬が渡ってきた。立ちこむる靄《もや》の中に、赤ぞなえの鎧やら翻る旗指物やらが、次第に瞭《あきら》かになってくる。

「ややっ、何者ぞ」

御殿様は怯んだ。武将らが背に負うた旗印は、蒔坂家の割菱であった。騎馬は横に散開して、浅瀬にとどまった。

祖宗があの世からお迎えに来て下さったのだと思い、御殿様は河原を駆け出した。

「ならぬ」

雷《いかずち》のごとき大音声が、御殿様を叱りつけた。たちまちおみ足はすくんでしまわれた。

「控えよ、左京大夫。武田信玄公がお出ましである。その武功を賞《め》でて割菱の御家紋まで賜《たも》うた蒔坂が裔《すえ》が、不心得にも天命を待たずして世を去ると聞き及び、信玄公おんみずから御出馬あそばされた。頭《ず》が高い、控えおろう」

御殿様はただちに御腰物をはずし、石くれの上にかしこまった。たとえ夢にしてももったいない限りであった。公方様の御前にてもそうまではするまいと思うほど、御殿様は額を河原にこすりつけた。

蹄の音が近付いてきた。頭上に轡《くつわ》が軋んでも、御殿様はお顔を上げることができなかった。東照神君のほうがまだしもましじゃと思うた。なにしろ信玄公といえば、その家康公ですら畏敬なされた武将なのである。

「恐悦至極に存じまする」

御殿様は両手をつかえたまま、ようやくそれだけを仰せになった。馬上から低いお声が返ってきた。

「大儀じゃ、左京大夫」

「ははっ、有難きお言葉。左京大夫、痛み入りまする」

辛抱たまらずに、御殿様はちらりと馬上を仰ぎ見た。贔屓《ひいき》の当代成田屋に似ているのは気のせいであろう。思わず花道から引き倒したい興奮をこらえつつ、御殿様はいっそうかしこまった。

「まだ死するは早い。現し世へと戻れ」

「ははは、しかるにみどもは、道中に病を得まして、熱が下がりませぬ。武将にとって恥ずべき末期《まつご》とは心得まするが、これもまた天命かと」

言うてしまってから、御殿様はシマッタと思うた。たしか信玄公も上洛せんとする道中で病に倒れられたはずである。

はたして馬上の信玄公は、恥じ入るように空咳をなされた。

「まあ、さようなことはどうでもよい。熱が下がらぬのなら、わが陣中の秘薬をつかわす」

「ははっ、もったいのうござりまする」

御殿様の目の前に、どさりと物が落ちてきた。

「なにゆえ、葱が」

藁縄で束ねられた、太くてたくましい葱であった。

「下仁田の葱は熱さましに卓効がある。白きは生味噌にて食し、青きは裏返して額に貼り付けよ。余ったならば鮪とともに煮て食うがよい。まことに美味である」

葱を抱き寄せて面を上げれば、信玄公も騎馬武者どもも姿を消していた。

「葱かよ……」

御殿様は独りごつように呟かれた。


「みなみなさま、お出合いめされよ。御殿様がご本復にござりまするぞ！」

廊下を走り回る小姓の声に、一路ははたと目覚めた。

なにゆえ佐久間勘十郎と抱き合うて寝ているかはさておき、夢でさえなくば欣《よろこ》ばしい限りである。

二人は同時にはね起き、他意のない笑顔を見かわしたのちに、いそいそと袴を着けて御寝間へと向かった。途中の廊下で、いまいましげな将監様とすれちがったが、道も譲らず挨拶もしなかった。

御殿様が本復なされたのだ。安中の遠足《とおあし》連中に托した御届書が無事に御老中のもとへと届いていれば、書面通り「一両日之遅延」にて江戸に到着できるであろう。御家は安泰である。

御殿様、御殿様、と呼ばわりながら、一路と勘十郎は御寝間へと躍りこんだ。

御殿様は夜具の上に御身を起こされて、生味噌を塗った葱を召し上がっておられた。月代《さかやき》に青い葉を貼り付け、のみならず端午の節句でもあるまいに、紫の鉢巻でぐるりとおつむに青葱をおっ立てておられるお姿は異様であるが、そのお顔色にはまさしく生気が漲っておいでであった。

「お加減はいかがにござりまするか」

一路は御床に這いよって、ようよう訊ねた。

「すこぶる欣快である。さすが良軒は名医じゃ。南蛮渡来の妙薬が功を奏さぬと知って、地場の葱を処方しおった。なるほど、土地の病には土地の薬じゃな。理に適うではないか」

辻井良軒は座敷の隅で俯いていた。典医としては殊勲にちがいないのだが、その顔色はなぜか悲しげであった。

「どうか、ご無理をなされませぬよう」

俯いたまま良軒は言うた。

「よし、出立じゃ。馬引け」

家来たちはぎょっとして腰を浮かせた。

「と、言いたいところではあるが、やはり駕籠にいたそう」

まこと厄介な御殿様である。家来たちはほっとして腰を沈めた。

「小野寺、江戸まではいかほどか」

「ははっ、わずか三十と二里にござりまする」

十四代蒔坂左京大夫は立ち上がった。お体はいまだよろめき、お腰を小姓どもに支えられてはいるが、開け放たれた障子から差し入る光に向き合うそのお姿は、戦国を駆けた祖宗の御魂《みたま》をありありと宿して雄々しかった。

参勤道中はまさしく、江戸見参《げざん》の行軍である。

五

十二月十三日の朝、田名部《たなぶ》の御陣下は昨日来の雪にすっぽりと埋まっていた。

辰の刻に御太鼓が鳴り渡っても、大手門に向かう人影はない。御家来衆のほとんどは参勤行列に従うており、陣下に残る者は留守を預るわずかな侍と、道中に耐えぬ老臣ばかりであった。

国分《こくぶ》七左衛門は傘をかしげて鈍色《にびいろ》の空を仰いだ。已《や》みそうにない粉雪である。

「おはようございます。この降りじゃあ、御道中もさぞかし難儀でござんしょうなあ」

ふいに語りかけてきたのは、人相のよからぬ町人であった。綿入れ半纏の首を羅紗の襟巻で温《ぬく》め、その顔には引き攣《つ》るような古傷がある。

「無礼者」と気色ばむ従者をとどめて、七左衛門は詫びた。

「いやいや、お気になさるな。かよう小さな御陣下に、上も下もござるまい」

見知らぬ男の物腰に、ただならぬ貫禄を覚えたのである。従者に怒鳴りつけられても、男は顔色ひとつ変えなかった。

「これはこれは、粗忽をいたしやした。あっしァ、橋向こうの旅籠の亭主にござんす」

従者が耳打ちをした。宿場はずれに、夜ごと賭場を開いている怪しげな宿があるという噂は聞いていた。

陣下の定廻りが取締まろうとしないのは、さほど害がないからであろう。たしかに悶着を耳にした憶えもなし、旅人や近在の百姓町人に小博奕を打たせるくらいの賭場ならば、とやかく言うのも無粋である。

「実は、この御屋敷を焼かれなすった御供頭様が、しばらくあっしのところにお泊まりでしてね。まあ、そんなご縁もあるもんで、道中は難儀をなすっておいでだろうなあ、と」

傘ごしに振り返れば、小野寺の屋敷跡は一面の雪原であった。焼け残った御玄関だけが、ぽつんと佇んでいる様が物悲しい。

「さようか。申し遅れたが、拙者は当家勘定役を申しつかっておる――」

「へい、存じ上げておりやす。国分七左衛門様で」

男は真向から目を据えたまま言った。音という音をくるみこむ雪の黙《しじま》が七左衛門に迫った。こやつは何者だ。

訊ぬるまでもなく、男は嗄《しわが》れた声で続けた。

「彦根のお貸元から、国分様のご仁徳はよく聞かされておりやす。もっとも、あっしみてえな曖昧宿の亭主が面と向き合えるお方じゃござんせんから、こうしてバッタリお会いできましたのも、何かのお引き合わせでござんしょう」

彦根城下の貸元といえば、七左衛門の知る人物のほかにはいないはずである。

古いなじみのその親分には、ずいぶんと世話になっていた。返すあてのない借金も嵩《かさ》んでいるが催促されたためしはなく、かつてはあらぬ罪を被せられて田名部を所払いにされた郡《こおり》奉行の、面倒まで見てくれたこともあった。

参勤道中の万一に備えて、助太刀を出してはもらえまいか、などという話を持ちこんだのは、つい先日である。そんな無理すらも、「承知いたしやした」の一言で引き受けてくれた。

もしや彦根の貸元は、深くは語れぬ蒔坂《まいさか》家の御家事情をすべて承知しているのではあるまいか、と七左衛門は思った。だからこそ、息のかかった子分を田名部に向かわせ、旅籠に賭場を開かせて、あれこれ調べているのではないだろうか。

そうにちがいないと思うたとたん、七左衛門は傘をとざして頭《こうべ》を垂れていた。

問い質すわけにもゆかぬ。他領の人々が田名部武士の面目を立てつつ、蔭ながら助力してくれているやもしれぬのである。

「国分様、何をなさいやす」

物を言うてはなるまい。せめて頭を下げることが、武士の面目であった。

苛斂誅求のあげくに借財も嵩み、どこの御家も内情は火の車と聞く。商人《あきんど》ならばとうに破産しているであろうに、いわれなき武士の権威によって時代は保たれているのである。ならば物を言わずに頭を下げるほかはない。

「なるほど。彦根のお貸元のおっしゃる通り、立派なお侍様だ」

男は藁沓《わらぐつ》で雪を踏みながら歩み寄ってきた。七左衛門の手から番傘を取り上げ、肩を並べて御陣屋に向き合うた。

「いいかげんにせよ、無礼であろう」

従者の重ねた叱責を、男は阿弥陀にかしげた傘をくるくると回して遮った。濠の向こうでは大手の門番が、訝しげに見守っている。

「かまわぬ」

七左衛門はきっぱりと言った。肩を並べたとたん、この男がやくざ者でも素町人でもないと確信したからだった。

はたして男は、打って変わった物言いで七左衛門の耳元に囁きかけた。

「それがし、彦根が家中の者にござる。当家は去る年の桜田御門外の騒動にて主を打たれ、御公辺より遠ざかっておりまするが、譜代筆頭の家紋に誓うて、隣国の災厄を座視するに忍びませぬ。助力には限りがござれど、要らぬ節介などと思われますな」

七左衛門は雪空を見上げた。

「小野寺一路はわが朋友が倅《せがれ》、なおかつわが一人娘が許婚《いいなずけ》にござる。御行列に変事あらば、小野寺の家も国分の家も絶えまする。万一さなる折には、ただちに彦根へと戻られよ。御尊家を御家騒動に巻き込んだとあらば、冥府にて掃部頭《かもんのかみ》様に合わす顔がござらぬゆえ」

　男も雪空を仰いだ。

「立派なご覚悟じゃが、万が一はござるまい。あの小野寺一路と申す侍は、きっとお務めを果たしおおすはずじゃ」

　七左衛門は「かたじけない」とひとこと礼を述べ、大手の橋を渡った。

　心強い限りではあるが、不安が払われたわけではなかった。いったい参勤道中はどのように運んでいるのか、ご発駕以来その消息は絶えてないのである。便りのないは無事の証拠、とみずからを励ます日々が続いていた。

　この鈍色の雪空が、江戸までの中山道をずっと蓋《おお》っているような気がしてならぬ。


　御陣屋の広敷には、国家老の由比帯刀《ゆいたてわき》が待ちかねていた。

「おお、七左。この雪もよいにご苦労じゃの」

　代々国家老を務める重臣でありながら、蒔坂将監《しょうげん》に媚びへつらう由比は許しがたい。そもそも御家に仕える忠義の心を欠いているのである。蒔坂家のためにではなく、御殿様よりも将監が強しと見てその企みに加担した。

「御家老様には、何のご用向きにござりましょうや」

　御廊下に手を付いた七左衛門の目は、下段の間の上座に腰を下ろす由比の膝元に向けられていた。

油紙にくるまれたままの書状が置かれている。

「さきほど、上州松井田宿より継立《つぎたて》の早飛脚が参った。わしが開けば、またぞろおぬしに文句をつけられるのではないかと思うてな、今や遅しと待っておった次第じゃ」

「御家老様がお読みになるが道理にございましょう。拙者は勘定役に過ぎませぬ」

「その勘定役に過ぎぬおのれが、わしのやることなすことに逐一文句をたれるではないか。ささ、近う寄れ。後顧の憂いなきよう、二人して書状を開こうぞ」

七左衛門は由比の向こう前に座った。咽の渇えを覚えた。

「由比様。後顧の憂い、とはいかなる意味にござりましょうや」

失言と知ったのであろう、老いた顔が姑息に動揺した。ややあってから、由比は唇を歪めて苦笑した。

「のう、七左。なにゆえ小野寺弥九郎が亡うなって、朋輩のおぬしがこうして生き永らえておるか、考えたためしがあるか」

斬りつけられたような言葉であった。由比は御家転覆の企みを、いくぶん遠回しではあるが初めて口にしたことになる。

むろん、七左衛門は答えなかった。

「それはの、勘定役としてのおぬしの才覚が、余人をもって代えがたいからじゃ。将監様もそのことはよう存じておられる。おぬしでなければ、国元の商人も大坂の米蔵もままにはならぬ。芸が身を扶《たす》くるとは、まさにこのことじゃぞえ。将監様との間はわしがうまく取り持つゆえ、頭を下げよ」

のう七左、と由比は身を乗り出してもういちど言うた。

おそらく、書状はすでに読んでいるのであろう。勝利を信じたからこそ、由比は今からでも遅くないゆえ降参せよと、説得を始めたにちがいなかった。

七左衛門は目をとじて荒ぶる心を鎮めた。もし御陣屋のお定め通りに、御玄関の番所に大小の腰物を預けておらねば、迷うことなく由比を斬り捨てているであろうと思うた。

「御家老様は、拙者の務めを芸とお考えでしたか」

「揚げ足を取るな。物の譬《たと》えじゃよ」

「譬えであろうと過ぎております。国分七左衛門は商人札差に下げてはならぬ頭を下げて、御家に尽くして参りました。余人をもって代えがたい拙者の芸とは、さなるものでござる」

「たしかに、誰が真似のできるものではないの」

「今ひとつ、申し上げたき儀がござる。国分七左衛門は、御先代、御当代の蒔坂左京大夫様に仕えて参りました。もし江戸におわすお世継様のほかに十五代左京大夫の名跡を騙《かた》る者のありとせば、おのが生計《たつき》のために頭を下げるつもりはござりませぬ」

由比帯刀は所在なげに弄んでいた火箸を灰に突き刺して叱りつけた。

「わしの親心がわからぬか。おぬしの命乞いを、いくたび進言したと思うておる。商人札差にまで頭を下げる不浄役人ばらが、分《ぶ》を弁《わきま》えよ」

「しからば申し上げる。親心をお持ちならば、なにゆえこの不浄役人のほかの命乞いをなされなかったのか」

由比は言い返そうとして口を噤《つぐ》んだ。

「もうよい。御家のために頭は下げても、おのが命のために頭は下げぬというわけじゃな。まったく、見上げた武士もいたものじゃわい」

老いた家老の手が、大仰な音を立てて油紙を開いた。

「さあ、読むがよい」

七左衛門は息を詰めて書状に目を瞠《みは》った。

前略　陣下出立以来無音之段《ぶいんのだん》御許願度《おゆるしねがいたく》
此度《このたび》火急之大事出来致《しゅったいいたし》　不取敢《とりあえず》御一報申上候
本十二月十一日　御殿様道中不意之御発熱被遊《あそばされ》御一行上州松井田宿而《にて》滞陣致候
一同懸命之尽力致候得共《いたしそうらえども》薬験祈禱不奏功《やっこうきとうこうをそうさず》
予断許間敷《よだんゆるすまじき》御病状ニ御座候
向後《こうご》神仏之御加護蒙而《こうむりて》御快癒被遊雖要数日《ごかいゆあそばされるといえどもすうじつをようし》
最早期日通江戸着到不可能《もはやきじつのとおりえどちゃくとうあたうべからず》　急使モ不間合仕儀相成候《まにあわざるしぎとあいなりそうろう》
依而御公辺之譴責不免《よってごこうへんのけんせきまぬがれず》　皆々様御覚悟被召様《ごかくごめされますよう》　恐惶取急御報告迄《きょうこうとりいそぎごほうこくまで》

由比帯刀様御許《おんもとへ》

於松井田宿
伊東喜惣次拝

取り乱してはならぬと思うそばから、七左衛門は畳みかけた書簡を握り潰していた。

御殿様はたいそうご健康にあらせられる。七左衛門の知る限り、お風邪を召されたためしも、お腹をこわされたためしもない。

「主人に一服盛るなど、あってはならぬ」

七左衛門は独りごつように声を絞った。

「何を申すか」

「ほかに考えようはござるまい」

「さようなこと、二度申せば気が触れたとしか思えぬぞ」

御殿様はじめ家来衆のあらかたが不在の今、国家老の権威は絶対である。気が触れたとされて牢に繋がれても、異を唱える者などいない。

「のう、七左。重ねて申すが、勘定役は余人をもって代えがたいのじゃ。御殿様の御身に万一のことがあろうと、江戸入りの時日が遅れようと、将監様にお任せすれば大事には至らぬ。御家は安泰じゃ」

由比は七左衛門の顔を横目で窺いながら、火鉢の熾《おき》を掻き始めた。

「よう考えよ、七左。主君に立つる忠義にまさるは、御家に立つる忠義ぞ。わしも将監様も、さような大義を心得ておる。とにもかくにも御家大切じゃ」

ちがう、と七左衛門は思うた。将監は御殿様を憎んでいる。おのれに代わって十四代《じゅうしだい》左京大夫となった御殿様を。

馬鹿ようつけよと、あらぬ噂を撒き散らして、大義の下地をこしらえたのだ。そもそも家来のほとんどは主君と接する機会がないのだから、噂はまことしやかに伝わってしまうのである。御殿様がけっして馬鹿でもうつけでもないと知る者は、ほんの一握りの重臣にすぎぬ。「大義」を鵜呑みにして、御家転覆の一味に加わらんとする者のあることも、けだし当然であった。

では、かくいうおのれは御殿様をどれほど知っているのであろうかと思えば、七左衛門にも自信はない。御家の台所事情など、御殿様があれこれ仰せになるはずはないからである。

月の朔日《ついたち》にこの広敷に伺い、帳面類を奉呈してお目通しを願う。江戸屋敷にお住まいの年は、在番の勘定方が同様に行う。

その際には、下段の間に手をつかえたまま多少の説明を加うるが習いだが、御殿様からご下問を賜った憶えはなかった。

「月々の務め祝着である」

「こまごまはよきにはからえ」

そのようなお言葉を頂戴して、儀式は終わる。武将たる御殿様は常に神秘でなければならず、家門経営の些事になどかかわってはならなかった。

たしかに御殿様には、奇矯と思える行いがないではなかった。芝居好きが昂じて、ふいに清元を唸られることもあり、小屋の裏口で役者の出待ちをしているところを町与力に見つかって、御目付様より謹慎を申し付けられた不祥事もあった。

しかし、だからと言うて馬鹿ようつけよと断ずるは早計であろう。そうしたご趣味が盛んな一方で、本分たる弓馬の術にすこぶる長けておられるのはたしかであるし、奥儒者の話によると、「こちらが教えられるほどのご教養」を備えておいでであるという。

つまり、ご正体が不明なのである。もしその本来のお姿を知る者のありとせば、江戸屋敷にお住まいの奥方様と、江戸御城内にて供もなく親しみ合うておられる、よその御殿様しかいない。そしてその方々もまた雲上人であらせられるから、やはりご正体はわからずじまいなのである。

何と孤独なお方であろうかと、七左衛門は思うた。

武将という権威に鎧《よろ》われたまま、ご自身の正体すら顕すこともままならず、悪評をでっち上げられたあげくに毒を盛られるのである。

「もはや急ぐ話でもあるまい。ゆるりと考えよ」

言いながら由比はあくびをした。ことが首尾よく運んで、ほっと胸を撫でおろしているのであろう。

七左衛門は握り潰した書状を、今いちど膝の上に拡げた。書面から計り知ることが、何かあるのではないかと思うたのである。

差出人は側用人の伊東喜惣次、つまり一味からの書状なのだが、他目を怖れて謀《はかりごと》には一切触れていない。

十二月三日に田名部陣屋を発駕し、十一日に上州松井田宿に至ったはほぼ旅程通りである。そこで御殿様が発熱なさり、「予断許すまじきご病状」となった。

いかにも狙い定めた場所のように思える。もっと手前であれば、早馬なり早飛脚なりを使うて期日以前に着到遅れの届出をすることもできようが、残る旅程が二泊三日と押し詰まれば、三十余里を数刻で駆ける天狗様でも雇わぬ限り無理というものであろう。伊東喜惣次はそのあたりを、「してやったり」とばかりに書いてよこしたのである。国元への急報を装うて、由比に謀叛の成就をいち早く伝えた。その文面のしたたかさもさることながら、それを材として自分を味方に取りこもうとする由比の機転は、まさに悪党どもが阿吽《あうん》の呼吸であった。

もし松井田宿にて御殿様が無念のご最期を遂げられたなら、幕閣もやむかたなしとしてお咎めはあるまい。

「由比様。家統は父子相続が定めにござりまするぞ。御殿様に万一のことあらば、江戸屋敷におわす若君のご世襲が道理にござる」

「声が大きいぞ七左。家中ではいまだ誰も知らぬ話じゃ」

と、由比は老獪な顔を歪めて笑うた。

「のう。おぬし、二度も重ねて御後見役に甘んずる将監様じゃと思うてか。父子の世襲はたしかに道理ではあるが、お定めというわけでもあるまい。さようなこと、御歴代の公方様とて同じであろう。弟君がお世継に立たれたためしもあれば、有徳院《はちだい》様やら文恭院《じゅういちだい》様やら、遠いお血筋から迎えられた御方もおいでじゃ。御当代様にしても紀州家のご出自じゃぞえ」

すでに根回しは斉《ととの》うているのである。蒔坂将監は幕閣に阿《おもね》っている。

「かような計略が、御家専一の真心とは思われませぬ。下剋上の野望に過ぎますまい」

由比が声を出して笑うた。すでに勝敗は決しているといわんばかりの顔であった。

「よう申すわ。たしかに将監様は、御老中や若年寄の役宅に足繁く通われておるが、その際の手みやげにしても、勘定役たるおぬしの裁量であろう。わからぬか、七左。おぬしはとうに、将監様の配下であったのだ」

「いや。さまざまの無理は聞き申したが、下剋上の企みに加担した憶えはござらぬ。それがしがご用立てしたるは、あくまで御家のための御用金と信じたがゆえにござる」

「わからぬやつだ。だから御家のためじゃと申しておるであろう」

「ちがう」

いくらおのれを宥めても、つき上げる怒りに七左衛門の尻は浮いた。

正しくは将監の要求に応じていたわけではなかった。商人から巻き上げる金、郡奉行から勝手に横領する年貢の尻拭いを続けてきたのである。将監のそうしたふるまいがなければ、蒔坂の家計はこれほど逼迫しなかったはずだ。

「まあ、あれこれ思い悩んでも仕方あるまいて。もはやどうあがいたところで、おぬしの生き残る道はないぞ。悪いようにはせぬゆえ、将監様に頭を下げよ。何事も御家のためじゃ」

七左衛門は広敷を繞《めぐ》る障子に目を向けた。

時の過ぐるままに、粉雪が綿に変わったらしい。無数の影が白いほのあかりの向こうに舞っていた。

父祖の生きたこのふるさとを、命惜しさに穢してはならぬ。

国分七左衛門は雪に誓うて言うた。

「百姓町人に下ぐる頭はあっても、悪党ばらに下ぐる頭は持ち合わせぬ。それがしは蒔坂左京大夫様が家来、ご馬前に死するは本望にござる」


父が御陣屋内にて乱心し、西の丸の牢屋に押し込められた——。

屋敷に駆け戻った従者からそう訴えられても、薫には信じようがなかった。報せを聞いたとたん、母は卒倒して床に就いてしまった。

このところお疲れの様子ではあったが、父は正気を喪うほど柔弱な気性ではない。きっと洩れ聞いている御家中の騒動に巻き込まれて、牢屋に閉じこめられたのだろう。

母の看病を使用人に申し付け、薫がひとり御陣屋へと向こうたのは夜も更けてからであった。

ともかく父に会わねばならぬ。夜更けならば宿直《とのい》のほかに傍目《はため》はあるまいし、娘ひとりならば面会も叶うやもしれぬと考えたのである。なるたけ幼く見えるよう着物を選び、それも褄を取らずに高端折《たかばしょ》りなどして、おぼこな藁沓を履いた。牢屋はさぞかし寒かろうと思い、綿入れの褞袍《どてら》を風呂敷にくるんで背負った。

芝居を打ったつもりはない。番人の情に訴えでもしなければ、科《とが》なくて囚われた父に会えるはずはなかった。

幸い大手の番人に見知った顔があった。雪の夜道を歩いてきた薫をよほど不憫に思うたのであろう、「小半刻ですぞ」と念を押して牢屋へと案内してくれた。

降り積む雪に足元を気遣いながらの道は、行き帰りだけでも小半刻はかかろうと思えるほど長かった。

御陣屋の曲輪《くるわ》内に入るのはむろん初めてである。奥務めに上がりでもせぬ限り、おなごが踏み入る場所ではない。番人は肚を括っているにちがいなかった。

「お母上様はご存じか」

みちみち番人は、声をひそめて訊ねた。

「床に就いてしまいました」

歩みながら答えると、番人はああ、と呻くような溜息をついた。

「酷《むご》いようじゃが、余分な口をきいてはなりませぬぞ」

この侍はきっと父の敵ではないのだと、薫は勘を働かせた。

重たげに雪を被った仕切門を潜ると、幅の広い石段をしばらく下った。番人は薫の手を取って、足元を照らしてくれた。

西の丸はしんと静まり返っていた。大手前の役宅とさほど変わらぬ小さな御殿が、ひとけの窺われぬまま雨戸を閉て切っており、その奥にひと区切りの海鼠塀《なまこべい》を隔てて、白壁の御蔵が並んでいた。いつしか雪は上がり、じきに満つるであろう十三夜の月が、西の丸の曲輪を照らし出している。

「そこもとは、小野寺一路様の許婚と聞き及んでおるが、まことにござるか」

あい、と薫は肯《うなず》いた。もしや番人が情をかけてくれたのは、そのせいであろうか。そう思いついたとたんに、薫の足はすくんでしまった。

「御行列に、何か変事でもございましたのでしょうか」

番人は失言を糊塗するように咳《しわぶ》いた。

「いや、何も聞いてはおりませぬ」

それから、番人は正中にかかる月を見上げて、再び身の縮むほどの白く深い溜息をついた。

蔵群《くらむれ》の端の、松の大樹に囲まれた土蔵に父は囚われていた。

錠前をはずして扉を開けると、温かな炭の臭いが漂い出て、薫の胸をなごませた。牢屋といえば土間か板敷の檻だとばかり思うていたのだが、案外のことに縁《へり》のない畳を敷きつめた座敷牢である。正座する父のかたわらには火鉢が置かれ、行灯もともっていた。

薫の姿を認めると、父は驚くでもなく叱りつけた。

「何の真似じゃ。はたの迷惑を考えぬか」

けっして乱心などなさってはいない。正気なればこそ、父は父らしく叱ってくれた。

番人が薫を庇《かば》った。

「国分様、勝手にお通ししたるはそれがしにござりまする。お嬢様は大手までお召物をお持ち下されただけにございます」

父は尊敬されているのだと思った。芝居がかりに幼げな身なりをし、番人の情に訴えんとしたおのれを薫は恥じた。

「かたじけのうござる」

父は番人に向こうて膝頭を揃え、深々と頭を垂れた。それから、ひとこと「帰れ」と薫に命じた。

狂うてなどいない。父は父のままだった。「帰れ」のひとことが嬉しくて、薫は座敷牢の入側《いりがわ》に佇んだまま涙をこぼした。

父の訓《おし》えが胸の底から湧き上がってきた。

武家は百姓に養われおる卑しき身分と心得よ。

いかなるときもおのれの利得を考えてはならぬ。

偉ぶるな。頭を下げよ。常に他人の立場を斟酌し、迷惑はかけるな。

そして、恥を知れ。

「母上も薫も息災にござりますれば、心置きのうお励み下されませ」

薫はそう言うて、牢格子の間に縕袍を差し入れた。父は答えなかった。

「薫」

背を向けて帰りかけたとき、父の声が呼び止めた。絞り出すような、切ない声であった。

「もし御殿様の御身に災厄あらば、父は冥土までお供つかまつる」

「かしこまりました」

薫は背筋を伸ばしてきっぱりと答えた。母ならばきっとそう答えると思うたからであった。

「供頭もそれは同じじゃ」

「かしこまりました」

言葉を尽くせばきりはあるまい。それらすべてを肚に納めて、父は選りすぐったふたことだけを声にしたのだった。

叱るにせよ褒むるにせよ、いつも物足りぬと思うほど言葉少なな父である。だがこのふたことに限っては、薫を得心させた。

ほの暗い土蔵から出ると、月かげが一面の雪に満ちて眩いほどであった。重い軋りを忍ばせて扉が閉ざされ、錠がかけられた。

薫は思いついて高端折りの裾をおろし、襷を取った。

「ご無理を申し上げました。月も明るうございますゆえ、提灯はお消し下さいまし」

とまどう番人の手元に顔を寄せて、薫は提灯の火を吹き消した。

「分限わきまえず僭越を申し上ぐるが――」

番人は気持ちを鎮めるように、少し間を置いて続けた。

「お早まりになられませぬよう」

夜詰の御門番は下士の務めであろう。袷《あわせ》羽織の裏が綻びて垂れ下がっており、草履ばきの素足が痛ましかった。田名部の御陣下には、貧しゅうて嫁取りもままならぬ侍が大勢いるという。迷惑をかけたのだと薫は思うた。

月あかりの雪道を戻り、大手の潜りを抜けて御陣屋を後にした。これがもし父との永訣であるにせよ、薫の胸にはいささかの悲しみもなかった。かたちのない心に、かたちのない言葉がきっちりと嵌まって、覚悟というかたちになっていた。

大手の橋には雪を掃いた道が付けられていた。ほかの門番たちが、帰り途をこしらえてくれたにちがいなかった。

貧しき侍たちはそれくらい父を敬しているのであろうか。あるいはそうしておなごを労《いたわ》ることが、田名部衆の心がけなのであろうか。

思い悩みながら橋を渡るうちに、雲居の月が空に放たれて、雪にくるまれたふるさとの景色を一望に照らし出した。

お蚕様の繭玉を並べたような町家の屋根。中山道につらなる旅宿だけが二階屋で、火の見櫓が東と西に二つ。御濠端には威を誇るべくもない慎ましやかな武家屋敷が繞《めぐ》っている。

二百幾十年もの間、どこも変わらずにある田名部の御陣下であった。

薫は橋のなかばに足を止めた。もしや父の胸のうちには、ことほどさように忠義の心などなくて、ただこのふるさとの平安のみを守らんとお考えなのではないかと思うた。おのれの命も、妻や子の命も、御殿様のお命すらも、どれも欠け落ちてはならぬふるさとの景色と信じておられるのなら、父の武士道には何ひとつ矛盾がなかった。

大手前の屋敷並びには、歯の欠けたような空地がひとつだけ雪を冠っている。小野寺家の焼け跡である。

江戸屋敷に生まれ育った小野寺家の嫡男と夫婦《めおと》になり、何としてでも男子を二人もうけて一人を国分家に戻す。それが両家の申し合わせと聞いていた。ふたつの家は固い絆で結ばれている。もし供頭の身に万一のことあらば、国分の家も終《しま》いにすると父は思い定めたのであろう。

江戸から伝わってくる小野寺一路の噂に耳を欹《そばだ》て、隔年の参勤道中のたびに国元へと立ち戻るその父親の姿から想像をたくましゅうするうち、薫の胸は見もせぬ人のおもかげに被いつくされた。そして、初めて出会ったその人は、顔かたちからお声から物言いのいちいちまで、薫が思い描いていた通りであった。

潜り戸から窺う番人に頭を下げて、薫は橋を渡った。それから、常夜灯の蔭の雪溜りに膝を揃えて座り、御陣下を貫く中山道の白い闇に向こうて手を合わせた。

国分の娘ならば、小野寺の嫁ならば、夫の息災など祈ってはならぬ。

「ご存分にお働き下されませ」

薫は声に出して願うた。

其の七　御本陣差合

一

御供頭心得

一、武蔵国ニ入而《いりて》ハ　旅人物産通行弥益《いやまし》
道中宿駅甚《はなはだ》混雑
御行列本陣差合《ほんじんさしあい》之儀等屢《しばしば》有之《これあり》
旅程変更予約有無　其他諸事情ニ不拘《かかわらず》
両家格式而《にて》進退可決《けっすべし》
不逆上司《じょうしにさからわず》　不屈下僚《かりょうにくっせず》
武門之面目ニ無慙様《はずるなきよう》相済可《あいすますべし》
参勤道中ハ已戦場故《すでにせんじょうゆえ》

御本陣差合是武将之一大事也

江戸より二十一里三十町の本庄《ほんじょう》宿からは、いよいよ武蔵国である。

蒔坂《まいさか》家の参勤行列は中山道随一の本庄宿をあえて避け、ひとつ先の深谷《ふかや》に宿陣するが慣例であった。御殿様の思いがけぬご病気などにより到着は一日遅れてしもうたが、この時節に深谷泊まりの御行列などあるはずはない。本陣の主人はさだめしやきもきと待ちかねていることであろう。

本庄を過ぎたあたりで冬の日は昏れた。提灯をともして歩みを速める。きょうは深谷、あすは桶川《おけがわ》に泊まり、あさっては戸田の渡しを越えて板橋、その先はいよいよ御府内である。人々の心は早くも江戸の賑わいへと飛んでいた。

ところが、枯田の先に深谷宿の灯も見えるあたりで、先達の空澄《くうちょう》和尚があわてふためいて駆け戻ってきた。

御行列は夜道に止まった。こは何事ぞと小野寺一路《おのでらいちろ》が走り寄ってみれば、和尚は饅頭笠の庇を上げ、魔に遭うたような顔で言うた。

「一大事じゃぞえ」

「落ち着け、御坊。何があったか知らぬが、話は深谷の御本陣にて聞こう。御殿様は病み上がりの御身じゃ」

「その御本陣がの」

言いかけて竹筒の水で咽を湿らせ、空澄はふうと息をつきながら言うた。

「差し合いじゃ。よろしいか、御供頭殿。ここまできて悶着を起こすではないぞ。お相手との上《かみ》下《しも》はたいそう難しいゆえ、あれこれ言わずに黙って熊谷宿まで伸《の》せ」

添役の栗山真吾が、提灯のあかりに武鑑を照らした。

「して、先様はどちらの御殿様にござりますのか」

「信州小諸《こもろ》の牧野様じゃ。調べてみよ、難しいお相手じゃぞい」

真吾がめくり開けた武鑑を、一路は頭をつき合わせて読んだ。

上司に逆らわず、下僚に屈せず。なるほどこの進退はすこぶる難しい。

参勤道中が行軍ならば、旅宿はすでに戦場なのである。その合戦場のしかるべき場所に陣を張るか否かは、実に武将の面目であった。

武州深谷宿本陣は夕餉の宴がたけなわである。

しかし、道中供頭は飯や酒どころではない。台所の小上がりで添役と額をつき合わせ、「蒔坂左京大夫」なる武将の名を武鑑から探し出すことに懸命であった。

「マイサカ。マイサカ。あ、これか」

「いえ、供頭様。それは蒔田《まいた》でございます」

「あー、わからん。一体全体、世の中にはどうしてこんなにも大勢の御殿様がおるのだ。あ、あった。これこれ」

「いや、それはワキサカ。播州龍野の脇坂様です」

「それにしても、マイサカなどというお家は聞いたためしもないの。マサカのマイサカ」

「供頭様。シャレをいうておる場合ではございませぬぞ」

黒岩一郎太は弱冠十九歳、父親が急な卒中で昏倒したゆえ、道中御供頭の大役を初めて仰せつかったのであった。お役目の引き継ぎなどはしていない。道中にお供したためしもなし、父は倒れたとたんから口が利けなくなってしもうた。

頼みの綱は添役だが、実はこの若者もお役目の経験がない。前任者が尊皇攘夷にかぶれて突如出奔してしもうたゆえの代役なのである。

「マイサカ、マイサカ……ええい、面倒な。聞き憶えのないお名前ならば当家より格上ということもあるまい。放っておけば向こうが遠慮するであろうよ」

「しかし、供頭様。なにぶんわれらは道中の右も左もわかりませぬ。もし万が一の不調法あらば、御公辺も何かと物入りの昨今、御家の一大事となるやもしれませぬぞ」

「何を申すか。長らく若年寄の大役をお務めになったわが殿に、お咎めなどあろうものか」

「いや。近ごろの御公儀は油断なりませぬぞ。御老中も若年寄も幾月と保《も》たずにころころ入れ代わっておりますゆえ、元の御役職など斟酌されますまい。むしろ御用済みとして軽んじられるやもしれませぬ。ましてや当家は、たった一万五千石の――」

「めったなことを申すな」

黒岩一郎太は添役の声を遮った。言わんとするところは承知しているのである。幕閣がしきりに交代する昨今、「さきの若年寄」などという肩書きには何の権威もなかった。ましてやわが殿は、御大老井伊掃部頭《かもんのかみ》様の肝煎りで若年寄に抜擢され、例の桜田御門外の騒動ののちにはひとたまりもなく罷免されたのである。

なお悪いことに、御殿様は三年間の激務がたたってお体を壊されてしまった。こたびの江戸御暇《おいとま》は、「領分にて死にたい」という御殿様のご意思が御公儀に認められたからであった。

「たしかに、一万五千石の下はそうもあるまいのう」

一郎太は思わず独りごちた。本陣差し合いという不測の事態が起こったとき、言下につっぱねる相手もそうはいないはずであった。参勤交代は大名の務めであり、大名は一万石以上だからである。

「御殿様のご様子はいかがじゃ」

一郎太が問えば、添役はいかにも言いづらそうに間を置いて、

「今しがた、また少々血をお喀《は》きになられました」

と答えた。夕餉の膳も白粥を一匙《ひとさじ》お口に運ばれただけだという。そのようなご容態の御殿様を、御本陣から脇本陣にお移しするなど、どうしてできようか。

信州小諸一万五千石牧野遠江守康哉《とおとうみのかみやすとし》は、名君として誉れ高かった。

いずこも同じ財政窮乏の折から、赤児には子育米《こそだてまい》を配給し、貧しき老人にも敬老の手当を与え、医師を長崎に学ばせたうえ、二人の姫君に種痘を施してその普及に努めた。そうした善政ぶりが幕府の知るところとなり、奏者番から若年寄へと進んで幕政を担う運びとなった。

牧野家は徳川十七将のひとり、康成《やすなり》を祖とする三河譜代の名門であり、その裔《すえ》も大名四家を算《かぞ》えていた。遠江守康哉は常陸笠間八万石の牧野氏から迎えられた養子である。えてして名君賢侯と呼ばれる御殿様には養嗣子《ようしし》が多いが、康哉もまたその例に洩れなかった。

大老井伊掃部頭は康哉の力に信倚し、また康哉もその期待によく応えた。しかし、強権を発揮して幕府の威信を恢復せしめんとしただけに、桜田御門外の変ののちは康哉も白眼視されて、幕閣にとどまることはできなかった。

名君ゆえに重き荷を背負わされ、志なかばにして罷免の憂き目に遭い、激務がたたって不治の病を患われた御殿様が、領分にて死ぬための道中であった。

無理を押しての御発駕は、御殿様の意地とも思えた。文字通り血を喀くほどの労苦が報われぬのであれば、せめて善政を尽くした信州小諸の城に戻って死すべきであると。

だから御殿様は、御乗物の中でも声を忍んで咳をなされる。お加減を訊ねても、「かまわぬ」の一言だけが返ってきた。血に汚れた手拭を、ひそかに御本陣の厠に捨てておいでになることも、一郎太は承知していた。このところお体は見る影もなく窶《やつ》れ果てている。

きょうの泊まりはひとつ先の本庄であったのだが、御殿様があまりにお辛そうなので手前の深谷に宿陣すると決めた。

突然の着駕に、本陣の主は驚きあわてた様子であったが、ご歩行もままならぬ御殿様が御駕籠ごと奥座敷まで担ぎこまれたとあっては、文句のつけようもあるまい。訊ねれば、本日着陣するはずの御行列がいまだ現れないとのことである。

ならば予定をたがえたほうが悪かろう、と一郎太は安易に考えた。ところが、ほどなくして参勤行列の先達を名乗る僧が本陣を訪ねてきた。

本陣差し合いである。

こうした際には、格上の行列が本陣に入り、格下は脇本陣に下がるか宿場を変える習いなのだが、そもそも「蒔坂左京大夫」なる御殿様の名が初耳であった。そこで、先達の僧があわてて立ち去ったあと、一郎太と添役は首っ引きで武鑑を調べ始めたのである。

いかな事情があろうと、本陣差し合いは武門の面目にかかわる一大事であった。宿場役人も本陣の主も青ざめて物も言えず、供頭がほかの誰に相談するわけにもゆかぬ。

「おお、これじゃ、これじゃ」

分厚い武鑑の巻末近くに、ようやくその名前を見出した。

「なあんだ、たかが旗本ではないか。七千五百石の知行取りならば旗本中の大身とはいえようが、まさか城持ちの大名が本陣を譲る相手ではあるまい」

一郎太は破顔一笑した。実に魔が払われた気分であった。しかし、いくつか齢かさの分だけ物を知っている添役は、不安げに首をかしげるのである。

「しかるに供頭様。この交代寄合と申しますのは、高家《こうけ》同様に別格の旗本と聞き及びますぞ」

高家とは、幕府と朝廷との間の諸礼を司る旗本の名流である。そうと聞いてまず思いうかぶのは、忠臣蔵の仇役たる吉良上野介。旗本といえども小さな大名など歯牙にもかけぬ格式を誇るから、松の廊下の刃傷沙汰を招いた。

黒岩一郎太はぞっと怖気をふるうた。その伝でいうなら、わが御殿様もちっぽけな田舎大名に過ぎぬ。もしや蒔坂左京大夫なる旗本は、江戸城中ではたいそうな権力を握る御殿様なのではなかろうか。

そう思うと、先達を名乗る坊主の妙に偉そうな物言い物腰も、何やら薄気味悪い。

「いいや。ひとかどの城持ち大名が、陣屋旗本の下《しも》に立つはずはあるまい。追い払うてくれようぞ」

一郎太は怖気を振り払って立ち上がった。ご不運続きの御殿様を、御本陣から追い立てるような真似はできぬ。相手が何様であろうと、たとえこの一命に代えてでも。


蒔坂家の行列は空ッ風の吹きすさむ街道に止まったままである。

小野寺一路と栗山真吾は、提灯に照らされる武鑑を挟んで思いあぐねていた。

「小野寺様。いくら何でも相手が悪うござりまする。ほれ、この通り。牧野遠江守康哉、信州小諸城主一万五千石、ここは黙って熊谷宿をめざすほかはござりますまい」

次の熊谷宿までは二里二十七町、到着するころには夜も更けてしまう。無理をすれば御殿様のお風邪がぶり返さぬとも限らなかった。

「いや、待てよ」

武鑑の記述を指先でたどった。牧野遠江守様の江戸城中における詰所は、「雁間《がんのま》」と書かれていた。

一万五千石の城主大名と七千五百石の陣屋旗本。しかし武将の格式はそれではあるまい。登城した折にどの座敷に詰めるか。わが御殿様の席である「帝鑑間《ていかんのま》」が、「雁間」よりも格上であることぐらいは知っている。「交代寄合表御礼衆《おもておんれいしゅう》」の格式とは、そうしたものなのである。

「遠江守様にはご遠慮いただく」

一路は行列を振り返って出立を命じた。病み上がりの御殿様を、深谷の御本陣にお入れせねばならぬ。相手が何様であろうとご遠慮いただく。たとえこの一命に代えてでも。

「何と、本陣差し合いか。ハハッ、一難去ってまた一難とは、まさしくこのことじゃわい」

行列の殿《しんがり》で伊東喜惣次《きそうじ》から一大事を聞いた蒔坂将監《しょうげん》は、鍾馗眉《しょうきまゆ》を開いて悪辣に笑うた。

「お相手が小諸の牧野遠江守様では致し方あるまいの。さきの若年寄にして、質実剛健なる名君じゃぞい。ここは黙って熊谷宿まで伸《の》すほかはあるまい。うつけ者め、今度こそ風邪がぶり返してお陀仏か」

「いや、それが――」

喜惣次は言いかけて声を呑みこんだ。供頭の決心は信じ難い。

「それが、その、遠江守様にはご遠慮いただく、と」

ナニ、と将監様は馬上から喜惣次を睨み据えた。

「ほう。うつけのほうが格上じゃとでも申すつもりか。まあ、理屈がないわけではないが、いかにご不運続きの遠江守様とは申せ、うつけに御本陣を譲るほどおちぶれてはおられまいよ」

将監様の毒舌を聞くに耐えず、喜惣次は足元に目をそらした。供頭の無謀な決心は、御殿様の御身を思う一心にちがいないのである。

「近う寄れ、伊東」

行列が遠ざかるのを待って、将監様はからからと笑うた。

「格式がどうのではあるまい。桜田騒動のとばちりで革職されたうえ、うつけにまで舐められたのでは武士の面目が立つまい。へたをすれば刃傷沙汰になろうぞ。さても楽しみじゃのう」

はあ、と気の抜けた返答をして、喜惣次は街道の行手を振り返った。

北風の吹き過ぎる闇の中を、割菱の御家紋を徴《しる》した提灯の列が、深谷の宿場へと吸いこまれてゆく。


紅灯のつらなる深谷宿は、日が昏れても桃色に染《そ》んでいる。

黒岩一郎太は本陣飯島家の門前に踏ん張って、しずしずと近付いてくる行列を待ち受けていた。

旅宿八十軒を算える大きな宿場だが、ここに泊まる行列は少ないと聞いている。飯盛女が多いからである。家来衆が御家の体面を穢すことを怖れ、行列は飯盛女のいない熊谷宿に泊まる。江戸からわずか二十里たらず、つまらぬ評判は伝わりやすい。

武士が通り過ぎ、行商人や物見遊山の旅人が好んで草鞋《わらじ》を脱ぐ艶めいた宿場である。道の両側の水流れは軒先の紅提灯を映している。よもやこの深谷の宿で、武門の面目がぶつかり合う本陣差し合いの危機が訪れようとは、考えてもいなかった。

宿場役人はすでに、貴人が通過する旨の触れを出している。隣家へと逓伝されるほどに音曲や嬌声は遠のいてゆき、やがて客引きの影も消えて、宿場は紅灯ばかりが揺れつらなるしじまに返った。

本陣の門前には、「小諸遠江守殿宿」と書かれた関札が立てられ、その先の玄関には柏紋を染めた陣幕が張られている。

他家の行列が通過する際には、よほど身分ちがいでない限り、滞陣中の殿様が門前にて見送る。それが礼儀である。もし蒔坂家の行列が黙って行き過ぎるにしても、「主人病中に付き御無礼」の口上は供頭たる一郎太が述べねばならなかった。

そうなればよいと思う。しかし行列が近付くほどに、一郎太の胸は暗く濁り始めた。

見たためしもない堂々たる行列であった。先頭には華やかな陣羽織を着て金叩きの陣笠を冠り、片鎌の槍を提《ひっさ》げた武者がある。そのすぐうしろには、立派な頬髯をたくわえた奴《やっこ》が二人、旅宿の二階まで届きそうな朱槍を高々と掲げている。あとからは胸前の同じ高さに、割菱の家紋をつらねた提灯が続いた。

この行列が、黙って本陣を行き過ぎるとは思えなかった。

気圧《けお》されてはならぬ。何を言われようが、けっして本陣を譲ってはならぬ。

一郎太は街道の行手を開いて門前に立った。

はたして、行列は本陣の手前でぴたりと止まった。大股で歩み寄ってきたのは、道中供頭であろう。門前の篝《かがり》に映し出されたおもざしの、一郎太と同じほどに見ゆる若侍である。

「蒔坂左京大夫家来、小野寺一路と申す」

「牧野遠江守家来、黒岩一郎太にござる」

たがいに頭は下げぬ。間髪を入れずに応酬が始まった。

「御本陣差し合いにつき、遠江守様におかせられては脇本陣にお下がり願いたい」

「御本陣を明け渡すゆえんはござらぬ。左京大夫様におかせられては脇本陣にお入りなされよ」

本陣と脇本陣の泊まり分けは、家格の上下を認めたことになる。脇本陣に下がるくらいなら、宿場を変えるが武士の面目であった。

言い争いを見かねて、本陣の亭主が二人の間に手をついた。

「手前の落度にござりまする。どうか穏やかにお話し合い下されませ」

だが、ともに貸す耳など持たなかった。いったん言い出したからには武門の意地もある。一郎太はいっそう声を荒らげた。

「無理強いもたいがいになされよ。着到の時日を変更されたるは、ご尊家の落度であろう。交代寄合の御旗本がいかほどのものかは存ぜぬが、無礼にもほどがあろうぞ」

「無礼と申されるのなら、着到を知りながらお顔も見せぬご尊家のほうが、よほど無礼でござろう」

主君を「無礼者」というた。一郎太はとっさに腰を割って、刀の柄に手をかけた。彼我の侍たちは一斉に身構え、鎺《はばき》の緩む音、手槍をしごく音がひとつになった。

抜いてはならぬ。蒔坂左京大夫なる武将の誰であるかはわからぬが、大事に至った際に責めを受くるは、桜田騒動の一件よりこのかたすっかり悪人扱いされているわが主にちがいなかった。

こみ上げるくやしさを鬼の力で押しとどめ、一郎太は声を殺して言うた。

「わが主人は、篤き病を得ておるのだ。御身を顧みず、国事に奔走して命を削り申した。左京大夫様はいったい何をなされたのか。武門の上下などどうでもよい。戦わざる武士が、戦うて傷ついた武士に陣を明け渡せと迫るは、承服いたしかねる。このうえ重ねて物申すご所存ならば、当家は刀にかけて戦い、御当代をもって終《しま》いといたす。いかがか」

両家の侍たちは門を挟んで身構えたまま、しばらく動かなかった。

ただならぬ静寂を蕩《とろ》かせて人々の緊張を解いたのは、「あー」という頓狂な声である。思わず刀の柄から手を放し、一郎太はわが目を疑うた。

「あー、いったい何事かの」

御駕籠から貴人が降り立った。小姓どものあわてふためくさまからすれば、蒔坂左京大夫様ご本人にちがいない。たちまち両家の侍たちは片膝をつき、奴小者は平伏した。

一郎太は桃色の灯に染まる宿場に目を凝らした。ご尊顔をまともに拝するは無礼にあたると思いはしても、見ぬわけにはゆかぬ。なぜかというと、御殿様は御腰物のかわりに白葱の束を差しておられ、のみならずお召物の背衿にまで幾本もの葱を背負うておられるのである。

うろたえる小姓どもを引き連れて、左京大夫様は並んで蹲踞《そんきょ》する二人の供頭の前におみ足を進められた。

「泊まる場所などどこであろうと苦しゅうない。それより、遠江守殿がご病気とあらば、ともかくお見舞をいたさねばなるまいぞ。案内《あない》いたせ」

もし狂気の沙汰であるのなら、取り次ぐわけにはゆかぬ。一郎太はかたわらの小野寺一路に向こうて、「どうしたわけじゃ」と小声で訊ねた。

答えるかわりに、小野寺の月代《さかやき》にはじわじわと汗が滲み出た。葱まみれの御殿様は委細かまわず、御玄関へと進まれてゆく。

小姓が声を裏返して、妙な言いわけをした。

「御殿様が葱を持てと仰せになるゆえ、そこの旅籠の台所より調達いたしました。深谷も葱は名物ゆえ、きっと熱さましにはよろしかろう、と」

わけがわからぬ。怒りも覚悟もすべて煙《けむ》になってしもうた。

どうやら蒔坂左京大夫なる御殿様は、おつむが足らぬらしい。

「座敷に上がってはなりませぬぞ、左京大夫殿」

御小姓に背を支えられて起き上がりながら、御殿様はそう仰せになられた。しばらくは切なげなお咳が続いた。

「すでになすべきことはおえた老残の身ゆえ、本陣をお譲りするはやぶさかではござらぬがの。この座敷にそこもとを泊めるわけには参らぬ」

左京大夫様は言われるままに、奥居の入側《いりがわ》にお座りになった。お供は小野寺一路ひとりきりである。廊下の隅に控えておるのは道中医師であろう。

御殿様が本陣差し合いの悶着をご存じであったと知って、黒岩一郎太は顔も上げられぬほど恥じ入った。病篤き御殿様の、お心を煩わせてしもうた。

「なにゆえにござりましょうや」

左京大夫様がお訊ねになった。ふしぎなことに、先ほどとは別人のようなお声である。なおもふしぎなことには、深谷の白葱が相変わらず、お腰とお背中《せな》におっ立っている。

御殿様はそのお姿に苦笑いなされてからお答えになった。

「拙者にはいくらか蘭方医学の知識がござりましての。この胸の病は伝染するゆえ、そこもとが近寄ってはならぬのです」

左京大夫様はちらりと医師を見返った。

「なるほど。しかし拙者はうつけ者ゆえ、風邪ぐらいはひいても大病はいたしませぬ」

そこでようやく左京大夫様は、袴腰と背衿から葱を抜き取った。

「実は道中にて風邪をひき、恥ずかしながら寝こんでしもうたのでござりまする。ところが、下仁田名産の葱を食し、あるいは額にこう、べとべとと貼り付け申したところ、嘘のように本復いたしました」

「ほう」、と御殿様はいくらか小馬鹿にしたような相槌を打たれた。

「下仁田の葱が効いて、深谷の葱が効かぬはずはござりますまい。さよう思い立ちまして、先ほど買い求めて参りました。どうかお試しあれ」

やはりバカか、と思いもしたが、お見舞の品にはちがいなかった。一郎太は敷居越しに差し出された葱を、御殿様のお手元に運んだ。

御殿様はときおり咳《しわぶ》かれながらも、ほほえみを絶やさなかった。どうやらお二方は、旧知の仲であるらしい。

「いいかげんになされよ、左京大夫殿」

一郎太はひやりと身をすくめた。御殿様が静かなお声でお叱りになったのである。葱を手になさったまま、御殿様は窶《やつ》れたお顔を真向に据えて続けた。

「いったい、いつまでうつけのふりをなされるおつもりか」

小野寺一路がぎょっと顔を上げた。しかし左京大夫様はいささかも動じず、少しお言葉を選ぶふうをなさってからお答えになった。

「今の世の中、うつけでのうては命をなくしますゆえ」

お声が一郎太の胸に刺さった。桜田御門外でご災難に遭われた彦根の御大老も、その腹心としてお働きになった御殿様も、今の世の中の生贄《いけにえ》となった。あるいは、御身ご大切にと諫言を続けたわが父も、同様であったのやもしれぬ。

「さなるご自分を、怯懦《きょうだ》であるとは思われぬのか」

「思いませぬ」

左京大夫様はきっぱりとお答えになった。御殿様のお顔からほほえみが消えた。

「すると、そこもとに言わせれば亡き御大老も、この拙者も、知れ切った往生をとげるうつけ者ざりまする」

「いえ。そうは思いませぬ。井伊掃部頭様も牧野遠江守様も、愚拙など足元にも及ばぬ名君にございますれば、内治を全《まった》きになされたうえで国事を担われました。人にはみなそれぞれの器がございまする」

御殿様は推し測るような目で、しばらく左京大夫様の表情を窺うておられた。それから、噛んで含めるようなお声で仰せになった。

「いかほどうつけを装うたところで、柳営《りゅうえい》に詰席を占むる三百諸侯は、蒔坂左京大夫こそ余人をもって代えがたい人材じゃと存じておる」

左京大夫様はわずかに頭《こうべ》を垂れた。

「何を仰せになられまするか。ご放言はお控え下されませ」

静かなお声であった。もしこの武将が戦国の世に生まれなば、どれほどの戦上手であろうかと一郎太は思うた。

「それなるご家来は仰天しておるぞ。家中まで謀《たばか》るとは大した役者ぶりでござるの。のう、左京大夫殿。拙者はそこもとが幼うして家督を襲《と》られて以来、その育ちゆくさまをつぶさに見知っておる。ほかの諸侯とてあらましは同じじゃ。ご家来衆は知らぬことでも、御殿様と呼ばれる人々はみなよう存じておる」

「思い過ごしにござりまするぞ、遠江守殿」

たいへんなやりとりの場に居合わせてしもうた。御殿様は左京大夫様を説諭し、左京大夫様は拒み続けているのである。

小野寺一路が青ざめ震えている。おそらくおのれも、同じような顔をしているにちがいなかった。できることならどこぞに駆け去ってしまいたいと一郎太は思うた。

「重ねてお訊ねいたす。左京大夫殿はご自分を卑怯者だとは思われぬのか。ある者は凶刃に斃《たお》れ、またある者は命をすり潰しておると申すに、ひとり奇行を衒《てろ》うて国事より遁《のが》れんとするは、戦陣の離脱ではござらぬのか。武士としてさなる所行を、怯懦であると思われぬのか」

「断じて思いませぬ」

左京大夫様はふたたびきっぱりと答えた。力尽きたように呟かれる御殿様のお背中を、小姓がさすった。

「天下万民が、そこもとを求めておると申してもか」

「いかにも」

御殿様のお咳が収まるのを待ってから、左京大夫様は静かなお声のまま仰せになった。

「何となれば、天下は拙者の領分ではござりませぬゆえ。わが祖宗が東照神君より安堵せられた領分は、田名部《たなぶ》の采地のみにござりまする。七千五百石をよう治めぬ者が、どうして徳川四百万石を担えましょうや。亡き掃部頭様にも、さようお答え申し上げました」

御殿様には辛きに過ぎる言葉であった。かつて善政を布《し》かれた小諸の領分は、御殿様が長くご不在の間に、見る影もなく曠《あ》れてしもうた。

「そこもとは、頭がよいのう。いずれ冥府にて御先代様にまみえたならば、何と申し上げるべきであろうか」

「よろしゅうお伝え下さりませ。しからば、脇本陣をお借り受けいたしまする」

左京大夫様は入側に座ったまま、御殿様は御身を支えられて寝床に座したまま、たがいに頭を垂れた。お顔を上げずに左京大夫様は仰せになった。

「牧野遠江守様に申し上げまする。三百諸侯がいかように物申されましょうと、まことお見事な戦ぶりにござった。蒔坂左京大夫、生涯の範とさせていただきまする」

その一言で、黒岩一郎太は胸のつかえがすっと下りたような気がした。御殿様のお働きを称える言葉を、初めて聞いた。

何もそこまでと思うほど長く深く頭を下げたあとで、左京大夫様は奥居の入側を辞せられた。

御殿様はしばらくお休みになろうともせずに、しみじみと見舞の白葱を手のうちで見つめておられた。

「この葱は冗談でも座興でもあるまい。どれ、試しに食ろうてみるか」

言うが早いか、御殿様は深谷の葱を二つに手折《たお》るや、音を立てて召し上がった。

「目にしむるわい。黒岩、おぬしも食うがよい」

ご相伴に与りながら一郎太はふと、小諸城下の雪景色を思いうかべた。

なるほど、この葱は目にしみる。

二

その晩の武州深谷宿は大賑わいとなった。日ごろは上方往還の商人か、善光寺や御嶽《おんたけ》に詣でる講中の泊まる宿場に、二組二百人余の侍と従者たちが草鞋《わらじ》を解いたのである。

いっときは、すわ本陣差し合いかと色めき立ったが、江戸から信州小諸の御領分に戻られる牧野遠江守《とおとうみのかみ》様が御本陣、西美濃田名部《たなぶ》から江戸に参勤なされる蒔坂左京大夫《まいさかさきょうのだいぶ》様が脇本陣ということで、あっさりと決着を見た。

その噂は軒から軒へと、宿場雀の口伝てに拡まっていった。何でも格式だの面目だのという話にはならず、御殿様どうしがたがいに本陣を譲り合うた末に、病中の遠江守様がとどまられる運びとなったらしい。

そうした次第が知れれば、旅籠の亭主も黙ってはおられぬというわけで、ふだんは納屋だの馬小屋だのに泊まる人足小者までも座敷に上げ、「宿賃なんぞいただいたら深谷宿の面汚し」という、大盤ぶるまいとなった。

心意気の大安売である。そうこうしているうちに、宿場役人からの報せを受けたご当地岡部陣屋の安部摂津守様より、薦《こも》かぶりの四斗樽が山のように運ばれてきた。

矢島兵助《ひょうすけ》も中村仙蔵もへべれけである。十俵三人扶持の身上《しんしょう》では、二合徳利を飲み分けるがせいぜいであったのに、今宵ばかりはちびちびと味わう間もなく酌をされる。

その酌をするやつが、いったい誰であるかもわからぬ。なにしろ宿場がそっくり酒場になったような騒ぎであるから、見知らぬ侍だの旅人だの飯盛女だの、まったく無礼講に座敷を出入りしては盃のやりとりをする。

「えー、火の用心、さっしゃりませ。火鉢、行灯、莨盆《たばこぼん》、ご用心さっしゃりませ」

宿の亭主が拍子木を打ちながら廊下を行き来する。すでに夜半だが、騒擾はいっこうに収まらなかった。

「明日は桶川宿の泊まりで、あさっては江戸じゃのう。いやはや、ひどい難行であったが、ここまでくれば一安心じゃわい」

仙蔵が火鉢にかけた鴨鍋をつつきながら言うた。鴨もうまいが、ざくに切って煮こんだ葱、これがまたたまらぬ。芯がとろりと甘い深谷の白葱である。

しかし兵助の胸には、いくら酔うても晴れぬ雲が蟠《わだかま》っていた。

「ところで、仙蔵。着到遅れの御使者は、無事江戸表に着いたであろうか」

仙蔵の箸が止まった。本来ならば師走十三日の今宵は、江戸入り前夜の桶川宿にて酒を酌んでいるはずであった。それがいまだ江戸まで丸二日を要する、深谷宿にとどまっているのである。

安中《あんなか》の遠足《とおあし》は三十二里を三刻半で走るそうだ。たしかに三人のご使者は松井田宿を駆け出したとたん、一陣の風のごとくに姿が見えなくなった。だが、さなればなおさらのこと、あの疾さのまま江戸まで走りおおすとは思えぬ。

「たしかに、三十二里をたった三刻半で走るはずはあるまいの。継ぎ立ての早馬でも、昼夜わかたず駆けて一日はかかろうというものじゃ。だいたいからして、武弁一辺倒の者ほど何でも大げさに言う。安中の板倉様は、御殿様はじめ御家来ひとりひとりがみなその手合いじゃによって、あんがい話を鵜呑みにはできぬぞ」

やはり仙蔵も気がかりであったらしい。参勤道中はそもそも江戸見参《げざん》の行軍であるからして、届けなきまま一日でも着到が遅れようものなら、御家がどれほどの罪科《つみとが》を蒙るか知れなかった。

「わが殿は無役じゃしのう」

声をなかば溜息にして、兵助は呟いた。

「さよう。こうした折に、何か御公辺の御役にでも就かれておられるなら、揉み消してくれる伝《つ て》もあろうが」

どうやら仙蔵も、使者を信用していないようである。

「御公辺も何かと物入りの昨今じゃ。旗本の御禄を召し上げれば、そのぶん台所も楽になろうよ」

「つるかめ、つるかめ。すると、わしらはどうなる」

「ばかか、おまえ。七千五百石がお取り潰しになって、どうして十俵三人扶持が残るのだ。それぱかりではないぞ。侍には口を糊する田畑もなし、家にしたところで御用長屋じゃ。そうとなれば、田畑も家もある百姓のほうがよほどましじゃて」

少しぼんやりと考えるふうをしてから、仙蔵は「ええい」と片袖を肩にからげて盃を乾した。

「いや、わしは信ずるぞ。安中の遠足に嘘はったりのあろうものか。きっと一陣の疾風《はやて》のごとくに中山道を走り抜け、今ごろは江戸の湯屋《ゆうや》で、汗を流しておるにちがいない」

「そうじゃ、その通りじゃの。名にし負う安中の遠足は、早馬よりも早飛脚よりも、ずっと疾いに決まっておる。まあ飲め、仙蔵。晴れて江戸着到の前祝いぞ」

しかし、さしつさされつするうちに、二人の足軽は無言になった。

やはりどう考えても、人の足が馬より疾いわけはない。

「ええと――さて、このたびの新版は、師走の巷を突如吹き抜けたるつむじ風、その正体を知りたくばとくとご覧《ろう》じろ、か。まったくねえ、いってえあの騒ぎは何だったんだ」

神田佐久間町の湯屋である。夜五ツとなれば客の姿も少なく、ほの暗い吊り行灯の下で終《しま》い湯に浸っているのは、むさ苦しい独り者の若い衆か、嫁取ろうにも金のない武家奉公人と決まっていた。女湯はすでに蛻《もぬけ》の殻である。

番台に座ったまま、湯屋の主人はこの時刻になると瓦版を読み始める。客に向かって終《しめ》えだなどとは言えぬから、講釈師みたような高調子で語る。すると、長湯の客たちはみな石榴口《ざくろぐち》を潜って上がり湯を使い、主人の声に耳を傾けながら帰り仕度にかかる。

きのうの夕刻、怪事件が起こった。江戸のあちこちに、一瞬のつむじ風が吹いたのである。

「のう、とっつぁん。その正体《しょうてえ》はやっぱし迦葉山《かしょうざん》の天狗様だった、なんてえ話じゃあるめえの。だったらきのう聞いたぜ」

河岸の若い衆が鯔背《いなせ》な彫物の肩を拭いながら言うと、笑い声がどっと湧いた。

「ところがよ、そうじゃあねえらしい。まあ、聞いておくんない」

主人は渋茶を啜って咽《のど》を湿らせ、「つむじ風の正体見たり」と題する瓦版を声高に読み始めた。

「サアサア、きのうは天狗様のせいにしたが、それじゃあ天下の瓦版が立ちゆかぬ。四方八方手分けして、とうとう聞きこんだがこの話。あのつむじ風は、まちがったって迦葉山の天狗様が、黒船退散の助太刀に駆けつけたわけじゃァないのサ。近いと言やァ近いが、その正体はと言えば、上州安中《あんなか》三万石、板倉主計頭《かずえのかみ》様が御家来衆、駆足に覚えある三人のお侍が、目にも留まらぬ疾さで御府内を走り抜け――おいおい、本当《マブ》かね。これじゃあ天狗様と言われたほうがまだしもましじゃあねえか」

主人の語りに合の手でも入れるように、「ケッ」だの「ばかくせえ」だの、「あーあー」だのという客の声が上がった。

「まあ、そう言わずにお聞き。どうせ苦労はあたしの口ひとつなんだ――板橋大木戸の番人が確かめたるところ、三人の姓名は根本国蔵《ねもとくにぞう》、石塚与八郎《いしづかよはちろう》、海保数馬《かいほかずま》。主君の命により安中から江戸までの三十二里、伝家の遠足にて走りたる由。国元を出立したるは同日巳《み》の刻、すなわちわずか三刻余にて御府内に至る。ハテ、世にあるまじきことと番人どもみな首をかしげれば、三人は振舞水の御礼にとばかり、『風陣の秘走』なる技を披露したり。すなわち、三人は縦列にピタリと並び、前の背に風をよけつつ疾走し、先頭の者疲れれば、ハッと気合もろとも二番手と入れ代わり、さらに三番手と代わって、その動作をくり返しつつ疾風のごとくに走るのだ。この秘技は戦国の世において、神出鬼没の板倉勢と怖れられた家伝の武芸にて、『安中の遠足』といえば、知らぬ侍はないというが、瓦版屋は馬の骨ゆえ仕方ない――ハハッ、あたしも知らなかった」

主人につられて笑う客はなかった。瓦版屋の作り話にしては手が込んでいる。ましてや御大名の姓名が出た。事実によほどの自信がなければ、そこまで書けるはずはない。

「――アレやコレやと聞き込んだところ、それから先はこうした次第。三人の侍は『風陣の秘走』をくり返しつつ、中山道を板橋宿から滝野川、巣鴨あたりの町屋も御家人町もつっ切って、日光道中と合わさる駒込の追分。本郷は水戸中納言殿の御屋敷も、加賀宰相殿の赤門も乗り打ちならぬ走り打ち。なれども感心なことにァ、神田明神の鳥居下では足を緩めて、三人三様に御祭神たる大己貴命《おおなむちのみこと》、少彦名命《すくなひこなのみこと》、平将門公に手を合わせたというから行儀がよい。サテ、その先は昌平橋を駆け渡り、神田川の柳原土手を一気につっ走る。界隈は折しも夕暮どきの人出サ。明神様の験力《げんりき》を得たるか三人の足はいよいよ疾うなって、屋台はひっくり返る、魚売りは天秤棒を放っぽらかして腰を抜かす、運の悪い御婦人方は尻を晒して悲鳴を上げる、思わず目をあけた似非《えせ》按摩は袋叩きにされる、だが気付いてみれば、あとに残るは土煙だけだから、これを天狗様の仕業とせずに何としょう――」

いつの間にか湯屋の客は番台の下に集まっていた。どの顔の月代《さかやき》にも玉の汗がみっしりと浮いている。

「とっつぁん、俺ァ見たぞ」

裸の肩に奉公先の半纏を羽織った客が言えば、湯上がりの男たちは「おお」と沸いた。

奉公人は半纏の背中に染められた看板をこれ見よがしに晒して、つまりこの御家紋に誓って冗談は言わぬ、というわけだ。

「知らぬ人にァ言うておくがよ、俺ァこの裏の出羽久保田は佐竹様が御屋敷の奉公人さ。きのうは御殿様が下谷の上屋敷にお成りになったゆえ、たまたま早うに湯屋に出かけたのだ。そしたら、向うッ河岸の柳原がえらい騒ぎでの、何じゃと思う間もなく、こっち河岸の枯柳がこう、パアッといっぺんに流れたのだ」

湯屋の主人は冷えた茶を一口飲んだ。ちょうど書き入れどきだったから気付かなかったが、そういえば向こう土手がどうしたとかいう声は聞いたような気がする。

「そうかい。目の前を通って見なかったてえのは、親の仇を見逃したような不覚だの。まあ、すんじまったことは仕方ねえさ。続きを聞きない――サテ、柳原土手をまっつぐに、大川へとつっ走る三人のお侍、もっとも傍目には向こう鉢巻に襷《たすき》がけ、一本刀の腰に袴の股立《ももだ》ちを取ったる勇ましい姿なぞ見えやせぬ。目にも留まらぬまま、ハッハッと入れ替わり立ち替わり、浅草御門の大番所も駆け打って、両国西の広小路――ちょいと待った、たしかこの三人は、上州安中は板倉様が御家中と書いてあったの」

番台を取り巻く男たちが、「おお」と声を揃えた。誰も彼もが近在に住まっている。湯屋の裏手の久保田屋敷の隣が、板倉主計頭様の中屋敷だということぐらいは知っているのである。

「おっと、浅草橋を渡ってこっち河岸の御屋敷に駆け込んだってか」

どよめく客たちを、湯屋の主人はマアマアと宥《なだ》めた。

「マアお聞き。そうじゃあねえから話が妙だってんだ――」

瓦版には手のかかった挿絵が摺り込まれている。夕暮どきの人出で混雑した橋の上を、大天狗が駆け抜ける場面である。人々はあわてふためき、大川にこぼれ落ちる者まである。

男たちは裸の上に裸を重ねて、われさきに主人の手元を覗きこんだ。

「あたしァこの瓦版を握って駆け出したりしないから、落ち着いてお聞き。いいかね――一気呵成に駆け渡ったるは、差し渡し九十六間の両国橋。さては回向院《えこういん》に急な願掛けかと思いきや、三人の天狗様はまたぞろ竪川《たてかわ》の土手道に出て東へとまっしぐら、横川につき当たって左に折れ、本所は入江町、長崎町、清水町、ついに到着したるはどこかと問えば、信州岩村田内藤志摩守様御下屋敷、と見せかけて、実はそのお隣にちんまりと門を構える――」

そこで主人は、男どもの上気した顔を見渡した。

「誰か、西美濃田名部の蒔坂《まいさか》左京大夫《さきょうのだいぶ》様てえ御家をご存じかえ」

汗まみれの顔が、いっせいに横に振られた。

「そうかい。まあ、七千五百石と言ゃァ、御大名じゃあない。その、濃州の何とやらを御領分とする大身の御旗本てえところかね。交代寄合表御礼衆《おもておんれいしゅう》――何でえこれァ、ずいぶん七面倒くさい御役だの。ともかく、早い話が何だ、安中の御家来衆三人が、中山道の三十二里を天狗様みてえにつっ走って、その蒔坂なにがしてえ御旗本の屋敷に飛びこんだと、そういうわけらしい」

信じられねえ、と客たちは口々に言った。いったい何のために、とは思いもするが、この際それは要らぬ詮索というものであろう。お武家様の間の出来事など、町人には何のかかわりもない。

むしろ変事が天狗様の仕業ではなく、かくかくしかじかであったと調べ上げた瓦版屋は、たいしたものだと主人は思った。

その先の謎は、謎のままでよい。むしろあれやこれやと酒の肴にするほうがよほど面白い。

「とっつぁん、ちょいと湯ざめしちまったんだが、もういっぺん温まらしてくんねえ」

「あいよ。したっけ、長湯は勘弁しておくれ。こう齢《とし》を食うと、夜ふかしが利かねえんだ」

湯屋の主人は幸せな気分になった。算《かぞ》えの九つで越後の里から江戸に出て、湯屋の丁稚奉公をした。江戸の湯屋というのは、古くから越後衆の仕事なのである。三十を過ぎて嫁を貰い、藍暖簾を分けていただいて佐久間町に湯屋を開いた。その折にはご近所の佐竹様からも板倉様からも、大枚のお足を頂戴した。御屋敷の門長屋に住まう御家来衆や奉公人たちは、町なかの銭湯を使うからである。

世の中はありがたい。口べらしのために里を追われた子供を、湯屋の主にまで出世させてくれた。そのうえ時には、こうした面白おかしい話を聞かせてくれる。六十を過ぎた今でも、この番台に座って退屈するということがない。

主人は幸せな気分のまま、大黒柱に祀った神田明神と秋葉神社のお札に向かって掌を合わせた。

謎は謎のまま、酒の肴にするがよい。

「ごめん」

板戸がふいに開いて、破《わ》れ鐘のような声が轟いた。

「申しわけございません。本日はもう看板でございま……」

石榴口に向かっていた客たちが、みな棒立ちになっている。主人は冬の夜風が吹き入る戸口を、おそるおそる振り返った。

刺子を打った稽古着姿の侍が三人、のそりと立っていた。背中からは湯気が立ち昇っている。道場の帰りとしても、あまりに生々しい。しかも侍たちは、剣術の達者らしく筋骨隆々としているわけではなかった。無駄な肉がひとつもなく、鶴のごとくに痩せている。そのくせ眼光は炯々《けいけい》と鋭くて、顔は真黒に陽灼けしていた。

「無理を承知でお願いいたす。われら三人、この裏手に屋敷を構える板倉主計頭が家来、今しがたまで稽古に勤《いそ》しみて、ご覧の通りの汗みずくにござる。終い湯ならばむしろご迷惑になるまいと思い、この時刻を見計ろうて稽古をおえたる次第にござる」

ほかの客たちは、そろそろと足を忍ばせて湯殿から戻ってきた。

まさかとは思う。湯屋の主人はひりつく咽を茶で潤してから、丁重に訊ねた。

「稽古と申されますと、この遅くまでヤットウにお励みなされていたのでござんしょうか」

「いや」と侍が口ごもると、とたんに背後に控えていた二番手がぐいと進み出て答えた。

「剣術の稽古ではござらぬ。夕飯を食ろうたのち少々腹がもたれるゆえ、東海道を横浜の港まで遠足いたし、いま帰りついたところじゃ」

ほかの客たちはかかわり合うてはならじとばかりに、こそこそと褌《ふんどし》を締め始めた。

「ということは、お前様方は昨日お国元の安中から……」

二番手の侍がすっと身を引き、背のうしろから三人目が姿を現した。実に何をするにつけても三人が一体となった、みごとな呼吸であった。

「われらが板倉家家伝の遠足は、剣術などとはちがい申す。稽古を一日怠れば、力は三日も退くのでござる。夕飯ののちは腹ごなしの稽古で屋敷内の庭がいっぱいゆえ、われらは御留守居役の許しを得て横浜まで往還いたした次第にござる。ちなみに、本日の朝飯前には甲州道中を走って、武蔵府中の大国魂《おおくにたま》神社に詣でて参った」

三番手がそこまで語ると、ハッという気合がかかって、最初の侍が進み出た。縦列はもとのかたちに戻った。

「どうしても看板じゃと申すなら、いたしかたない。これより箱根の山まで走って湯に浸ってくるのみ」

「えっ、えっ、いえ滅相もございません」

「いやいや、お気になされるな。無理を申したるはわしらじゃ。なあに、ご町内の湯屋も箱根の湯も、わしらの足ならさしてちがわぬ」

主人は番台を転げるように下りて、迦葉山の天狗様も形なしの三人に向こうて白髪頭を下げた。

「佐久間町と箱根は大ちがいでございますよ。ささ、終い湯でちょいと汚れちゃおりますが、ごゆっくりなさいまし」

ふと見れば河岸の若い衆も奉公人たちも、身仕度を斉《ととの》えて板敷にかしこまっていた。

侍たちは腰の一本差しを刀掛けに収め、汗にまみれた稽古着と半袴を脱いできちんと畳み置いた。しぐさの逐一が、まるで苦行僧のごとくであった。

蹲踞して下帯を解く三人の体には、ひとかけらの脂もない。関ヶ原の戦場を駆けた、いにしえの武士の体を髣髴させた。

「しからば、ごめんつかまつる」

三人は腰手拭を同時に肩にすると、石榴口を潜って湯気の中へと消えた。その姿すらも一人にしか見えぬほど、三人は一体に重なっていた。

「いやはや、てえしたもんだ」

湯屋の主人は思わず独りごち、板敷にかしこまった客たちも、しきりに肯《うなず》いた。

お侍はこうでなくてはならぬのだ。きのうはきっとたいそうなお務めを果たされたのだろうけれど、謎は謎のまんまがよい。

事の次第は前日に溯《さかのぼ》る。

本所吉田町の蒔坂家江戸屋敷は、御殿様をお迎えする仕度も万端あい斉えて静まり返っていた。

本所深川といえば俗に下町と称されるが、けっして町人のみが住まうところではない。濠割で縦横に区切られているゆえ水運が盛んで、交通も至便であるから、古来大名旗本の屋敷も多かった。

もともと蒔坂家の上屋敷は本郷菊坂町にあったのだが、御城の大手から遠いうえに御乗物の往還には不都合な高台であった。そこで御先代様の時分に、本所吉田町の下屋敷をお住居としたのである。本郷の屋敷地は畑にして駒込村の百姓に任せ、産物は本所屋敷の台所に届けられている。

本所は武士と町人が雑居する窮屈な町だが、それでも蒔坂家の屋敷は三千坪余りもあった。御家来衆の住まう門長屋がぐるりを取り巻いた中には一千坪の母屋が建ち、数寄者で知られた御先代が丹精こめた園池も営まれていた。

夜五ツを過ぎて御屋敷は闇に沈んでいる。御殿様ご不在ゆえ人は少ない。灯りはふたつ。奥のお住居では、父君のご到着を待ちわびて寝つけぬ二人のお子様を、奥様のすず様がやさしく叱っておられる。

蒔坂家は別格の御旗本ゆえ、歴代の奥様は高家《こうけ》や交代寄合の御同格、もしくは大名家からお輿入れになる倣《なら》いであったが、すず様のご実家は千二百石の両番筋《りょうばんすじ》にすぎなかった。

むろん、親が定めた仲ではない。一体全体、どこでどう馴れ初《そ》めたかはいまだ謎である。ともかく向島の下賤な出会茶屋でしばしば逢瀬を重ねていた事実が先方の知るところとなり、ある日まったくふいに、「御書院番御組頭」と称する大兵の侍が、長槍を立てて屋敷に押しかけたのであった。

一命を賭した御書院番の憤りも無理からぬ話であった。かわゆい娘の腹には、お二人のご長男となる一太郎様が宿っていたのである。

できちゃったからには仕方がなかった。家格ちがいはたしかなのだが、御書院番といえば慶長以来の由緒正しき武方の家柄、まあいいかということになって、腹の目立たぬうちにいそいそと祝言を上げた。

正しい決まり手は、御書院番の寄り切りである。一介の武弁と見せて、あんがい賢いこの岳父は、先方にはすでに父母がなく責めれば通ると読んでいたのであった。

さらには上司たる書院番頭《ばんがしら》を通じて、若年寄に「家格ちがい」の泣きを入れ、ほどなく御目付への一躍出世を果たした。

すず様はそうしたいわくつきの嫁ではあったが、家中ではすこぶる人気があった。

まず、ご気性が如才なかった。けっして美人とは言えぬが、醜女《しこめ》でもない。見ようによっては美しいという、そのころあいが誰にとっても好もしかった。使用人たちとともに台所で立ち働き、子育ても人に任すということがなかった。まして、笑顔が地顔であった。

さて、奥のお住居のほかに、もうひとつのあかりがある。表向の御留守居部屋である。

ここにあるは江戸屋敷留守居楢山《ならやま》儀右衛門《ぎえもん》、御齢七十七歳の喜寿というたいそうな老役であった。

人もこの齢になると、たいがいのことには動ぜぬ。というより、たいがいのことがようわからぬのである。なにしろ当家に出仕してより六十有余年、その間に蒔坂左京大夫が三代、将軍家は四代を算えるというのだから畏れ入る。

故事礼式には通暁している。そのかわり、今日の主家をめぐるさまざまの不安については、何も知らぬ。いや、知らぬはずはないのだが、何となく絵空事なのである。

しかし、考えようによっては適役と言えた。たとえば、参勤行列の着到遅れは御家の存亡にかかわる一大事なのだが、いつも夢見ごこちの御留守居役はいささかも気を揉まなかった。

そうした師走十二日の夕刻、どうしたわけか安中の板倉様御家来が三人、着到遅れの御届書を持って屋敷に駆けこんだのである。

「さようか。三十二里の道を走り続けてこられたとは、ご苦労な話じゃのう」

楢山儀右衛門はさして驚かず、さっそく故事礼式に順《したご》うて月番御老中の役宅へと向かった。

江戸詰の家臣たちはさすがに青ざめた。しかし数少ない家来衆の中には手代わりもなかった。ましてて月番老中は謹厳居士を以て知られる松平豊前守様である。

ところが、南天の月も動かざるほどの須臾《しゅゆ》ののち、御留守居役を乗せた駕籠が戻ってきた。さては御届書を差し出すまでもなく、御門前にて追い払われたかと思いきや、「首尾は上々じゃて」と楢山儀右衛門は笑うた。御老中は文句のひとこともなく受け取られたという。

そんなにも簡単な話だろうか、と家来衆は訝《いぶか》しんだ。もしや夢うつつで西の丸下の大名小路をぐるりとめぐり、届けたつもりになってそのまま帰ってきたのではあるまいか。

そこで場合が場合であるだけに、家来衆は儀右衛門を押さえつけて裸に剝いた。はたして懐から、書状らしきものが出てきた。だが灯火にかざしてよくよく見れば、御届書ならぬ神社のお札であった。

「何をしよるか。豊前守様は御届書を快くご嘉納になったうえ、ご領分のありがたいお札を手ずから下された。なにゆえわしが裸に剝かれる。この、不埒者めら」

それは実に、松平豊前守様がご領知、丹波亀山は篠村《しのむら》八幡宮のお札にちがいなかった。

どうやら御老中様は、多忙きわまる年の瀬に役宅を訪ねてきた老役が面倒くさくなったらしい。そこで物も言わずに御届書を引き取り、かわりにご領分のお札など持たせて追い払ったのである。

やはり年寄りを馬鹿にしてはならぬ。御留守居役は余人をもって代えがたい。家来衆はみな感心をして、儀右衛門の干鱈《ひだら》のごとき体に寝巻を着せたのであった。

井戸端に片膝ついて、ざんぶと水を浴びても、もはや冷たさは感じなかった。

掌を合わせて祈る。胸に念ずるは御殿様のご本復だが、道中さぞ苦労しているであろうわが子の姿が、瞼の裏にうかんでならぬ。

「冀《こいねが》わくは龍神様、この命を蒔坂左京大夫様のお命と引き替えたまえ」

ふたたびざんぶと、桶の水をかぶる。

「釣り合わぬと申されますなら、わが息子小野寺一路の命も差し上げますする」

そう言うたとたん、亡き夫から託された忠義の心と、子を思う母の心が胸に鬩《せめ》ぎ合うて、せつは顔を被って泣いた。

提灯のほのあかりが背を照らした。

「ああ、病の身で水垢離《みずごり》とは――」

声に思い当たって、せつは濡れた両膝を揃えた。

奥様のお顔からはさすがに笑みが絶えていた。

「お騒がせいたしました。御殿様が道中にてご不快と聞き、寝も居もままならず」

奥様は提灯の火を吹き消すと、闇を窺いながらせつのかたわらに屈みこまれた。

「長屋にお戻りなさい」

ずっとお若い奥様が、慈母のように思えた。

「おなごにできることが、何もございませぬ」

「それはわたくしとて同じです」

声をひそめながら奥様は、お手を腰のうしろに回して帯を解いた。

「祝言の前の晩に、里の父が申しました。いかな身分にかかわらず、おなごの支えなくんば男の身は立ちゆかぬ。けっして骨惜しみせずに左京大夫様を支えよ、と」

せつはふと、御門前に長槍を立てて踏ん張り、「蒔坂左京大夫様に物申す」と呼ばわった御旗本の姿を思い出した。

「もしそなたの身に万一のことあらば、いまだ嫁取りをしておらぬ一路は、誰が支えるのです」

奥様は紬《つむぎ》のお召物を脱ぎ、肌襦袢と腰巻のなりで井戸端に膝をつかれた。あまりのことにせつは、返す言葉をなくした。

「さまざまの誤解もありましょうけれど、わたくしが分をわきまえず当家の嫁に収まりましたるは、すでに父母なき左京大夫様の支えになりたい一心でした。ご祈願の続きは引き受けます。長屋にお帰りなさい」

奥様は釣瓶《つるべ》を引き上げると、なみなみと満ちた冷や水を声も出さずにかぶった。

「畏れ入りました。退がらせていただきます」

ようやくそれだけを言うて、せつは門長屋に続く裏庭の小径を、よろぼいながら歩み出した。

夜空はこぼれんばかりのさざれ星に満ちていた。亡き夫の魂もきっと天に昇って、その一粒となっているのだろう。

星あかりに青ざめた小径をたどってゆくと、玉砂利を敷いた前庭にぼんやりと佇む人影があった。

「みごとな星空じゃのう」

振り向きもせずに、寒々しい寝巻姿のまま御留守居役様は言うた。このごろすっかり呆《ほう》けてしまわれて、みなが気遣わねばならない。お気の毒なことに楢山様には跡取りが絶えてなかった。だからこれほど老耄しても隠居のしようがなく、また誰もそうと勧めることができずにいる。

せつは濡れた肌着を恥じて身をかばった。だが、すっかり呆けた楢山様には何も見えぬかのようである。

「わしのような厄介がいつまでも死なず、小野寺弥九郎のような働き盛りが亡うなってしもうた。もはや、神仏を恃《たの》む気にもなれぬわい」

そう言ったなり楢山様は、御玄関の式台に上がって奥の闇にかき消えてしまった。

何やらふだんよりも、お声がしっかりとしていたような気がする。

せつはひとしきり身震いをして、門続きの長屋に入った。

しんばり棒を下ろし、履物を揃えて板敷に上がった。田舎間《いなかま》の四畳半と六畳が並ぶ、粗末な住居である。

せつは息を詰めた。夫の位牌を納めた小さな仏壇に線香が立ててあった。そして、かたわらに見覚えのない神社のお札が捧げられていた。

丹波亀山篠村八幡宮御神符。

どなたが届けて下さったかは知らぬが、八幡様ならば武門の神にちがいない。祈りが天に通じたような気になって、せつは襦袢の胸にお札を抱いてむせび泣いた。

三

「だいぶお窶《やつ》れになりましたなあ」

提灯の火をかざして一路の顔を見ながら、栗山真吾がしみじみと言うた。

「そういうおまえも、他人事《ひとごと》ではないぞ」

おたがい一貫目の上は痩せたであろう。もともとが貧相な体格の真吾は、げっそりと頬がこけて、幽鬼のごとき顔に変わっていた。

板橋の御朱引《ごしゆびき》までわずか八里、日本橋までも十里ばかりの武州桶川宿である。泣いても笑うても、きょうが道中最後の晩であった。明日は大宮の氷川神社を詣で、戸田の渡しを越える。渡しというてもこの冬の時節には荒川の水も少なく、万が一にも川止めの懸念はない。

供頭と添役の夜回りも今宵限りである。二人は満天の星空を支え上げるような旅籠の軒を見渡した。

「明日は這うても江戸じゃ。今宵は野暮を言うまいぞ。みながみな、痩せる思いで歩き通してきたのじゃ」

倹約を重ねてきた路銀を、それぞれがこの宿場で使い果たす。酒を食らうも飯盛女を買うも、きょうばかりは看過ごそうと一路は思うた。

さまざまの難事はあったが、とにもかくにもここまでたどり着いたのは、至らぬ道中差配に従うてくれた御家来衆のおかげである。古式に則った行列を無理強いされても、文句を言う者すらなかった。誰しもよほどくたびれているであろうに、堂々たる江戸見参《げざん》の行軍は少しも威を損わず、きょうも路傍に見送る人々を畏れ入らせていた。

「わが父は、褒めて下さるでしょうか」

星空を見上げて呟いた真吾の声が、おのれの口から出たように思えた。

安息の理由は、道中のあらましをおえたというばかりではなかった。御家転覆を企んでいる蒔《まい》坂将監《さかしょうげん》が、この桶川宿にはいないのである。

何でも氷川神社に吉日の願掛けをするというて、深谷宿を早立ちした。騎馬に従うたのは、その腹心とおぼしき何人かの徒士《かち》であった。

この道中で何かしら悪だくみを企てていたのであろうが、けっして隙を与えなかった。将監はあきらめたのだと思う。

江戸に近付くほど道中は賑わい、人の目も多くなる。板橋宿には江戸詰の御家来衆がお迎えにも出てくる。謀叛の機会は失われたのである。

「のう、真吾――」

一路は今さら思いついて言うた。

「父上が褒めて下さるようなことを、われらがしたようにも思えぬのだがな。御家来衆はどなたも口にこそ出さぬが、みんなして御殿様をお護りしていたような気がするのだ。わしらは目先のことに懸命で何ひとつ見えなんだが」

真吾はしばらく闇に目を据えたまま、道中の出来事をあれこれ思い返すふうをし、それから真白な溜息をついて、窶れた体をいっそう縮かまらせた。


その夜の佐久間勘十郎は大受けであった。

「カッカッカッ、ほうれ見たことか。そろそろ丁の目と読んだら、やっぱり三一《さんぴん》の丁。笑いが止まらぬわい」

大あぐらをかいた膝前には、掻きこまれた駒札が山と積まれている。ざっと目勘定をしても、三両の上はあろう。元手は路銀を使い果たすつもりで投げた一分銀なのだから、まさに濡れ手で粟の大受けであった。

連日の酒盛りにも退屈し始めていたところに、博奕の誘いがきた。勝負事は嫌いではないが、ひとりで遊ぶのも気が引けるので、組付の足軽を連れて出かけたのである。

「お頭《かしら》、ぼちぼち手じまいといたしませぬか」

「さようですとも。ここは勝ち逃げじゃ」

と、やはり大金を掻きこんだ二人の足軽が両脇から囁いた。

「おぬしらは運がよいの。たまたまわしと一緒に飲んでおらなければ、こういう次第にはならなかったのだ。よって、おぬしらが行くの帰るのと申す筋合ではあるまい」

二人の足軽とは、西の丸組付の矢島兵助《ひょうすけ》と中村仙蔵である。

「どうやらおぬしらも、一両の上は勝っておるの」

博奕など知らぬのであろう。駒札の山が「一両の上」と聞いて、二人はいよいよ逃げ腰になった。

組付足軽の一年の俸禄といえば、定めて十俵三人扶持である。一両で米三俵が買えるのだから、途方もない大金であった。

百目蠟燭のあかりに彫物をてらてらと輝かせながら、中盆が駒を呼んだ。

「はい、おいでなさんし。丁に駒、丁に駒、丁に一両ないか」

兵助と仙蔵は黙って勘十郎の張り目に乗っているだけなのである。つまり勘十郎が勝ち続けているから、二人も乗り合いの福を蒙っていた。

「丁に駒、丁に駒」

丁半の駒が揃わなければ勝負にはならぬ。中盆は流し目をして呼びこむのだが、勘十郎は一両分の駒札を弄んだまま動かなかった。

「お頭、催促されてますが」

兵助が言うても勘十郎は動かない。実は秘策があるのだ。

横長の盆の隅に、役者顔の旅人《たびにん》がいる。一見したところ貫禄たっぷりの渡世人なのだが、こいつの博奕がすばらしく下手なのである。あれこれ思案した末に、ふしぎなくらい的を外す。ずっとその調子で負け続けている。早い話が勘十郎は何を考えるでもなく、その下手糞の反目に駒を張り続けているだけであった。

「ええ、丁に駒、丁に一両。お侍さん、いかがでござんしょう」

中盆が名指しで呼びこんでも、勘十郎は動かなかった。

「駒揃いやせん。ええ、丁に駒、丁に一両。浅兄ィ、いかがでござんしょう」

旅人は仕方ないという顔で、一両分の駒を丁の目に張った。名指されたのでは否と言えぬが玄人《くろうと》なのであろう。

「駒揃いやした。どちらさんもよろしゅうござんすね」

「待った」と勘十郎は声を上げた。

「すまんが、半に一両だ」

ここぞとばかりに、両脇の兵助と仙蔵も駒を押し出した。

「おう、おいでなすったか。半方に二両入りまして、駒揃いやせん。丁に駒、丁に駒、丁ないか

——浅兄ィ、面倒見ていただけやせんか」

ふたたび酷い名指しである。浅兄ィと呼ばれた旅人は、勘十郎をじろりと睨みつけてから、ありったけの駒札を盆に押し出した。

「はい、駒揃いやした。どちらさんもよござんすね」

壺が開けられた。

「五二《ぐに》の半。半方さん、おめでとうござんす」

大勝負の決着がついた。中盆の目付きから察するに、こちらの手の内は読み切られたようである。

「汐時じゃな。退散するか」

代貸が銭箱を提げてきた。場をしらけさせぬよう、手早く両替をすませる。勘十郎が四両の上、兵助と仙蔵も二両に近い勝ちであった。

「おめでとうございます。お侍さん方は、蒔坂左京大夫様の御家来衆で」

「さようじゃ」

狭い宿場ではとぼけようもないから、そう返答をしたとたん、盆を囲む客たちがみな「へえ」と妙に感心したような声を揃えた。

「江戸御暇《おいとま》の折は、ぜひまたお立ち寄り下さんし」

その一言でわかった。勝ち分のいくばくかは賭場に置いてゆけ、という催促にちがいない。人を食った話じゃ、と思いもしたが、そうまで言われれば主家の面目にかかわる。潔く一両を代貸に渡してから、もう一両を盆の隅に座る渡世人に投げた。

「めでたい小判じゃ、祝儀に進ぜよう」

とんだ大盤ぶるまいに人々は喝采を送ったが、渡世人はひとり笑わなかった。

隣座敷で酒をふるまわれ、鮨などつまんで賭場を出たのは、今し満ちんとする寒月が中山道を照らし上げる夜更けであった。

「お待ちなすって」

背後から呼び止められて、勘十郎はひやりと立ちすくんだ。したたか酔うているとはいえ、抜きがけの間合いに入るまで人の気配に気付かなかった。

兵助と仙蔵はとっさに飛びのいて身構えたが、勘十郎はゆっくりと振り向いた。これが刺客であったなら、とうに斬られている。しかも武士として許されぬ背傷である。今さら言いわけすらできぬ屈辱であった。

「おぬし、素町人ではあるまい」

一本差しの渡世人である。だが、その立姿には隙がなかった。

「いえ、しがねえ旅人でござんす」

「何か用か」

「頂戴したお足を、返《けえ》しに参《めえ》りやした。勝負に負けて祝儀をいただくなんざ、博奕打ちの面汚しで」

渡世人の投げた小判は、狙い定めたように勘十郎のはだけた胸元に落ちた。

「無礼者め」

「ならば無礼打ちになさいまし」

静かな声だが、面罵されたも同然である。勘十郎は刀の柄に手を掛けて訊ねた。

「無礼打ちに果たすにしろ、名を聞かぬわけにはゆかぬ」

「へい。ひぐらしの浅次郎てえ、けちな野郎でござんす」

なにゆえ絡んでくるのだ。もし刺客でないのなら、将監の仕掛けた罠ではあるまいかと勘十郎は疑うた。

「お頭、お控え下され」

兵助がたしなめた。むろん斬り捨てるつもりはない。首筋で寸止めすれば、腰を抜かして正体を白状するであろう。

「立ち合うてやる。抜け」

「ですから、無礼打ちになさいまし」

「よし。二度言うたのなら思い通りにしてやる」

勘十郎は抜き打ちの刀を揮った。ところが、浅次郎の姿がふいに消えたかと思うと、背裏にしていた月かげが目の中に躍りこんだ。とたんに、寸止めの刃が勘十郎の首筋に当てられた。

「おぬし、何者だ」

浅次郎の低く渋い声が、耳元で囁いた。

「その日ぐらしの渡世人にござんす。ほかならぬ蒔坂様の御家来衆と聞けば、今さらお足は頂戴できやせん。どうか四の五の言わずにお納め下さんし」

それだけを言うと、浅次郎はすっと間合いを切った。いったいどういう体捌《たいさば》きをしたのか、刀は着流しの帯の鞘に、何ごともなく納まっていた。

「ご無礼つかまつりやした。ごめんなすって」

侍たちは物も言えずに、街道の月に向こうて歩みこむような後ろ姿を見送るだけであった。

桶川宿を暁七ツに出発した一行は、上尾《あげお》宿を通過して武蔵国一宮氷川神社の門前町、大宮宿をめざした。いよいよ参勤道中も大詰め、今晩は本所吉田町の江戸屋敷に着到である。

夜が明け初《そ》めるほどに、地平まで拡がる豊かな田畑が姿を現した。徳川幕府の大所帯を支える御天領である。

このごろ力が衰えたとはいえ、幕府の政とは大したもので、二百八十余の諸大名を従えながら租税は米一粒たりとも分捕ることがなかった。俗にいう「旗本八万騎」はいささか大げさにしても、五千百余家の旗本、二万六千余家の御家人は、みな幕府から預った知行地か、天領から収穫される米によって養われていた。

そうした恩顧を知ればこそ、諸侯は将軍家に臣従を誓い、参勤交代の苦行にも甘んじているのである。

このあたりの中山道は平らかに整うて、すこぶる歩きやすい。通行人が多いだけに固く搗《つ》き均《なら》されているせいもあるが、ことに御天領内は整備を怠らぬからである。沿道の住民たちは中山道を天下の糧道と心得て、あだやおろそかには扱わぬ。石くれひとつが落ちていても屈んで取り除き、わずかなへこみにも土を入れる。

馬車や牛車はむろんのこと、人の牽く大八車もご禁制である。轍《わだち》の跡が残るゆえ、荷は牛馬に背負わせ、あるいは人の背で運ぶ。それなら道も傷まぬうえ、田畑を持たぬ者も荷運びの駄賃で暮らしが立てられるのである。むろん参勤行列とて例外ではなく、数千人の大行軍といえども車の類は一切使われなかった。

もっとも、さなればこそ行列は滞ることなく、常に同じ速度で進む。平坦な道なら日に十里、すなわちフランス式軍制で示すところの四十キロメートルを歩むのである。桶川宿からお江戸日本橋までの中山道は十里十四町、実にころあいの旅程であった。

「いやはや、速いのう。ろくな荷も負うておらぬに、ついて行くのが精いっぱいだ。わしも齢を食うたか」

行列の後を追いながら、道中笠《どうちゅうめどき》が音を上げた。

「そりゃあ先生、齢のせいじゃあねえさ。二晩続きであれだけ酒を過ごししゃ、息が上がってあたりめえだ」

髪結の新三《しんざ》は酒を残していないが、やはり足どりが重い。江戸入りに際して武士たちの注文が夜の更けるまで続き、ろくに寝ていないのである。だがその甲斐あってか、きょうの御行列はいつにもまして立派に見えた。体面を重んずる侍は、髪を結い髭と月代《さかやき》を当たれば気合も入るのである。

「御殿様はずっと御乗馬のようですな」

朧庵《ろうあん》は歩みながら手庇をかざして、一町も先を行く騎馬を見はるかした。

「化粧が落ちてすっかりブチになっちまったが、それはそれで立派に見えらあ」

御行列がとりわけ速いのは、御殿様が馬にお乗りのせいもある。御乗物が空になりさえすれば、行列の速度が増す。

「ご無理をなされて、またぞろお熱がぶり返すことはありますまいな」

「すっかりご本復てえ話ですぜ。江戸までの十里はどうということもねえが、何でも大宮の氷川神社にご参拝てえこって、そのぶん急いでいなさるんでしょう」

それよりも二人の気がかりは、常に御行列の殿《しんがり》を進んでいた蒔坂将監の騎馬が、きょうに限って見えぬことであった。

「気になりますのう」

「へい。気になりやすねえ」

「子分の御徒衆《おかち》も見当たらぬ」

「ちょいと訊いて参りやしょう」

新三は背に負うた商売道具をかたかたと音立てて、御行列に追いついた。いくらか遅れて歩んでいるのは、御側用人の伊東喜惣次《きそうじ》である。どこか具合でも悪いのであろうか、俯きかげんの後ろ背に力がない。

「御用人様、もし」

と、新三は声をかけた。

「道中いろいろお世話になりやした。おかげさんで、いい年越しができやす」

御重臣に歩きながら話しかけるなど無礼も甚しいが、この侍には少しも威丈高なところがない。御行列のあとを小判鮫のようについてくる道中商いに、髪結や占いの客を回してくれたのもこの御用人様であった。

伊東は暗い笑顔を向けた。

「さようか。参勤道中は下々の飯の種にならねばな。それはよかった」

蒔坂将監の腹心という噂だが、どうしても悪い人間には見えぬ。義理にからんで苦労をしている、といえば中《あた》りのような気がする。

「うらやましいのう」

側用人の呟きが真に迫って聞こえた。

「へ。何です、そりゃあ」

「いや、道中髪結だの道中笠だの、うらやましい限りじゃ。わしもそういう人生を歩めばよかった」

「ご大身のお侍様が、何のご冗談で」

「冗談などであろうものかよ。のう、髪結。手に職をつけると申すは、やはり小僧のうちから修業をせねばならぬのだろうな」

新三は冗談とも思えぬ横顔を窺った。

「そんなこともござんせんよ。私《あっし》なんざ、師匠に物を教えられたためしなんざござんせん。生まれつき、ちょいと手先が器用なだけで」

「わしは生来の不器用じゃ」

「そりゃあいけません。髪結は手先が九分九厘でござんす。いっそ、道中笠てえのはいかがでしょう」

伊東は肩ごしに振り返って、宿酔《ふつかよい》の足どりも怪しい朧庵を見やった。

「それも悪くはないが――手先ばかりではのうて、人間が不器用ゆえやはり無理であろうな」

「人間が不器用、てえと」

「まず、嘘がつけぬわ」

枯田の土を巻き上げて風が吹き寄せた。伊東は陣笠の庇をつまんで埃をよけた。

「ところで、将監様はどちらへ」

そう訊ねたとたん、伊東の表情から笑みが消えた。

「軽口を叩くもたいがいにせよ。参勤の御行列ぞ」

叱りつけるや、伊東は足を速めて立ち去ってしまった。

「なるほどのう。どうやらまだ安心はできそうにない」

朧庵が追いついて言うた。土煙の中に、伊東の背が遠のいてゆく。

「御側用人様はご腐心ですな」

「面相に出ていなさるかえ」

「いや、観相などできるものですか」

「ハハッ、何でえ先生、みんな嘘っぱちか」

「易者はみんな嘘つきだがね。それでもうまい嘘をつくためには、人を観る目を養うものです。たとえば――あの道中羽織」

朧庵は伊東の背に向こうて顎を振った。

「お羽織がどうしたってんです」

「割菱の御家紋が打ってある」

「そりゃあ、御側用人様なら御拝領の羽織でござんしょう」

「御殿様から頂戴した宝物を、道中に着て汚すものか。あれは自前じゃ」

どういうことかと、新三は首をかしげた。ご親類でもない限り、家来が主の家紋を持つはずはない。

「蒔坂将監からの拝領羽織か、あるいは将監の郎党であるという証しだよ。すなわち御側用人にまで出世しながら、おのれの家紋を定められずに、今もああして将監の郎党であることを強いられている。わかるかえ、新三さん。易者の嘘八百には、そういう読みが肝心なのです」

なるほど言われてみれば、俯きかげんに歩む御側用人の背の御家紋は、脱ぐことも拭うこともできぬ刺青《いれずみ》のようであった。


武蔵国一宮氷川神社は、太古に出雲大社を勧請したと伝えられ、諸国氷川社の総本社である。むろん大宮の地名はこの御社にちなむ。

国生みの神である大己貴命《おおなむちのみこと》と、その父母たる素戔嗚尊《すさのおのみこと》、奇稲田姫《くしなだひめ》などの諸神を祀ることから幕府の崇敬も篤く、社領三百石を寄進されていた。

社殿に至る参道は十八町もの長さがある。それもそのはずで、古来この参道そのものが中山道であった。三代将軍大猷院《だいゆういん》様の御代に道筋を改め、新たに門前町を営んだゆえに、大宮宿は隆盛をきわめた。

本陣が一軒きりであるのに、脇本陣が九軒もの多きを数えるのは、貴人がしばしばここに参詣するからである。しかし参勤道中にとって江戸までの七里十六町は半端であるから、宿泊はせずに脇本陣にて休憩し参拝するが常であった。

本日中に江戸入りをする蒔坂左京大夫の行列には休憩の暇もない。一の鳥居前にて御殿様は下馬なされ、わずかな供廻りのみで参拝をすまされることとなった。

「すでに着到遅れの御届書まで出した道中ゆえ、参詣は御殿様と御近習のみ、他の者は鳥居前にて待つべし」

というのが、側用人の意見である。

むろん供頭は異を唱えた。御殿様が小姓だけを従えて長い参道を歩まれるなど、危険このうえない。ましてや伊東喜惣次の建言である。

押し引きしているうちに、佐久間勘十郎が割って入った。

「御側用人様の申されることも、まあ一理はござるがの。しからばあえてお訊ねいたすが、将監様はいずくにおられるのじゃ。氷川神社にて願掛けをなさるゆえのご先発と聞き及んでおるが、はて、いったい何のご祈願でござるかな」

こうしたとき、けっして御殿様のご意向を伺うてはならぬのである。もっとも、お訊ねしたところで「よきにはからえ」と仰せになるに決まっているのだが。

その御殿様はと見れば、家来衆の言い争いが聞こえているのかいないのか、すっかりお気に召したブチの鼻づらを舐めておいでであった。

「さようか。おまえも氷川様にお参りいたしたいとな。しかるに、おまえは馬じゃによって御神前に出ることはまかりならぬ。よしよし、聞き分けがよいの」

向き合うて顔をつき合わせながら、またべろりと鼻づらを舐めた。

この体《てい》をはたから見れば、噂にたがわぬ馬鹿殿様にちがいない。しかし一路の耳にはそのお声が、「どっちでもよいから早うせい」という催促に聞こえるのである。

わずかな供廻りのみ、ということで折り合った。お刀持ちの小姓。御供頭の小野寺一路。御先手を務むる佐久間勘十郎。その配下の組付足軽、矢島兵助と中村仙蔵の五人である。

呼ばれて進み出た二人の足軽について、勘十郎は一路にそっと耳打ちをした。

「腕はたしかじゃ」

一行は御殿様を囲いこむようにして、長い参道を歩み出した。相変わらず節句人形のごとき勘十郎が先頭を歩み、足軽どもが両脇を、一路が後衛を固める。見送る御家来衆が遠ざかるほどに、死地へと歩みこんでゆくような気分になった。

四囲に目を配りながらであるから、なかなかに進まぬ。寒中のことゆえ参詣人も少ないが、貴人のお通りと知って路端にかしこまる町人どもにも、いちいち気を尖らせねばならなかった。

二の鳥居を過ぎたあたりで、一路は左右の木叢《こむら》にただならぬ気配を感じた。土下座をしたくない通行人が身を隠したのやもしれぬ。御殿様を見たさの子供やもしれぬ。だが、刺客やもしれぬ。

「じゃま」

ふいに御殿様が仰せ出された。石畳の上をじりじりと歩む勘十郎が、邪魔であるらしい。

「しばらくご辛抱を」

勘十郎が背を向けたまま言うた。

「じゃま」

「ですから、今しばらく」

とたんに御殿様は、勘十郎のかたわらを擦り抜けて、脱兎のごとく駆け出した。

疾《はや》い。ご健脚にあらせられることは先刻承知だが、それにしても疾い。とうてい病み上がりのお体とは思われぬ。

「おーとーのーさーまー！」

侍たちは口々に呼ばわりながら懸命に後を追うたが、御殿様はいっそうおみ足を加速されて、見る見る遠ざかってゆく。風を孕んだ錦の御羽織は、じきに小判となり、一分金となり一朱金となって、視界から消えてしもうた。

もしや御殿様は、刺客の気配を察知なさったのではあるまいか。奇行と見せて、実は遁走なさったのではないかと一路は思うた。

侍たちは走りながら刀を抜いた。左右の木の間隠れに御殿様の後を追ういくつもの人影を、はっきりと認めたからであった。

「ここは引き受け申した」

「御殿様を」

兵助と仙蔵が口々に叫んで草叢に躍りこんだ。

行く手に待ち伏せる者があればどうする。一路と勘十郎は御殿様御殿様とひたすら呼ばわりながら走った。

ようやく追いついたのは、社殿も近い三の鳥居の先であった。

参道の木洩れ陽の中に、立派な御行列がとどまっており、御殿様が御駕籠のかたわらで、高貴な御方と何やら親しげに立ち話をなさっていた。数町も駆けてこられたというに、息の乱れもない。

「控えよ、小野寺。御公儀の使者殿ぞ」

行列は三十人ばかりであろうか。御本陣にて着替えをしてきたらしく、片膝をつく侍たちはみな揃いの肩衣《かたぎぬ》に折目正しい半袴という出で立ちであった。

御使者とおぼしき貴人は、白無地の小袖に黒の肩衣袴、染付の御家紋は遠目にも矢車とわかる。

しかるに行列の先頭には、三葉葵の昇旗が翻っていた。

二人はあわてて刀を鞘に納め、身をこごめて御殿様の背うしろに走り寄った。

「これなるお方は、寺社奉行の井上河内守殿じゃ。頭が高い、控えよ」

御殿様のお声を受けて、二人は平伏した。

寺社奉行――これは偉い。老中や若年寄の支配に属さず、将軍直属の大名職である。ほかの御奉行様とはまるで格がちがう。おそらくは寺社奉行としての公務か、あるいは将軍家のご代参かもしれぬ。だからこそ三の鳥居まで、御乗物をお運びになるのだろう。

「なるほどのう。元和《げんな》の古式に則った参勤道中でござるか。何事につけても粗略に行う昨今、あっぱれなお心がけにござりますな。で、この派手な御家来が露払いの武者でござるか」

「いかにも。かつてはかような荒武者を先頭に押し立てて、行軍の御先手としたそうでござりまする。これ、勘十。河内守殿に武者ぶりを披露いたせ」

ハハッ、と答えて勘十郎は立ち上がり、左手《ゆんで》に太刀の柄を、右手《めて》に片鎌十文字の槍を握ったまま、とことことと回った。随臣たちからオオッと感動の声が上がった。

「して、左京大夫殿。どちらのご家中も物入りのこのごろ、なにゆえかような御道中をなされるのかな」

御殿様はにべもなくお答えになった。

「物入りのときゆえにござりまする。貧乏をすれば倹約せずにはおられませぬが、家伝のならわしならば銭金もかかりますまい。そもそも古式を粗略に扱うたからこそ、武士が権威を失い、物入りの世となったのでござりましょう。しからば、われらが忘れてしもうた古式の中に、どのような意味が隠されておるやもしれぬ、と思い立ちましてな。こうしたわけのわからぬならわしまで、復活せしめてみたという次第にござりまする」

井上河内守はしばらく物言わずに御殿様を見据えていた。

「かねがね思うていたのだが、そこもとのなされることは、奇行と見えていちいち理に適うておる」

「武将は戦が本分にござるゆえ」

「は、何と」

「死ぬるが戦ではございませぬ。勝ってこその戦にございましょう。拙者には昨今の政が、死ぬるための戦のように思えてなりませぬ」

河内守はしばらく考えこんでから、「道中考えるとしよう」と言うた。

一路はまたしても別人のごとく見ゆる御殿様よりも、参道に残してきた二人の足軽が気がかりでならなかった。

「ここで行き遭うたも何かのご縁でござろう。ご一緒に参拝いたそうではないか。上様のご代参と申すなら、政に日々汲々とする拙者などより、左京大夫殿のほうがよほどふさわしかろう」

二人の御殿様は冬陽が縞紋様を描く参道を、肩を並べて歩み出した。行列が動き始めた。

「御殿様は察知しておられたな」

勘十郎がほとほと感心したように言うた。同感である。御殿様は刺客から遁走したのではなく、斬られても斬らせてもならぬと思うて駆け出されたのであろう。

とにもかくにも、その行手に寺社奉行の御行列があったとは、偶然ではのうて御祭神の加護にちがいないと一路は思うた。

社殿に向こうて歩むお二方の後ろかげが、ふといにしえの戦場を行くご先祖様の姿と重なった。

小野寺一路は懐中の古冊子に手を当てた。おのれはわけもわからずこの行軍録を恃《たの》んでおるのに、聡明な御殿様は古式のもたらす功徳を、すでに信じておいでである。

其の八　左京大夫様江戸入

一

御供頭心得

一、道中若騒動有之《もしそうどうこれあり》
当地役人之詮議《せんぎ》等有之《とうこれある》ニ及而《およびて》ハ
供頭並ニ添役　騒動ニ為係者共而《かかわりたるものどもにて》
万事解決可致《いたすべし》
参勤道中ハ行軍故《ゆえ》　御殿様江戸《えど》見参《げざん》本分《ほんぶん》
雖如何成悶着《いかなるもんちゃくといえども》一切《いっさい》御《お》拘《かかわり》無様《なきよう》
御行列粛々《しゅくしゅく》ト先行可致事《いたすべきこと》

ようにもよって御代官様の留守中に、何とも厄介な騒動が起きたものだ。

本陣山崎家からの注進に、押っとり刀で駆けつけてみれば、門前はすでに黒山の人だかりであった。そもそも大宮宿は、氷川神社の灼《あらた》かな御稜威《みいつ》の賜物で犯罪が少ない。役人の出番といえば、酔っ払いの喧嘩がせいぜいのところである。

そんな宿場の本陣に、筵《むしろ》がけの仏を乗せた戸板が二枚、運びこまれたというのだから大騒ぎであった。

海老沢吉三郎《えびさわきちざぶろう》は代官支配の公事方手付《くじかたてつき》、すなわち領民の揉めごとを裁量し、あわせて御領内の治安にたずさわる助役である。御代官様もお齢ゆえ、跡目にはおまえを推挙しようと言うて下さっている。

そうした大切な折に、降って湧いたこの大事件であった。しかも御代官様は将軍家のご代参に詣でられた寺社奉行のお供をして、岩槻の御城下に向かわれた。留守中に不手際があれば、多年夢に見続けてきた代官の席は水になる。

ともかく弥次馬を追い払い、戸板の仏は庭に回し、事の顚末を聞かねばならぬ。

本陣の奥座敷に堂々と入ってきたのは、けさがた大宮宿を通過した参勤行列の供廻りであった。西美濃田名部郡《たなぶごおり》に七千五百石を領知する交代寄合、蒔坂左京大夫《まいさかさきょうのだいぶ》様の御家来衆である。

座敷には若い供頭と、奇態な装束の侍が上がり、身分ちがいの添役と足軽二人は吹きさらしの入側にかしこまった。庭先には物言わぬ骸《むくろ》がふたつ。どうやらこれが関係者一同ということであるらしい。

「御行列はいかがいたしたかの」

吉三郎はつとめて権高に言うた。御天領は将軍家の采地である。その代官の助役にはすぎぬけれど、参勤行列の供廻りばらに謙《へりくだ》ってはならなかった。

若き供頭は少しも悪びれずに答えた。

「本日中に江戸入りの予定にござれば、先を急ぎ申した」

「ほう。どのようないきさつがあるにせよ、御家来衆が二人死んだのであろう。なにゆえ先を急がれたか」

これは御殿様の無礼打ちではあるまいか、と吉三郎は勘を働かせたのである。蒔坂左京大夫様といえば、馬鹿殿様として世に名高い。馬鹿が高じて御家来を斬り捨て、あとはよきにはからえ、というところか。

「とまれ、事の次第をお聞かせ願いたい」

「無用にござる。道中に仏を同道させるわけにも参らぬゆえ、近在の寺に葬っていただきたい。むろんご多忙とあらば、お指図のみにてけっこうでござる。手前どもで寺に運び、供養をいたし申す」

問答無用とは、どうした言いぐさであろう。吉三郎は憤りを鎮《しず》めながら、霜の解けぬ庭に目を向けた。

たしかに斬死にした仏である。それも、ふたつ。平和な門前町では、人殺しなどこの数年絶えてなかった。

「人が二人も斬死にしたとあらば、それがしは代官様へ、代官様は郡代様へと、仔細を記した書面をもってお報せせねばならぬ。無用と申されたのでは、それがしの務めが果たせぬ」

「お答え申す。これなる仏は田名部が家中の者にござる。御家転覆を企み、氷川神社参道にて主君を弑逆《しいぎゃく》せんと謀り申した。よって、われら近習の者が成敗した次第にござる」

何と、御家騒動。芝居でもあるまいに、とってつけたような話じゃ、と吉三郎は呆れた。

「しばらく。さような大事とあらば、江戸表に注進し、御目付方のお指図を仰がねばならぬ。家中のことゆえ問答は無用、仏の始末をすればそれでよいなど、余りに手前勝手な理屈にござろうぞ」

道理はこちらである。しかし吉三郎は、少しも臆せずにおのれを見つめる五人のまなざしに、いささか気おくれした。道理を外した者の目ではない。もしや嘘も芝居もないのではなかろうかと思うと、背筋が寒くなった。

陣羽織を着た武者顔の侍が、胴間声で言うた。

「そこもとのお手を煩わせなくとも、家中の不始末は手前どもより御目付方に届け出る。さりとて、謀叛人とは申せ同じ釜の飯を食ろうた侍を、異郷の寒空にうっちゃらかしておくわけにもゆくまい。そのあたり、われらが心情を斟酌してはいただけまいか」

侍は膝を回して吉三郎に向き合い、双手をついて頭を垂れた。

「拙者、田名部陣屋蔵役、佐久間勘十郎と申す。代々が国詰につき、参勤道中のお供は初めてにござる。しかるに、こたびの道中にて、御家大切の一心、この胸に刻み申した。それなる謀叛人も、もしや御家大切の一心にて弑逆の挙に出たかと思えば、骸はけっして捨て置けませぬ。なにとぞ、ご高配下されよ」

御家大切、か。なにやら懐しい言葉だ。むろん武士にとっては何にもまさる道徳ではあろうけれど、吉三郎の耳には芝居がかって聞こえるのである。

おのれも幕臣のはしくれであるからには、主家といえば徳川将軍家なのだが、父子代々が代官付属の小役人では、「御家大切」などと考えたためしもない。

晴れて代官となれば、正月や八朔《はっさく》の御祝儀の折には登城も叶うであろうから、きっとそのときには「御家大切」の意味もわかるであろう、と吉三郎は考えた。

「お役人様に申し上げます。われらは誓うて嘘は申しませぬ。手前勝手な侍ならば、この仏は参道に打ち捨てて先を急ぎましょう。それではあまりにご迷惑と存じて、かくなる次第となり申しました。よろしゅうお願い申し上げます」

添役の若侍が入側に手をつかえて言うた。痩せこけた顔は、いかにも道中の難儀を思わせる。やはり嘘はないのか。

しかし吉三郎にしてみれば、むしろ迷惑なのである。どこの誰ともわからぬ死体が参道に打ち捨てられていたのなら、おのれに責任がかかるということもない。それを馬鹿正直に戸板に乗せて担ぎこみ、御家騒動だの何だのと言い始めた。実に迷惑な話である。

「あいわかった。あいにく御代官様は入れ違いにご出張なされた。明日にはお戻りになるゆえ、それまで待たれよ」

すると一同は口々に、「ならぬならぬ」「なりませぬ」と抗うた。どの顔も真に迫っている。つまり、仏の始末をつけたなら一刻も早う行列に追いついて、御殿様をお護りせねばならぬ、ということか。

吉三郎はふと思い当たって不穏な気分になった。

朝早くに、蒔坂家の御家門を名乗る偉そうな侍が、旅宿を訪ねてきたのである。御代官様とはかねてより昵懇の仲であるそうで、奥居に招かれると人払いをしてしばらく何やら話しこんでいた。それから御代官様は、まったく突然に、寺社奉行の御供で岩槻に参る、と言い始めたのである。

昨夜この本陣にお泊まりになった寺社奉行の井上河内守様が、ご代参ののち岩槻の大岡様を訪《おとな》われることは承知していたが、御代官様が同道なされる予定はなかった。

そこまで考えると、吉三郎はたまらなく咽《のど》の渇《かつ》えを覚えて、冷えた茶を一息に飲みほした。

「検分をさせていただく」

裸足のまま霜の解けぬ庭に降りた。仏の顔を被う藁筵をはがす。

まちがいない。あの偉そうな侍に従うてきた顔である。もうひとり。この顔にもたしかに見覚えがあった。

仏のかたわらに蹲踞《そんきょ》したまま、吉三郎はしばらく考えこまねばならなかった。混乱した胸のうちが整頓されるほどに、体が冷えていった。

このふたつの屍は、紛うかたなくあの偉そうな侍の従者である。いかにも悪辣な顔の侍の名は、蒔坂将監《しょうげん》。大名並の格式を誇る交代寄合の御家門ならば、御代官様が下にも置かず媚びへつろうて当然である。

あの侍が御家騒動の元凶か。御代官様がおっしゃるには、御老中若年寄にまで誼《よしみ》を通ずる傑物であるそうな。

（ご参道を血で穢すも、主家の御為ならば致し方ない。ついては、おぬしが責を問われるのも気の毒と思うてな。聞くところによれば寺社奉行は氷川神社にご代参ののち、その足で岩槻の大岡兵庫頭《ひょうごのかみ》様を訪《おとな》われるそうじゃ。ならばおぬしも同行するがよい。代官が幕閣の先達を務むるとは見上げた心がけ、その留守に何が起ころうとお咎めはあるまいよ。のちのちどうこう言われたなら、留守居の助役にでも詰腹を切らせればよかろう）

もしや蒔坂将監は、そんな話を強いたのではあるまいか。すっかり年老いて、このごろ晩節を穢すことのみを怖れている御代官様は、たちまちその言に順《したご》うた。

留守中の指図もせずに、そそくさと旅宿を出て行った後ろ姿を思い起こすと、吉三郎の悪い想像はたちまち確信に変わった。

「海老沢殿。参勤道中は戦場にござる。さればこそ、討死したる者の屍を打ち捨てて去るわけには参らぬ。ご返答を」

供頭が言うた。何を勝手な、と吉三郎は歯がみをした。参勤道中が戦場とは大した気構えだが、生死を分かつ戦場に立つのは吉三郎も同じであった。しかも、突然降って湧いた戦である。

父祖代々の小役人が、骨身を削ってようよう公事方手付にまで累進した。そしてついに、夢にまで見た代官の座に手が届こうとしている。

責を一身に負うて腹を切らされるやもしれぬ。御禄召し上げのうえ放逐となれば、妻子ともども野垂れ死ぬほかはない。

万事休すである。氷川神社の参道を血で汚す大罪に巻きこまれたうえ、御家騒動にまで関わったとなれば、どのような裁量をしようと小役人の命などひとたまりもなかろうと思うた。

「お頼み申す」

武者の胴間声が胸に響く。おのれの人生には何ひとつ粗忽がなかったはずなのに、これはやはり分を弁《わきま》えずに出世を望んだがゆえの神罰なのであろうか。

「お頼み申します、なにとぞ」

添役が廊下に額を打ちつけた。清貧に甘んじてお務めに精励すれば、必ずや氷川様のご神意に適うと信じてきた。倅は月謝がわりの干大根を抱えて寺子屋に通い、妻は窶《やつ》れ果ててしもうた。

そんな人生の結末がこれか。

うなじに怖気を感じてふと見上げれば、にわかに曇った空から淡雪がこぼれていた。

戦場ならばあれこれ思い悩んでも仕方あるまい。身は小役人であろうとも、関ヶ原を駆けた徳川が足軽の裔《すえ》なのである。援けを待つは武士の屈辱であると吉三郎は思うた。

「あいわかった。仏を寺に運んで供養をいたそう。のちのことは、この海老沢吉三郎がすべてお引き受けいたす」

あれこれ悩んでも仕方あるまい。吉三郎は首から下げた氷川様の護符を懐手に握って、今いちど神意を恃《たの》んでみようと思うた。

いかに貧しくとも顧みて天に恥じぬ人生ならば、神罰など下ろうはずがないではないか。

手に手に戸板を提《ひっさ》げて寺へと向かう道すがら、佐久間勘十郎は辻の高札場で足を止めた。お触書きに並べて貼り付けられた人相書に目を奪われたのである。

「ややっ！」

お尋ね者の人相に思い当たって驚くのは致し方ないとしても、ハッと手を放したのは失態であった。仏が戸板から転げ落ち、弥次馬は悲鳴を上げた。

「まったく、何をするにもいちいち大げさなお人だ。お尋ね者に見覚えでもござりますのか――」

あっ、ややや
っ！」

矢島兵助《ひょうすけ》も立ちすくんだ。呼ばれて人相書を見上げた中村仙蔵は声もない。

「海老沢殿、ちとよろしいか」

勘十郎が手招きをすると、善良な役人は面倒とも思わぬ顔で引き返してきた。

「ああ、この人相書は拙者が描き申した。いかがじゃ。ほかに取柄はないが絵心はござっての」

「べつだんそこもとの絵に感心しておるわけではござらぬ。ええと、なになに、江州無宿浅次郎。通称ひぐらしの浅。右の者、江戸所払いの身上にもかかわらず、渡世の義理と称して喧嘩助太刀を度重ね、得意の居合術にて博徒八人を殺《あや》めたり。よってこれを生捕りたる者に金子一両、居場所を通報せし者にも相応の褒美をつかわすものなり、と――」

声に出して読みながら、勘十郎は思わず首筋に手を当てた。寸止めの刃の冷たさが、ありありと甦ったのであった。

「人の話を聞いて描いた似顔絵じゃによって、役に立つかどうかは怪しいものでござるがの。まあ、人相書でお尋ね者が捕えられたなどというは、あるようでない話ゆえ、おのれの絵心を自慢しておるようなものでござるよ。いや、気恥ずかしい」

勘十郎は顎を振った。賭場の蠟燭の炎と、月あかりの下で見た限りであっても、人相書の通りの苦味走った男前であった。ことに、眩げに細めた目と、一文字に引き結んだ薄い唇のかげんなどは瓜ふたつと言うてよい。そして何よりも、目にも留まらぬ居合の腕前である。

「まちがいあるまい」

勘十郎が言えば二人の足軽も、「まちがいない」と口を揃えて肯《うなず》いた。ところが、海老沢吉三郎はことほどさように驚きもせぬ。べつだん「相応の褒美」が欲しいわけでもないが、役人が興味を示さぬというは存外であった。

「実は昨夜、桶川宿でこやつを見かけましての」

「ほう」

「ほう、かよ――」

お定まりの仕事のほかはせぬ屑役人か、と呆れて睨みつければ、海老沢はにこやかに微笑んで言い返した。

「渡世には渡世の掟があり、そこには義理のしがらみも多々ござろう。それに人殺しの罪を問うならば、武家の仇討ちはなにゆえ美談とされるのか、拙者にはわからぬのです。そもそも武士の分別によって罪を定めるというが、勝手な話でござろう。よって拙者は、この者の罪に執着するつもりはござりませぬ」

そこで海老沢は、戸板から転げ落ちた仏に手を合わせて、白い溜息をついた。

「御家の御為とする忠義と、渡世の義理の間に、いかほどのちがいがござろうか。すなわち、その浅次郎なるお尋ね者が罪深いならば、おのおの方も同罪でござりましょう。拙者は武士の行いを棚に上げて、下々を裁く勇気を持ちませぬ」

海老沢の説く道理は腑に落ちた。とうてい小役人の心構えとは思えず、まるで名奉行の言を聞くようであった。

佐久間勘十郎はふと雪空を見上げて、浅次郎の人生に思いをはせた。あれほどまでに剣を磨き、その技倆のために義理を果たし続けねばならぬ人生には、いったいどのようないきさつがあったのだろうか。

荒川土手からは彼方に富士の霊峰や大山《おおやま》、秩父や多摩の山々も一望された。

しかし午下《ひる》がりになると、西に湧いた雪雲が景色を丸呑みにして迫ってきた。

川幅六十間、この戸田の渡しを越えれば、じきに板橋宿である。定めにより水深が一丈八尺を越えれば川止めだが、この時節ならば心配はなかった。

それでも東海道の川とはちがって浅瀬がないから、旅人は必ず舟で渡らねばならぬ。渡し賃は三文、水かさが増せばいいかげんに値が上がった。ただし、武家、僧、神官、修験等は無賃である。

人馬打込みで乗せる大きな舟は五丈六尺もあり、参勤交代の行列のためには御殿様の御座舟が用意されていた。しかし行人の少ないこの季節には、乗合舟のあらかたが修繕中である。

空模様が怪しくなるほどに、空澄《くうちょう》和尚は不安になった。数々の艱難を乗り越えて、ついに戸田の渡しまで至っても、悪党どもがあきらめた様子はない。河原は茫漠として、人影といえば老いた船頭が二人、渡しの仕度をしているだけである。川面に礫《つぶて》を投げている童《わらし》は、どちらかの孫であろうか。

土手の向こうは見渡す限りの曠野《あれの》で民家もない。遥かな対岸には修繕中の舟が、一列に腹を見せて揚がっていた。

とうとう雪が降り始めた。それも、いきなり純白の帳《とばり》を落としたかのような綿雪である。悪い予感のする河原の景色すらも、たちまち掻き消されてしまった。これでは十間先で何が起ころうとわからぬ。

もし御行列にいまだ謀叛の企てありとせば、この戸田の渡しを最後の好機と考えるにちがいない。すなわち、決戦場はここだと思うた。

空澄和尚は錫杖を二度三度振り回してから、肚を括って渡し場へと向かった。

「お坊様、これは御座舟でございます」

菅笠を冠り、蓑を着た船頭が言うた。

「拙僧は叡山より寛永寺への遣いじゃ。ご同乗させていただく」

口から出任せを言うて委細かまわず乗りこんだ。将軍家の菩提寺への使者ならば、大名旗本とて文句は言えまい。ともかく万一の折には、この身を楯にしてでも御殿様をお護りする覚悟である。

御座舟は長さ四丈はあろうかという平底で、中ほどには板屋根の付いた御座所があった。空澄は舳《みよし》に大あぐらをかいて座った。

般若心経を一心に念じているうちに、横なぐりの雪嵐となった。川面はたちまちささくれ、御座舟は舫《もや》われたまま軋《きし》りを上げた。

御行列はまだか。もし先に川役人が駆けつければ、ただちに川止めの触れが出よう。大名旗本といえども順うほかはない。そうなると本日中の江戸着到も危ぶまれる。

一天にわかなるこの荒れようが悪鬼のしわざのように思えて、空澄和尚はあらん限りに声を張り上げた。天変地異に効験あるは金光明経《こんこうみょうきょう》だそうだが、あいにく知らぬ。

「伊東、天は我に味方したぞ」

土手下の水神《みず》社に参拝したあと、将監様は突然の雪嵐に鍾馗眉《しょうきまゆ》を逆立てながら囁いた。

そうにちがいない。正義と忠義の狭間に揺れ続けてきた伊東喜惣次《きそうじ》にとって、この天候の急変は神仏の下し給うた結論であった。

渡し場に舫われているのは、屋根のかかった御座舟と、五丈六尺もある大きな乗合舟である。

二艘を使えば御行列はいちどきに渡れよう。

本日中の着到は確実と読んで、すでに桶川宿から江戸屋敷への飛脚も出してある。つまりその旨を知った幕府からは明日にも上使が差遣され、数日を置かずに御殿様は参勤御礼の登城をなされる。もはや予定を覆すことはできぬ。川止めの触れが出る前に、すみやかに渡河せねばならなかった。

「急げ、者ども。ただちに御殿様を御座舟へ」

伊東喜惣次は土手下に向こうて叫んだ。供頭も添役も欠いた一行は混乱していた。出しゃばり者の佐久間勘十郎もいない。どうしたわけかきゃつらは雁首揃えて、参道での一件の跡始末に向こうたのである。

企みは敗れたと読んだか、何よりも行列の渡河を急いだか、いずれにせよこの事態は将監様にとって、唯一絶好の機会としか思われぬ。実に天佑というほかはない。

「よいな、伊東。誰にも物を考える暇《いとま》を与えるな。おまえは渡し場に残って、大舟の差配をせい」

将監様のお下知はありがたかった。とにもかくにも、おのれは御殿様のご最期を見ずにすむ。

「ここで川止めとなれば、御家の一大事ぞ。急げ、御殿様だけでもお渡しするのじゃ！」

叫びながら伊東は、もう何も迷うてはならぬと思うた。

おのれの主は将監様おひとりなのだ。門長屋に生まれ育ったいじましき郎党ばらを、側用人にまで引き立てて下さったのは、けっして御殿様ではない。

あら、何だか変よ。

怪しいのは雲行きばかりじゃないわ。あの怪しい連中が、渡し場から御殿様を呼んでいる。あたしは前脚をつっ張った。行っちゃだめ。あいつらの言うがままになったら、大変なことになりそう。動物の勘にまちがいはないわ。

「どうした、ブチ。早う進め」

御殿様にそう命じられれば、嫌でも進むほかはない。こんなとき、白雪さんならどうするんだろう。御殿様を乗せたまま川に飛びこんで、向こう岸まで泳ぎ切るかしら。でも、あたしにはとてもそんな大それた真似はできない。

御殿様の鐙《あぶみ》と手綱にせかされて、あたしは歩き出した。一歩ごとに渡し場が近付いてくる。蒔坂将監と伊東喜惣次。何人かの手下たち。ああ、悪いことが起こらぬはずはないわ。

将監と目が合った。

「川を渡り次第、御殿様には先行していただくゆえ、御座舟には御手馬とわれらのみ陪乗いたす。よって小姓どもは大舟にて追従せよ」

だめだめ、そんなのだめ。でも御小姓たちは納得してしまった。こんなときに、御供頭さんはどこへ行っちゃったのよ。誰か、何とか言ってよ。

「よきにはからえ」と、御殿様も仰せになった。少し悲しげに。

あたしは勘を働かせた。御殿様はきっと、何もかもお見通しなのだ。悪だくみなどとうにご存じで、これが神仏のお決めになった運命ならば致し方なし、とお考えになっている。

それはちがうよ、御殿様。

あなたはご自身を恥じている。遅くお生まれになって、将監の頭ごしに家督を継がれたことを、心から申しわけなく思っている。だからずっとうつけ者のふりをして、いっそ若隠居になろうと考えていた。

でもね、たいがいの人はわかっているの。御殿様がけっして馬鹿でもうつけでもないって。だから押しこめの御沙汰もないし、隠居を望む人もいない。

だからと言って、いっそ斬られてしまおうはないんじゃないの。あなたはきっと、死んだほうが楽だというくらい思いつめている。そしてたぶん、将監ならば自分よりも世の中のお役に立つだろうと。

それはちがうよ、御殿様。どんなに賢くたって、どんなに世知にたけていたって、悪者が世間のためになるはずはない。蒔坂の御殿様と呼ばれる人は、あなたのほかにいるわけないわ。

「御手馬は艫《とも》に繋げ。暴れさせてはならぬぞ」

わかってるわよ。あたしが暴れたら、舟がひっくり返っちゃう。ああ、もう何もできない。目の前で何が起こっても、じっと見ているほかはない。

舳先にはお坊様。でも、あんがい見かけ倒しなのよ。いないよりはマシかもしれないけれど、たぶん冥土のお供をするつもりなんだろう。

「さあ、急げ、急げ。いよいよ荒れるぞ」

将監にせかされて、御殿様は毛氈《もうせん》を敷いた御座所に腰を下ろした。侍たちが背うしろに片膝をついて座り、将監も乗りこんだ。

舟が岸を離れてゆく。桟橋には側用人が、真青な顔で見送っていた。

御殿様は黙りこくって、ただぼんやりと行手を見つめている。まるで、土壇場に引き出された科人《とがにん》みたいに。

「船頭、流されるなよ」

将監の声に、船頭さんはへいと答えて艪《ろ》を操るのだが、横風を受けた舟はたちまち下《しも》へと流れてゆく。この船頭さん、あまり上手じゃないみたい。

あたしは何だか頼りない感じのする船頭さんを見た。菅笠の下の顔は——あら、いい男。鼻筋がツンと通って、切れ長の目が眩げに行手を見つめていた。もしあたしが人間の女ならば、通りすがりにでも惚れると思う。

岸はじきに見えなくなった。まるで三途の川を渡るような真白の闇だ。雪は降るのではなく川面から巻き上がった。あやういほどに舟が揺れた。

あたしは刀の鯉口を切る音をたしかに聞いた。ピン、ピン、ピン、と三つ四つも。そのとたん、御殿様が静かなお声で仰せになった。

「叔父上。斬られたのではのちのち面倒もございましょう。わたくしは川に嵌まりますゆえ、あとはよしなに」

まったく、あなたって人は。どうしてそんなにもやさしいのよ。

「そうはゆかぬ。おぬしは足も早いが、たしか水練も達者じゃ」

「泳ぎませぬ。蒔坂家のためならば、わたくしは甘んじて溺れ死にまする」

きっとそうするだろうとあたしは思った。もし御殿様が溺れ死ぬのならば、あたしもお供をする。いや、舟べりに繋がれた手綱もろとも舟を覆して、悪人どもも道連れにしてやる。

あたしは白雪さんの遺言を忘れない。御殿様の御為におのれを使い果たせと、白雪さんは言った。

「そうはさせるか」

悪党は一斉に立ち上がって刀を抜いた。

そのとき、艪の軋みがはたと止まったと思う間に、船頭さんが空を飛んだ。

いったい何が起きたのか、人間にはわからなかったはずだ。でも、あたしの目はつぶさに見た。

船頭さんは蓑の下から刀を抜いた。抜きがけの胴払いにひとり、返す刃で拝み打ちにひとり、さらに逆袈裟にひとり。それから船頭さんは、呆然とする御殿様を背にかばって、将監に正眼の切先を向けた。

「何者だ、おぬし」

将監は後ずさりながら訊ねた。

「親の仇、と言いてえところだが、あいにく侍はとうの昔に返上いたしやした。今さらおめえさんに恨みつらみは申しやせん。渡世の義理もちやして、お命頂戴つかまつりやす」

船頭さんの言ったことはわからない。でも、将監はそのおもざしに見覚えがあったのか、信じられぬというふうに目を瞠《みひら》いた。

「帰参は許す。取り立てもしよう。どうじゃ」

船頭さんは薄い唇をひしゃげて笑った。

「四の五のは、冥土の父親《てておや》に言ってくんねえ」

悪党の首が雪の帳に一筋の朱の緒を引いて飛んだ。


震えながら待つこと半刻、ようやく御座舟だけが戻ってきた。

こちら岸には誰も残されてはいない。御殿様も行列も無事に渡ったのだと思うと、佐久間勘十郎は腰の抜けるほどの太息を吐いた。

「船頭、すまぬがもう一汗かいてくれ。渡し賃ははずむ」

桟橋に下り立った船頭の顔を見て、勘十郎の太息は凍えついた。

「店じまいでござんす。舟は勝手にお使いなさんし」

血の臭いを嗅いだ。いったい何が起こったのか、船頭が蓑笠の背に負った凶々《まがまが》しさに、一同は声も失うて立ちつくした。

若い連中は知るべくもないが、勘十郎はそのお尋ね者の顔に、古い記憶を喚起していたのだった。

「おぬし、もとは田名部の侍ではないのか」

「与太もたいげえになさいやし。ご覧の通り、一本独鈷《いっぽんどっこ》の渡世人にござんす」

幼い日の夕まぐれ、御陣下から放逐された友の家族を、峠まで送った。あのお方は科《とが》なくて罪を蒙ったのだと、大人たちは噂していた。そうとわかっているのに、見送る人のひとりとてない友が不憫でならず、勘十郎は荷車の尻を押したのだった。

（勘十、もうわしにかかずり合うてはならぬ。忘れてくれよ。ありがとう）

あのころから目が悪かったのであろうか、友はそう言うて眩げに勘十郎を見つめた。

「わしは――」

そればかりが変わらぬ友のまなざしを見るに耐えず、勘十郎は雪に染まった河原に目を落とした。

「わしは、おまえを忘れていた。だのにおまえは、何ひとつ忘れてはいなかった」

思うところが言葉にならず、勘十郎はただ声を嗄《か》らして泣いた。

「渡世の義理は果たさせていただきやした。ご当家ご一党さんには、このさき何の心配もございません」

その一言で凶事《まがごと》の想像がついてしまった。勘十郎は血にぬめる友の手を摑んだ。

「江戸へ行こう。わしらとともに」

「あいにくでござんすが、手前、所払いの身にござんす。なら、お侍さん。これにてお暇《いとま》つかまつりやす。ごめんなすって」

せめて今いちど、「勘十」と呼んでほしかった。しかしそう思うそばから、旅人は踵《きびす》を返して立ち去ってしまった。

風に向こうて歩む後ろ背が雪闇に消えるまで、勘十郎は汀《みぎわ》に立ちつくしていた。あの夕まぐれの峠道と同様に、呼べど叫べど友は振り返らなかった。

二

中山道板橋宿は東海道の品川、奥州日光街道の千住《せんじゅ》、甲州道中の内藤新宿とともに江戸四宿のひとつとされる。

五街道の起点は日本橋だが、そこから七ツ立ちするのはよほどの洒落者か物好きで、たいていは送り送られしつつ四宿のいずれかから旅立つのである。

同行者たちが待ち合わせる場所であり、袂別《べいべつ》の場でもあるから、いっそここを一泊目の宿とする旅人も多かった。よって四宿は、それぞれの道中のどの宿場よりも殷賑《いんしん》をきわめた。

板橋は京三条より江戸日本橋に至る中山道六十九次、百三十五里の最後の宿場である。

文久元年十二月十五日夕刻、蒔坂《まいさか》左京《さきょう》大夫《のだいぶ》一行は板橋上宿の大木戸を抜けた。着到予定を一日過ぐる旅ではあったが、道中の艱難辛苦をいささかも感じさせぬ威容は、旅宿の戸のすきまから盗み見る人々を、大いに感心させた。

先頭には猩々緋《しょうじょうひ》の陣羽織もあでやかに、割菱の旗指物を翻す武者があった。そのあとには、撥鬢《ばちびん》も豊かにでっぷりと肥え、右手左手《めてゆんで》に丈余の朱槍をかざした一番《ひとつがい》の奴《やっこ》が続いた。徒侍《かち》も荷運びの小者どもも、みな今し江戸を立つかと思われるほど身なりがよく、足並も揃うていた。

とりわけ人の目を奪うたのは、八十貫目は下らぬと見ゆる立派な御手馬であった。まるで神馬じゃ、加賀百万石の斑駒《ふちこま》もかないはせぬ、などと人々は噂した。

折しも雪上がりの夕映えが、御行列をいっそう神々しく照らし出していた。まるで花道を行くがごとくゆるりゆるりと進む間に、旅宿の障子はどこも穴だらけになった。

弥次馬も五人集まれば、どこかしらから武鑑が出てくる。割菱の御家紋、数少ない師走の参府御暇《おいとま》となれば、まちがいようもなかった。

蒔坂左京大夫様、と知って人々は二度驚いた。

芝居小屋の裏木戸で贔屓の出待ちをし、町方に捕まったという御殿様。

松の御廊下で飛び六方を踏み、「当分之間登城差控」となった馬鹿殿様。

三百諸侯中、瓦版の種《ネタ》になる御殿様はほかにおらぬし、そのうえ版元に文句もつけぬというのだから、正真正銘のうつけにちがいなかった。

そうと知った弥次馬たちは、みな何かのまちがいだと思うて障子にもうひとつ穴をあけ、みごとな御行列に刮目した。

やはりすばらしい。百にも満たぬ小体《こてい》な行列ではあるけれども、まるで屛風絵のように美しゅうて、そのくせ勇ましかった。

板橋宿は上宿から下宿まで、石神井《しゃくじい》川に架かる「板橋」を挟んで長く延びる。中山道の東は二十一万坪余の前田家下屋敷で、周辺は滝野川村、池袋村などの豊かな田地であった。枯田の彼方には夕陽を背負うて影絵になった富士が聳え、そのくれないの後光は遮るものなき天穹を、濃く薄く染めていた。

小野寺一路は御駕籠のかたわらを歩みつつ、昼と夜の溶け合う空を眺めた。中山道を歩み通した満足はなかった。むろん御家が救われたとも思えず、ただ心が張りを失うて、がらんどうの壺となってしもうた気分であった。

「御供頭様、しゃんとなされませ」

栗山真吾に叱られた。おのれひとりが背を丸め、足並を乱していたことを一路は知った。

姿勢を正すと、がらんどうの胸の中にひとたまりもなく、悔悟の濁り水が満ちた。

これでよかったのか。善と悪を正しく判ずるほど、おのれは御家を知っているのか。世間の仕組みを承知しているのか。もしや父の横死という私事と御家の危機とを、一緒くたにしているのではあるまいか。

濁り水が胸に満つるほどに、またしても背筋は曲がり、足がもつれた。この世に御仏のましませば、今こそすがりつきたい。

「御供頭様、お気持ちはわたくしも同じにござります。せめて宿場を抜けるまで、気張って参りましょうぞ」

真吾が華奢な体を並びかけ、一路の肩を押してくれた。ふと見れば一文字笠を目深に冠ったその頰を、くれないの涙が伝うていた。

悔悟などではあるまい。江戸入りを果たした心と体が、方途を失うてしもうたのだ。だからがらんどうの心にさまざまの想念が流れこみ、手足もばらばらに動いている。たしかにこの気分は、真吾も同じにちがいなかった。

そう思うそばから、一路はわずかなぬかるみに足を取られて膝をついた。容易に立ち上がることもできぬほど、力を使い果たしていた。

そのとき一路は、いくらか道幅の拡がった仲宿の問屋場の前に、母の姿を見た。まぼろしであろうと思い、手甲で瞼を拭った。

景色は一様に赤い薄絹を纏っている。江戸屋敷から迎えに出た侍たちが片膝をついて並ぶ中に、紛うかたなき母の顔があった。

一路はたまらずに、中山道を摑んで泣いた。遥けき旅路の最後の二里、そのわずかな二里を歩み切る力がない。母はそれを知って病の床から抜け出し、迎えにきてくれたのだと思うた。

傾《かし》いだ陣笠の庇の先に、母の顔が滲んでいる。この世にましますは母じゃと、一路は思うた。

「お立ちなされ、一路」

ふいに厳しい声で母が叱った。ようよう立ち上がり、歩み出すとまた叱られた。

「供頭が御駕籠を離れて何とする。しっかり歩きなされ」

仏はすがることなど許さぬ。嘆く者に力を与うるが真の仏であった。一路は御駕籠のあとを追った。

参勤道中は本所の江戸屋敷まで続く。小野寺の父祖はみな、木曽谷よりも和田峠よりも、この板橋宿からの二里の道を中山道の難所と心得ていたはずであった。

母から目をそむけ、板橋から巣鴨村へとまっすぐに延びる中山道を睨み据えた。この一筋の道こそおのが名なのだと思うたとたん、急激に昏れた藍の空を埋めつくして、冬の星ぼしが撒かれた。

まるで天に昇った父祖の魂が、然りと肯《うなず》いたように見えた。

いつもの御参府ならば、板橋宿を過ぎたあたりから「江戸じゃ、江戸じゃ」と呟き続けるほど心が浮き立つのだが、御殿様は御駕籠の中でちんまりと膝を揃えたまま腐れ切っておいでである。これだけの騒動を起こして、蒔坂家がただで済むはずもない。格式ばかりが大名並の無役の旗本である。七千五百石の領知も田名部《たなぶ》陣屋も収公されて、御家お取り潰し。よほどの恩情に与《あずか》っても、当主隠居のうえ幼いわが子が襲封、というところであろう。

わずか九歳で殿中の詰席に座らされた心細さが、まるできのうの出来事のように思い返される。あのような苦労を息子に舐めさせるくらいなら、いっそお取り潰しのほうがましとも思えた。

御殿様は引戸を少しお開けになって、江戸の夜気を吸いこんだ。生まれ育ったふるさとを、これほど気鬱に感じたためしはない。家督を継いで田名部にお国入りしたのちも、隔年の江戸住まいが待ち遠しくてならなかった。国元での暮らしは堅苦しゅうてたまらぬが、江戸では身も心も解き放たれた。ましてや江戸屋敷には、愛する妻と子らがいた。

しかし御殿様を腐らせている悩みは、御家の行く末ではない。ご自身よりもずっと当主にふさわしかった叔父が、亡《の》うなってしもうた。目の前で首が飛んだ。

家来どもはみな口を揃えて、因果応報だの御家安泰だのと言うた。だが御殿様は得心ゆかなかった。蒔坂左京大夫という名跡さえなければ、実の親子か兄弟のように仲睦まじい二人であったはずである。もし叔父の叛心を因果というなら、蒔坂家そのものがさらなる因果にちがいなかった。

おのれが隠居して叔父に家督を襲《と》っていただこうと、いくたび思うたか知れぬ。しかし亡き父の遺志に反すると思えば口には出せなかった。

ならば非道を働いて罰を蒙ればよいと考えたが、幕閣は思いのほか寛容であった。馬鹿のうつけのという風評を徒《いたず》らに塗り重ねるばかりであった。

引戸のすきまから冬の星ぼしを見上げて、御殿様は淡い溜息をおつきになった。

皮肉なことに、御老中や大目付と誼《よしみ》を通じていた叔父はいない。御殿様には何の伝《つて》もなく、ただ拱手して御沙汰を待つほかはなかった。因果応報だの御家安泰だのと、言い分はいくらもあろうけれど、つまるところ蒔坂左京大夫の権勢が肉親の首をはねたのだと思えば、口にするだにおぞましい。

そうこう懊悩なされるうちに、御行列は本所吉田町なる蒔坂家江戸屋敷に到着した。門前には篝《かがり》が焚かれ、御家紋を染めた式幕が巡らされていた。

「おとのさまァー、おつきィー」

供頭が呼ばわった。御殿様の着到は、武将たる蒔坂左京大夫が着陣の儀式でもあった。

懐しい濠割の臭いが、御殿様の塞いだ心をいくらか和ませた。御駕籠が玄関の式台に据えられ、戸が開かれた。

「お父上、ようこそお帰りなされませ」

両手をきちんとつかえて、一太郎が言うた。一年会わぬ間にすっかり大人びて、身丈も伸びたように思える。

妻は美しく、娘は愛らしかった。その先に控えているのは、留守居の楢山儀右衛門《ならやまぎえもん》と今ひとり、思いがけなくも妻の父親であった。

御殿様は困惑した。この広い世の中の、誰が苦手かといえば、まず岳父をおいてほかにはいない。さること十年前、向こう鉢巻に白襷をかけ、長槍を突いて門前に呼ばわった大音声は今も耳に残る。

(蒔坂左京大夫殿に物申す。それがし、御書院番御組頭、神崎又兵衛《かんざきまたべえ》にござる。わが娘を孕ませたる不届き者がご当家にありと聞き及び、義によって成敗せんと推参つかまつった。いざ、お立ち合いめされよ!)

めでたく祝言を挙げたのちも、御殿様が何か不始末をしでかすたびに、屋敷を訪ねてはくどくどと説教を垂れたのもこの岳父である。

(分限わきまえず、一言申し上げる。天下の御旗本が、役者の出待ちをして町方に咎められるとは、いったいいかなるご所存か。恥を知れい!)

(松の御廊下にて成田屋の真似をいたし、六方踏んで大紋の裾まで踏み、あげくの果てに高師直《こうのもろなお》の真似でお茶を濁したとは、呆れて物も言えぬ。恥を知れい!)

その神崎又兵衛である。すでに五十の坂を越えているはずだが、筋骨隆々として精気に満ち、同い齢ぐらいにしか見えぬが心憎い。しかも、分不相応の婚儀が物言うたかどうか、そののち御《お》使番《つかいばん》から御目付、さらには作事奉行まで立身した。四十を過ぎてからとんとん拍子の一躍出世である。

この岳父を前にしては、「大儀じゃ」とも言えぬ。

「これはこれは、神崎殿。わざわざお出迎えとは恐縮至極に存ずる」

着到の儀にはありえぬお声がけであった。しかるに神崎又兵衛は、低頭するでもなくいかにも岳父然と背を伸ばしていた。

「着到早々ではござりまするが、左京大夫殿に申し上げたき儀がござる」

説教は当然であろう。しかしこたびばかりはおぬしの手には負えぬ、と御殿様は思った。作事奉行は御役料二千石の高官ではあるが、しょせんは御城の設《しつら》え繕《つくろ》いを務めとする下奉行、幕閣と呼ばれるほど偉くはない。

「奥居にて伺おう」

御殿様は言葉少なにお答えになった。この場でめったなことを言われたのでは家来どもが動揺する。

言わんとするところはわかっている。幕閣のお調べを受ける前に、事情を詳述した「隠居願」を提出する。さすれば一太郎の外祖父として、何とか後事を取り成そう、か。

御殿様は御玄関から奥へとおみ足を運ばれた。旗本屋敷とはいうても、大名並の格式を誇る千坪余の御殿である。雨戸を開けたままの御廊下は長く、あしうらが痛いほど冷たくなった。

月かげを映す泉水に鯉が跳ねて、御殿様は立ち止まった。ほんの一瞬ではあったが、銀鱗を輝かせて宙を飛んだ鯉の姿を、たしかに見たような気がした。

このような晩に瑞兆でもあるまい、と御殿様は腐った。

かたわらに寄り添うた妻が、ひそかに指をからめてきた。御殿様は夜ごと夢に見たそのたなごころを握り返した。あの傲岸一徹の父のもとで、よくもかようにに甘くやさしいおなごが育ったものじゃと、いつも思う。

「瑞兆でございますとも」

妻は傍目《はため》も気にせず爪先立って、御殿様のお耳にそう囁いた。

「神崎の父は、大目付に昇進いたしますのよ。そのうえ御道中奉行も兼ねよというご内示を、きょうのきょう頂戴したそうです」

ここはとりあえず裸足で御庭に飛び降り、泉水に躍りこんでやろうか、と御殿様は思うた。大目付にして道中奉行の加役。幕閣中の幕閣である。

「もっとも、お父上のことでございますゆえ、身びいきはいたしますまい。でも、おまえ様にはそもそも何ひとつ落度がござりませぬ。ご安心なされませ」

大きな影がぬっと肩を合わせてきた。向こう鉢巻に手槍を立てていないのがふしぎなくらいの気迫を感じた。

「けっして身びいきはいたしませぬぞ。ご覚悟めされよ、左京大夫殿」

神崎又兵衛は正義の化身であった。父もよう知らず、師と恃《たの》む人も持たなかったおのれを、この岳父が訓育して下さったのだと御殿様は悟った。

腹を切れというなら、それでも構わぬ。

「大変じゃ、お腹を召された！」

時ならぬ大声に、一路は夜具を払って跳ね起きた。

とっさに、ここはどこの旅宿じゃと思うたが、隣の蒲団には母が寝息を立てていた。無事に着到したるは夢ではなかったのだ。よかった。いや、よくない。たしか今、「お腹を召された」と聞いた。

門長屋から転げ出れば、空はいまだ明けやらぬ藍の色であった。急を聞いた御家来衆が、御玄関先を右往左往していた。

昨夜の御着駕の折、奥様のお父上が迎えにいらしていたことを、一路は朧《おぼ》ろな夢のように思い出した。

矜り高き両番筋の御旗本、神崎又兵衛様である。筋目のよい御旗本には頑固者が多いと聞くが、神崎様はさしずめその雛型であった。母が言うには、齢四十からの一躍出世で、とうとう御番士筋としては極官といえる、大目付にまで昇進なされるそうだ。

大目付の主な務めは諸大名の監督であるが、大名並の格式を誇る交代寄合の御旗本も、その管掌となる。これでようよう親子のおさまりもようなったと、母は得心していた。

しかし、神崎様は剛直の士である。お身内なればこそ、厳しく処するのではなかろうか。たとえば、御殿様に腹を切らせたのち、その士道覚悟に免じての御家安泰を図る。けっして外祖父としての他意はないが、武将たる一太郎様、すなわち第十五代蒔坂左京大夫にとっては、それが最善の道であると信じたとしたら——。

着到の儀ののち、古式に則って解陣を宣し、泥のような眠りについてしもうたおのれを一路は恥じた。中山道を歩みおおせても、参勤行列はいまだ続いていたのであった。この江戸屋敷の、途方もなく広い闇の中で。

御殿様がお腹を召された。すべては江戸着到をもって解陣のときとした、おのが罪であると思うた。参勤道中が行軍であるのなら、その着到地は戦場なのである。戦場のただなかにて陣構えを解けば、御大将が討たれるは明らかであった。

あまりに当然のことゆえ、行軍録にも記してはいなかったのだ。これが如何ともしがたい元和と文久の世のちがい、二百幾十年の時の隔りじゃと一路は思うた。武士は昨夜のおのれと同様に惰眠を貪り、その安息の分だけ堕落した。

寝巻のまま御玄関先までよろぼい歩き、力尽きて式台に倒れこんだ。非常を告げる声はいよいよ行き交い、一路は両耳を塞ぎ目をきつく閉じて身を丸めた。何も見たくない。何も聞きたくない。夢ならば覚めてほしい。

式台の床が軋んだ。

「いかがいたした」

怖る怖る目を開けば、羽二重の御寝巻に羽織を召された御殿様が、真上から覗きこんでいらした。一路は跳ね起きた。ご無事で、という声が白い息になった。

御殿様は門続きの土蔵に御目を向けられた。しらじらと明け初《そ》める朝の中に、御家来衆の人垣ができていた。

「伊東が腹を切ったらしい。あやつの立場に心を配らなんだは、うかつであった」

土蔵に向かわんとする御殿様の膝前に、一路は双手を挙げた。

「なりませぬ、御殿様。貴《たっと》き御身が穢れまする。ましてや側用人様は謀叛人が一味にちがいござりませぬ。悪事が破れて腹を切った者に、御殿様のお心配りなどご無用にござりまする」

言い終わらぬうちに、御殿様は激しいお声で一路を叱りつけた。

「控えよ、小野寺。参勤道中は行軍なりと申したはおぬしではないか。戦場に斃れた家来に、善悪などあろうものか。亡き叔父上が陪臣として、また左京大夫が家来として、伊東がいかほど苦悩したか考えてもみよ。けっして悪事が破れたのではない。伊東喜惣次《きそうじ》はさなる悪人ではない。忠義大切の武士が、二主に仕えざるを得ぬは不幸ぞ」

御殿様が大声で叱責なさるなど、誰の目にも信じ難かった。一路は恐懼し、土蔵に群れていた家臣らも戦《おのの》いてかしこまった。

「みなの者にしかと申し付くる。このたびの一事は謀叛などではない。戦陣にありて、左京大夫が采配に軍師たる将監《しょうげん》が異を唱えたのじゃ。よって金輪際、亡き者の善悪を論じてはならぬ。参勤道中は言うに及ばず、武士の身は常在戦場と心得よ」

御殿様のあとを追うて、一路は土蔵に入った。

紫の黎明《れいめい》が天窓から帯を解く蔵の中で、伊東喜惣次は腹をかき切り咽を突いて自裁していた。

空澄《くうちょう》和尚が経文を誦しながら拝跪《はいき》した。

「遺書は見当たりませぬ。この死に様が何よりのご遺言にて」

和尚の示した数珠の先には、衣桁《いこう》にかけられた道中羽織が、俯した骸《むくろ》と向き合うていた。そのくたびれた羽織の背に徴《しる》された割菱の御家紋を目にしたとたん、一路はたまらずに噎《むせ》んだ。

蒔坂の姓にまつわる御家紋のほかに、その侍が矜らしき旗印を持たぬ郎党であったことを知ったからであった。

「大儀である」

御殿様は一言仰せになると、その場に膝を揃えて般若心経を唱え始めた。


「ほう……それはまた、大ごとじゃのう。参勤の途上にて後見役の重臣のほか幾人もの家来衆が命を落とし、あまつさえ側用人が腹を切った、と」

御老中は心のどよめきを少しも色に表さず、手ずから点てた茶を客に勧めた。時刻は暮六ツに近く、西向きの小間の障子に映る夕陽もすでに黒ずんでいる。

「いつものことながら、御老中のお点前《てまえ》には感心いたします」

「そう申しながら、また何か文句をつけるのであろう」

客は悪びれもせずにはいと答え、亭主の胸元に目を据えて姿勢を正した。

「お畏れながら、豊前守様のお点前には隙《すき》がございませぬ」

「そこもとの教えの通りに作法しておると思うが」

「全《まった》きに作法なされるは、師の教えを学ぶ間のみにござりまする。豊前守様はすでにご立派な茶人ゆえ、拙者を師とは思わず客として茶を点てねばなりませぬ。亭主に隙がなくば、客は茶を楽しめませぬ」

　御老中はほの明るい障子を背にした客の、居姿のよさにしばし見とれた。枯淡の境地に至った武士の姿である。それはいわゆる数寄者の枯れようではなく、いまだ背筋には旗指物を立てているように見え、まなざしは遥けき戦場を望見しているようであった。しかるに、七十七歳の喜寿という齢の分だけ、武張っては見えぬのである。

　みごとな隙じゃ、と御老中は思った。

「そう言われても、閣老として勤仕する間は無理であろうの」

「いえ、豊前守様。そもそも茶の湯はゆとりの道にござりますれば、あわただしきご勤番の方にこそ親しんでいただかねばなりませぬ。よって古来、武士は戦陣にても茶を点て申しました。常在戦場の武将ゆえ、茶人の隙を忘れてはなりませぬ」

　なるほど、と腑に落ちた。謹厳居士などと囁かれているのは、少しも褒められた話ではあるまい。余裕がない、隙がない、器がない、という意味であろうと、御老中は気付いた。

　老いた侍の背うしろを、鳥の影がよぎった。御濠を塒《ねぐら》とする雁の渡りであろうか。そんなふとした景色すら彼が設《しつら》えたものに見えるくらい、楢山儀右衛門は自然の人であった。願わくはこのように齢をとりたいものだと、御老中はいつもながら思うた。

丹波亀山五万石を領知する松平豊前守様は、かつて大老井伊掃部頭《かもんのかみ》の側近として大いに辣腕を揮《ふる》うた。攘夷論者を震撼せしめたいわゆる安政の大獄は、豊前守様が指揮を執ったというても過言ではあるまい。

あまたある松平姓の御家門中、丹波亀山の松平家は形原《かたのはら》松平の家統を継ぐ名門であった。このお血筋は古い。古すぎて説明ができぬくらい古い。

なにしろ形原松平家の家祖である松平與副《ともすけ》という御方は、家康公から算《かぞ》えて六代祖にあたる松平信光公のご子息だというのだから、要するに徳川家がまだ三河の土豪であった時代の御連枝《ごれんし》、由緒からいうなら御三家も御三卿も物の数ではないのである。

ご聡明な豊前守様は、幼少の砌《みぎり》よりこの「由緒」について、ひどく懐疑なさっていた。家康公のご子息が御三家を興し、のちに吉宗公のお血筋がまた御三卿を創始なされたのはわかる。しかしなにゆえ、家康公から六代も溯《さかのぼ》って、いわゆる「三河庶流七家」が定まったのか、まったく釈然としないからであった。そこまで言うのなら、世の中は徳川だらけ松平だらけであろう。しかも六代祖の庶流では、家康公との血脈とはまるで無縁と言える。

豊前守様のご努力はその懐疑から始まった。御連枝だの名門だのというは、遠い昔のでっち上げで、人が服《まつろ》うほどの権威などあろうはずはない、とお考えになったのである。

よって松平の姓を恃んではならず、文武に精励し行いを正しゅうして、ご自身が権威となろうと誓われた。そうした不断のご努力の結果、奏者番から寺社奉行、大坂城代とまっしぐらに立身し、ついには御老中にまで昇りつめられたのである。

しかし、幼い時分に懐いた疑問というものは、努力や結果によって解決はされぬ。むしろ懐疑というより、血脈の呪いであった。

よって位人臣を極めた今日でも、豊前守様には心のゆとりがなく、物腰には隙がなく、寛容なる器量を欠いておいでなのである。

ほかの幕閣のように、八ツ下がりなどとんでもない。一ツ橋御門外の役宅に帰るのは、御濠向こうの木立ちに日が翳る時刻と定《き》まっていた。

そうしてきょうも一日の勤めをおえて屋敷に戻ったところ、交代寄合蒔坂家の江戸留守居である楢山儀右衛門が待っていた。

かつて寛永寺の茶会で知り合うた人である。茶の道に身分の上下はないゆえ、豊前守様はいつしかこの老人を師と仰ぐようになった。

儀右衛門には跡取りがない。妻子に先立たれた孤独な人であるのに、悲しみを感じなかった。人の命がやがて尽きるように、家も血も絶ゆるが自然でござりましょう、と儀右衛門は言う。

そうした人と茶室の小間に向き合うていると、おのれを縛《いまし》める懐疑や呪いの縄が、つかのま解《ほど》かれる。楢山儀右衛門は流るる水や行く雲のごとく、自然の人であった。

「さほどの大ごとにござりましょうか」

茶碗を置いて、儀右衛門が言うた。

「御家騒動じゃ。これが大ごとでなくて何とする」

返答には間があった。蒔坂家の留守居は呆けた老役じゃと世間は噂するが、豊前守様にはどうしてもそうとは思えぬ。人と人とが語り合う折の、これが自然の間であるという気がする。

「しからば、お取り潰しでござりましょうか」

腹のうちが読めぬ。儀右衛門の顔にはいささかの翳りもなかった。

「交代寄合の旗本と申せば、大名家と同じ格式じゃ。上様のご裁量を仰がねばなるまい」

儀右衛門が膝前の扇子を手に取った。ささいな動作であるのに、三畳の小間が狭まったような気がした。

冬陽は森蔭に落ち、いつしか障子は雪闇の色に染まっている。

「年寄りの愚考を、お聞き願えまするか」

「かまわぬ、申すがよい」

「参勤交代は天下のお定めごとゆえ、着到遅れは罪にござりまする。よって先日は、夜分にもかかわらず御届書をお持ちいたしました。その夜のうちにお届けいたさねば、御家の存亡にかかわるゆえにございます」

御老中は肯かれた。それからまたしばらくの間があった。儀右衛門の小さな体を浸して、闇が滲みてきた。

「しかるに、蒔坂将監が謀叛とその成敗は、天下の御法の定むるところではござりませぬ。家中の悶着を家中にて解決いたしましたことにお咎めを蒙るは、いささか筋違いにござりまする」

御老中はいったん返答を呑みこんだ。

「筋違いとは言葉が過ぎようぞ」

すると今度は間髪を入れずに、儀右衛門が畳みかけてきた。

「いや、筋違いにござりまする。たとえば、みどもが分《ぶ》を弁《わきま》えず御老中とここにこうしておりますのは、他家の陪臣ゆえにござりまする。ご尊家のご家来衆、もしくは幕府配下の旗本御家人であったなら、かように物言うことなどけっして許されませぬ。こたびの騒動にて落命したるは、ことごとく蒔坂家が家来にござりまする。これを御公辺にて罪と定め、あまつさえ上様のご裁量を仰ぐなど、筋違いも甚しゅうござります」

儀右衛門の気迫は御老中を圧倒した。しかし声はあくまで静かで、説き聞かせるふうがあった。

「無礼であるぞ、慎め」

ようやくの思いで豊前守様は仰せになった。扇子の尻で畳をこつんと叩き、儀右衛門がにじり寄った。

「無礼と仰せならば、豊前守様はこの儀右衛門を無礼討ちに果たされましょうか。それが許されぬは、この老いぼれの命が徳川家やご尊家のものではないゆえにござりまする。戦陣にて下知を賜うは、わが主のほかはござりませぬ。よってこの命は、蒔坂左京大夫様のものにござります。何が何でも御公辺が裁かれると申されるのなら、まずはこの無礼者を成敗なされよ。それができぬ道理がおわかりならば、筋違いのご詮議はお控え下されませ」

それだけを一息に言うと、楢山儀右衛門はもとののどかな相に戻って後ずさった。

「おみごとなお点前、もう一服ちょうだいできましょうか」

気を取り直して茶を点てながら、おのれは何につけても寛容さを欠いている、と豊前守様はお悟りになった。


人間には隙がなくてはならぬ。謹厳居士の綽名など、けっして褒められたものではない。

二服目の茶を勧めながらふと目が合うたとき、行く雲のごとく隙だらけのこの老師が、常人の目には呆けて見えるのだろうと思うた。

三

冬とは思えぬうららかな午下《ひる》がりである。

師走の喧騒も届かぬ本丸御殿の中奥、その御座の間の縁先に拡がる池泉を、着流しの姿でそぞろ歩むひとりの武士があった。

齢のころならいまだ十六か七と見ゆる若侍である。しかし、侍というほどの武骨さはかけらもない。小柄な体に白く細い面《おもて》、もし太い白元結《しろもとゆい》を巻いた大銀杏《おおいちょう》の髷がなければ、公卿《くげ》と呼んだほうがふさわしい貴人の容貌である。

源氏の長者にして武家の棟梁、従一位太政大臣を極位極官とする征夷大将軍、早い話が第十《じゅう》四代《しだい》徳川将軍家茂公《いえもち》にあらせられる。

黒縮緬《くろちりめん》の着流しは、この広大な本丸御殿がご自宅だからである。供廻りはない。御側用人や御小姓はご下命に順《したご》うて、みな御座の間の御入側《おいりがわ》に控えていた。

諸国の御殿様方のそのまた御殿様にはちがいないが、将軍家を「御殿様」と呼ぶ馬鹿はない。「上様」である。すなわち上御一人、至上の御方であった。

日夜けっしておひとりになられることなどない上様が、御殿から遠く隔った池の汀《みぎわ》にぽつねんとお立ちになっている。ややあって、老松の木蔭から竹箒《たけぼうき》を腰うしろに回した侍が小走りに寄ってきた。

遠目には上様が、御庭番に植栽のことなどをご下問になっているように見える。侍はお足元に蹲踞してお答えしている。

やりとりを聞くことのできる者は、薄氷の張った池の水底《みなぞこ》に二百年の長命を保つ鯉ばかりであった。天敵もないままのんびりと鱗を経た老鯉は、人語を理解し、なおかつ思慮深い。

「大儀である。蒔坂《まいさか》が一件はいかがであったか」

「ははっ。謀叛人は家中にて成敗され、無事に落着いたしました」

それから御庭番は、ことの経緯をこまごまと奏上した。物言いは私見を挟まず虚飾もなく、まことに明解である。

上様と御庭番のやりとりを聞くのは、池の底の老鯉にとって何よりの楽しみである。もしやこの御庭番は、ここ二百年の同役中の随一ではあるまいか、と老鯉は思うた。

「ほう。探索にあたっては、道中《どうちゅう》笠《めどき》に身をやつした、とな。そちは占術の心得もあったか」

「いえ、いいかげんなもので。怪しまれても困りまするゆえ、道中髪結を道連れにいたしました。これがまた、たいそう腕の立つ職人でござりまして、御家来衆の身だしなみを一手に引き受け、おかげで御行列はいよいよ見映えのすることと」

「さよう達者であるなら、道中髪結にしておくは勿体ない。ただちに召し抱えよ。どうにも近ごろは、勤番士の様子が悪くてならぬ」

「御意を承りました。ただちに」

齢はいまだお若いが、この将軍家はご聡明にあらせられる。五代祖にあたられる有徳院《はちだい》様によく似ておいでである。その吉宗公は東照神君の曽孫、すなわち御当代は十四代将軍家とはいえ、天下人の血脈を濃く享け継いでおられる。ご就職の折にはずいぶんと異論も盛んであったが、池の底から拝察した限り、年長の一橋慶喜公よりもやはりこの御方のほうが将軍家にふさわしい。

惜しむらくは――と、老鯉は水面《みなも》に目を向けて、上様の華奢なお体を見つめた。

虚弱にあらせられる。それだけならばまだしも、この冬日にもお羽織を召されようとなさらない。武将たるものかくあるべしという自戒が、厚着を潔しとさせぬ。こうした律義なご気性が、ゆくゆく障りにならねばよいのだが。

「さて、御家騒動は落着、達者な髪結とも知り合うた。しかるに内々そちに命じたるは別件である。いかがであったかの」

おや。別件と仰せになったのは、すなわち本題。いったい何ごとであったか思い出せぬ。二百年の鱗を経て、このごろ物忘れがひどくなった。はて、御庭番に命じたる本題とは、何であったか。

「上様のご推察通り、馬鹿でもうつけでもござりませぬ。蒔坂《まいさか》左《さ》京大夫《きょうのだいぶ》は紛うかたなく、世に言う賢主名君にたがいなしと拝察つかまつりました」

上様は晴れ上がった冬空を見上げて、ひとつ肯《うなず》かれた。

「やはりさようであったか。一方では馬鹿ようつけよと譏《そし》る声あり、また一方ではその人格識見に信倚《しんい》する者あり、閣老の意見もまったく二分して定まるところがない」

老鯉は思い出した。上様は風雲急を告ぐる昨今、ご治世を支える有能な人材をお探しなのである。そこで御目に留まったのが、無役の交代寄合、蒔坂左京大夫であった。むろん池の中の鯉はその人物を知らぬ。知らぬがゆえに鰓《えら》が疼《うず》いた。

「いかがすればよいかの」

「お畏《おそ》れながら、上様。御庭番は探索が務めにござります。ご政道につきましてはお答えいたしかねまする。すべては御上意にてご沙汰下されませ」

上様はお気の毒だ、と老鯉は思うた。御齢わずか十六歳にして、乱れた天下を背負わされてしもうた。太平の世であれば、ご心労は何ひとつあるまいに。

御庭番は後ずさって、松林の中に姿を消した。上様はしばらくの間、汀に佇まれて空を見上げていらした。そのご苦衷《くちゅう》を見るに忍びず、老鯉は銀鱗を翻して水底の泥に身を沈めた。二百五十余年もの間、深く厚く澱《お》り重んだ泥は、温かくてここちよい。

叶うことなら蒔坂左京大夫、上様のお荷物を背負うて天下太平の世を導いてはくれまいか――。

「それへ」

黒書院にお出ましになるとじきに、上様からお声がかかった。

肩衣長袴《かたぎぬながばかま》で平伏なさっていた御殿様は、ほんの少し膝を進めた。

「息災そうに見えて一段な」

「ははっ」

「師走の参府は苦労な。ゆるゆる休息するように。めでとう盃を」

御小姓が盃を運んできた。まるきり下戸の御殿様は、息を止めて御酒《ごしゅ》を頂戴した。酒は臭いすら受け付けぬのだが、これればかりは毎度いやと言えぬ。

本所吉田町の江戸屋敷に参府登城を命ずる奉書が届けられたのは、着到の翌日であった。明後日の朝四ツに登城せよとのお下知である。何とあわただしい。

そもそも参勤交代は、外様大名の四月、御譜代は六月もしくは八月とあらまし定まっており、なにゆえ当家だけが師走であるのかわからなかった。理由はただひとつ、「慣例」である。

言い伝えによれば、大昔の左京大夫様が厳しき行軍をあえて願い出たという。戦は時節など選ばぬゆえ、田名部《たなぶ》衆は師走に参陣いたす、と大見得を切ったらしい。まったく、迷惑なご先祖様である。

正月三が日には年頭の御祝儀があり、大名旗本は総登城をする。よって参府の儀は年内にとり行わねばならぬ。それを後回しにしたのでは、「いないはずの家来がいる」ということになるからである。

よって蒔坂家の参府の儀は、きっと年内にすますのだが、それにしても着到の三日後というのはあまりにもあわただしかった。

嘔吐《えず》いてはならぬ、と用心しいしい、御殿様は飲めぬ酒をようやく啜りこんだ。

「頂戴いたしました。在府中は念を入れてご奉公つかまつりまする」

儀式はこれだけで終わる。――はずであったが、どうしたわけか上様が続けて仰せになった。

「それへ」

と言われたところで、膝の進めようはない。さてどうしようと身を固くしていると、ふたたび上段の間からお声がかかった。

「参府の儀はおえた。近う」

上様が儀式ののちに親しくお話をなされるなど、ありえぬ。これには居並ぶ閣老たちも驚いた。人々の多くは、上様がこたびの騒動について、直々のお咎めをなさるのではないかと思った。もしそうであれば、何を仰せになり、どう答えようとも、当主の切腹と御家断絶は免れぬ。畏《かしこ》くも上様の御心を悩ませ奉ったということだけで、万死に価する罪であった。

えいままよ、と御殿様は長袴のお裾をずるずると曳いて御前に躙《にじ》り寄った。この所作ひとつでも、「当分之間登城差止」というぐらいの不調法であろう。

「苦しゅうない。面を上げい」

そう言われて面と向き合う馬鹿もおるまいが、もはや死んだつもりの御殿様はお言葉通りに顔をもたげて、上様と真向から睨み合うた。

おおっ、というどよめきに混じって、「バカ」という声も聞こえた。いささか癪に障ったので、一同を顧みて言い返してやった。人間、二度は死なぬ。

「御大名の皆様はどうか知らぬが、旗本は徳川家の直臣にござる。主の言に順うた家来を、おのおの方は馬鹿と呼ばわるか」

クスッ、と上様がお笑いになった。いったい何がそれほどおかしいのであろうか。

しばらくの間、こみ上げるおかしみをこらえられたあとで、上様はまこと唐突に、思いもかけぬご上意をお口になされた。

「蒔坂左京大夫。古式に則りたるこたびの参勤道中、みごとであったと伝え聞く。よって、一万石に加増のうえ、大名に列す」

とっさに平伏したものの、「ははっ」という御殿様のお声は裏返って、「ヒエッヒエッ」となってしまわれた。

「上様に申し上げまする。畏れながら、ご上意を直《じか》にお伝えになられますは、礼式に適いませぬ。もったいなきお言葉は閣老が引き取りまして、改めて左京大夫にはからいますゆえ、ここはよしなに」

あわてて水を差したのは、御老中のどなたかであろう。この儀は上様の独断であると察して、御殿様は二度おののいた。

「控えよ。政をさまたげる礼式など、あってはなるまいぞ」

おお、さすがは上様。けだしの名言に、御殿様は平伏したまま感心した。いや、感心している場合ではない。一万石に加増のうえ大名に列する、というお下知はありがたいけれど、鵜呑みにしてはなるまい。そのかわりお気楽な無役旗本は返上、まずは奏者番、やがて若年寄、ついには老中に就任して政を取り仕切るべし、という話にちがいなかった。

そのような出世を望むのであれば、はなから馬鹿などやってはおらぬ、と御殿様はひそかに歯がみをなされた。

何とかせねばならぬ。しかし、ことここに及んではもはや考えつく馬鹿もなかった。とうとう追いつめられた、と御殿様は思った。

思い屈してゆるゆるとお顔をもたげ、御殿様はきっぱりお答えになった。

「ご高配、承りかねまする」

黒書院がどよめいた。飛び交う「バカ」はひとつふたつではなかった。どさくさ紛れに上様まで が、「バカ」と仰せになられた。

「馬鹿でけっこうにござりまする。蒔坂家は元和慶長の昔、畏くも東照神君家康公より田名部七千五百石を安堵されまして二百五十余年、歴代が一所懸命に領分を守って参りました。よって左京大夫が将たる器は七千五百石、その上は一升一合たりとも過分にござりまする」

上様は小さな顎《おとがい》をお振りになった。

「わからぬ。過分とはいかなることか」

「七千五百石の一所懸命に、一万石は過分にござりまする。頂戴いたしたところで、差し引き二千五百石の領分は、左京大夫が升からこぼれ落つるばかりにござりまする」

「そうは思わぬ。七千五百石に懸命なる者は一万石も懸命、ひいては天下の政にも懸命である」

「御意はごもっともにござりまする。しかるに、物事は大小の升ばかりでは計れませぬ」

「また、ようわからぬことを」

「しからばわかりやすく申し上げまする。左京大夫に天下を論ずる器がないとは申しませぬ。七千五百石の小天下も、上様のしろしめす大天下も、大きさは異なれど領民の生きる天下であることにちがいはござりませぬ。もし左京大夫が大天下に与《くみ》すれば、一所懸命に守って参った田名部の領民が飢えまする。さなれば、家祖が東照神君より安堵されましたる領分が保てませぬ。今、左京大夫がありがたき御上意を賜るは、畏くも東照神君の御上意を反古にいたすも同然、はたしてこれが忠義にござりましょうや」

「さような理屈は聞きとうない」

「しからば上様。理屈には聞こえぬよう申し上げます」

黒書院は静まり返った。蒔坂左京大夫は肩衣の背をぐいと伸ばして、ご聡明ながらいまだ幼さの残る上様のお顔を見つめた。

「左京大夫は九歳にて蒔坂家の跡を襲《と》り申しました。世の中の右も左もわからぬまま、大紋の直垂《ひたたれ》を無理強いに着せられ、供もなく帝鑑間《ていかんのま》に着座させられた折の心細さは、今も夢に現れまする」

上様は俯いてしまわれた。その御姿を仰ぎ見ながら、左京大夫は知らず流るる涙を拭いもせず、兄のようにやさしげな声で続けた。

「上様はわずか四歳の砌《みぎり》に紀州家の家督を襲《と》られ、なおまた御齢十三歳にて十四代将軍家にお立ちあそばされました。左京大夫は、そのご苦労をお察し申し上げまする」

上様は俯いたまま、こくりと肯かれた。

「これで、おわかりにござりましょう。心細さの中で、左京大夫が幼き胸に誓いましたるは、身の栄達などでござりますものか。いかにして七千五百石に一所懸命たるか、それればかりにござりました。上様はかつて紀州五十六万石の一所懸命なされ、今また大天下にお命を懸けておられまする。大小のちがいはあれど、一所懸命の志は同じにござりまする。左京大夫の一所はふたつござりませぬ。よしんば加州百万石にお国替えと下知されても、左京大夫は田名部七千五百石を譲りはいたしませぬ。それは——幼きあの日の誓いにござりますれば」

上様はしばらくお羽織の袖を瞼に当てていらしたが、やがてひとつ咳《しわぶ》かれると明らかなお声で、「僭越であった」と仰せになった。


田名部の御陣下は数日来の大雪である。

明六ツの鐘を真先に撞《つ》き出すのは、西に半里を隔てた浄願禅寺で、その捨て鐘を聞いて諸寺の鐘が鳴り始める。御陣屋の時の御太鼓も叩かれる。

いつに変わらぬ田名部のならわしも、雪に埋もれたこの朝ばかりは、人々の耳に物悲しく聞こえた。

出牢の声がかかったとき、国分《こくぶ》七左衛門はすべての希みを捨てた。嘘で固めた事の顚末など聞きたくはなかった。首を打たれようが腹を切ろうが、心は先立たれた御殿様に殉ずるつもりであった。

ところが、いささか様子がちがった。牢屋から御殿までの道はていねいに雪が搗《つ》き固められ、役人たちはみな片膝をついて七左衛門を迎えた。

雪あかりの書院には、国家老の由比帯刀《ゆいたてわき》が待っていた。その憔悴しきった顔を見たとたん、七左衛門の胸にふたたび希望の灯がともった。

「昨夜、早馬が参っての。あろうことか、水かさを増した荒川を押し渡らんとして、将監《しょうげん》様はじめ数人の御家来衆が流されてしもうた。かくなる次第ゆえ、わしらは力を合わせて後事に備えよ、との御上意である」

いったい何が起こったのであろう。七左衛門は体がすぼむほどの白い息をついた。

「今しがた、二の馬が到着した。御行列は無事に江戸入りをいたした。重ねての御上意には――」

由比が声を詰まらせた。

「帯刀と七左は力を合わせて後事に備えよとの仰せじゃ。のう、七左。わしはどうすればよい」

もはや善悪を問うべきではない、と七左衛門は思うた。御殿様はすべてをご承知のうえで、他の者は赦《ゆる》すと仰せなのだ。これこそ武将たるお人の権柄《けんぺい》にちがいなかった。

「将監様の不慮のご不幸に、由比様の責は何ひとつござらぬ。御上意に専心なされませ」

御殿様のご寛容に甘んずるは、死するよりつらかろう。由比にしてみれば、このうえなく酷い仕置きにほかなるまい。だからこそ御上意に順わねばならぬのだと、七左衛門は目で言うた。

障子の雪あかりが白さを増した。この大雪ならば、明くる年はさだめし豊作であろう。

「小野寺一路は、大したものじゃ。そこもとの娘御も、よき人に嫁ぐは幸せじゃの」

七左衛門は座敷を躙《にじ》って障子を開けた。御庭は一面の雪に埋もれており、重たげな牡丹雪が白く厚い帳《とばり》を閉《た》てていた。

「一人娘ゆえ、国分の家は絶えるやもしれませぬ」

「それを承知で嫁に出すか」

「はい。国分の家名などより、蒔坂の御家が大切にござる。そして今ひとつ――二人を添わせるは、かけがえなき朋友との約束でござりました」

言うたとたんに、小野寺弥九郎の笑顔が胸に甦って、七左衛門はきつく瞼をとざした。

奥歯が軋《きし》りを上げた。御殿様がお赦しになっても、私情は赦しがたい。それでも御上意に添い奉るが武士の定めであった。

耐えよ忍べよと、田名部の雪が言うた。

怨みはおのれひとりが背負うて行け。耐えがたき荷を、子に譲ってはならぬ、と。

年もいよいよ押し詰まった大雪の一日《いちじつ》、小野寺一路は楢山儀右衛門に付き添われて、一ツ橋御門外の老中役宅に伺候した。

今さらお咎めでもないゆえ安心せい、と言われても、呆けた老役の言など信じられぬ。そう言うそばから御駕籠の中で、居眠りをしているのである。このていたらくで、よくぞ江戸留守居の大役が務まるものだ。

御老中の松平豊前守様は謹厳居士として知られている。聞くところによれば、お出ましになるとまず、待つ者の膝前までの畳の目数を算《かぞ》えられるという。そら怖ろしい限りである。

そこで一路は、目数を算えようもない御廊下にかしこまった。

「御殿様、お成りにござりまする」

御小姓の声で平伏し、上目づかいにちらりとご様子を窺った。なるほど、袴の筋目は板のように尖っており、足袋のあしうらは雪のごとき白さであった。

「これなるが当家の道中供頭を相務めまする、小野寺一路めにござりまする」

儀右衛門はあんがいしゃんとした声で、一路を紹介した。

「遠慮ない。近う寄れ」

上段の間からお声がかかった。これもまた、言うた言葉がそのまま墨痕あざやかに見ゆるほどに厳《いかめ》しい。しかも一筆一画をおろそかにせぬ楷書の趣きであった。

「それがしが粗忽により、こたびはさまざまなご心配をおかけいたし、畏れ入りまする」

一路は心から詫びた。

「他に類のない真冬の道中じゃ。一日や二日の着到遅れはいたしかたあるまい」

おや、何も聞いてはおられぬのか。それとも知らんぷりをなさっておいでか。

「北辰一刀流の免許皆伝、学問も東条一堂の学塾にて、すこぶるつきの成績であったと聞く。左京大夫殿はよき御家来衆をお持ちじゃ」

「ははっ。わが殿にお仕えするは、身の果報と心得まする」

調子づいてお答えしていれば、そのうちピシャリと叱られそうな気もするのだが、御老中から伝わってくる空気はどことなくここちよい。

「かような機会もそうはあるまい。何か申すことがあれば遠慮のう」

儀右衛門が口を挟んだ。ちらりと横目を使えば、どうしたわけか日ごろの呆けた様子が見受けられぬ。それどころか、老いてなお矍鑠《かくしゃく》たる江戸留守居の貫禄であった。

しからば、と一路は勇を鼓して申し述べた。

「お定めの参勤道中とは申せ、師走の中山道は難儀にござりました。叶うことなら他家と同様、ころあいの時節に参府御暇《おいとま》を賜れば幸いにござりまする」

お叱りはなかった。そのかわり、御老中はしばらく沈思なされた。

「そこもとを呼んだは、その件である」

何と。もしや御殿様が直談判をなされたか。しかしそう思う間に、御老中はまこと信じがたいことを仰せになった。

「ご尊家にかかわらず多くの御家より、財政逼迫の折から参勤道中はもはや耐えがたしとの願書が出されておる。よってこの際、古来のしきたりは改変するもやむなしとした。さなればむろんのこと、ご尊家ばかりに師走の道中を強いるわけにはゆかぬ」

一路は思わず頭を上げた。

「二百五十余年のしきたりを、改変なさるのでござりまするか」

「さよう。旧来の隔年参勤を三年に一度とし、一年の在府期間も百日にて可とする。江戸表にある御妻子も、帰国勝手といたそう。もっとも、余は反対しておる。お定めと申すものは、いったん緩めてしまえばなしくずしに実《じつ》がのうなるものだ。すなわち、参勤交代の制はやがてほどなく、消えてなくなるであろう。閣老のひとりが異を唱えたところで、もはやどうにもなるまい」

御前にあることを忘れて、一路は御老中のお顔を見上げた。腰が抜けてしもうた。思うところが何ひとつ声にならず、魚のように口を開《あ》け閉《た》てした。

参勤道中がなくなる。それはおのれひとりのとまどいではなかった。遥か昔より道中供頭の御役に命を懸けた父祖の魂魄が、いっせいに顔を上げて驚いたように思えた。

「なるほどのう」

御老中は一路の無礼を叱るでもなく、そのうろたえようをつくづくと見つめて肯かれた。

「左京大夫殿はの、しきりに一所懸命と申されていた。主人の一所が御領分ならば、御家来の一所もまた、おのが務めというわけか。見上げた心がけじゃ」

御老中の申される意味はようわからぬ。しかし命を懸けた道中供頭の職分は、命と代えてでも失いたくはなかった。

一路は畳に額を打ちつけた。

「わが名は、中山道の一路にござりまする。吹雪も寒さも厭いませぬ。どうか、参勤道中をお取りやめになりませぬよう」

懐の底から、一路ははらわたでも引き出すように古い冊子を摑み出した。油紙をちぎり捨て、伏し拝むように捧げ持った。

元和辛酉歳蒔坂左京大夫様行軍録。戦国の父祖が遺した、供頭の心得帳であった。

御老中は上段の間を立って、手ずから冊子を受け取られた。それからしばらくの間、黙ってお読みになった。

「おぬし、しまいまで読んでおらぬな」

「いいえ、ためつすがめつ読みおえました」

「ならば誤解がある」

御老中は冊子をいちど頭上に奉り、「近う」と一路を呼んだ。

冊子の末尾にはこうある。

御供頭心得
　一所懸命

それだけであった。その一言を肝に銘ずればこそ、お役目がなくなることは耐えがたかったのだ。

御老中は冊子を開いたまま、一路の顔につきつけた。

「そちの名が、中山道の一路であろうものか。命を懸くる道を歩め。一路は人生一路の謂《いい》である」

闇の中に一条の光を見たように思った。一路は恐懼して後ずさった。

「ご教示、畏れ入りまする」

ひれ伏すうちに、御老中はご退席になった。

「さあて、お暇いたそうか」

楢山儀右衛門は二つ三つ嚔《くさめ》をしてから、呆けた声でそう言うた。


「ブチやい」

「果報じゃ」

雪晴れの朝、上等の秣《まぐさ》を食べていると、何やらうきうきした顔で丁太と半次がやってきた。

どっちがどっちだかいまだにわからないけれど、どっちも大嫌い。何が果報よ。売れぬ馬なら桜鍋にして食べちまおうとしたくせに。

「よいか、ブチやい」

「聞いて驚くなよ」

今さら何を聞いても驚くものですか。桜鍋にされそこなったり、目の前で大立ち回りを見せられたり、おかげさんであたしもずいぶん馬ができました。

丁太と半次は御厩に入ると、両側から轡《くつわ》を取ってあたしの顔を引き上げた。何すんのよ、こんなにおいしい秣は久しぶりだっていうのに。

「お殿様がおまえを」

「将軍家に」

「献上なさる」

「そうだ」

ふうん。ナニ、それ。

「さすれば、晴れておまえは」

「公方様のお手馬」

「天下の馬のてっぺん」

「馬の棟梁」

「果報じゃ」

「果報じゃ」

あたしはビックリして、後ろ脚で立ち上がった。ついこの間、大垣の馬市で売れ残ったあたしが、公方様のお手馬になるなんて。ウッソー、信じらんない。

「ドウドウ。果報は」

「それればかりではないのだ」

「つい今しがた」

「小野川親方が」

「おいでになっての」

「この体と面構えなら」

「末は関取もまちがいなし」

「稽古に励めば」

「雷電、谷風」

「二ッ返事で承り」

「その場で四股名《しこな》も考えた」

「丁太は木曽谷」

「半次は浅間山」

「御殿様も大乗り気」

「役者の贔屓はままならぬが」

「相撲ならば文句は言わさぬ」

「果報じゃ」

「果報じゃ」

あら、そう。世の中まんざら捨てたものじゃないわね。ごくつぶしの馬喰《ばくろう》が、お抱え力士に大出世。

「アッ、コラ。暴れるな」

「ドウドウ、静まれ、ブチ」

これが暴れずにおられますか。あたしは手綱を引きちぎって御厩の外に駆け出た。空は真青に晴れ上がって、御庭の深雪《みゆき》がここちいい。御池のほとりを駆けめぐり、雪だまりを転げ回った。

またひとつ、白雪さんの臨終《いまわ》の言葉を思い出した。

(馬に生まれ育ちなどあるものか)

仰せの通り、あれからはけっして振り返らず、前を見て進みました。そしたらね、つらい道中のしまいには、こんな果報が待っていたの。

「ブチやーい」

雪にくぐもる呼び声に、あたしは立ち上がった。

「おとなしゅうせえ。ご献上の田名部駒に、傷がついたら大ごとぞ」

勘十郎さんが雪を漕いでやってきた。

そうよ、あたしは田名部駒。戦国の昔から、蒔坂様の御領分に命を繋いできた田名部駒の矜《ほこ》りを忘れていた。生まれ育ちのよしあしなんて、その矜らしさに比べれば物の数じゃない。

「ブチやーい」

「ブチやーい」

四方から声を張り上げて、田名部衆が寄ってくる。御殿様から足軽まで、どうしてこの人たちはみんな同じ顔をしているのだろう。

あたしは築山の頂きに立って、雲ひとつない雪晴れの空に嘶《いなな》いた。

この人たちとお別れしたくはないけれど、あたしには歩み続けねばならない道がある。

（了）

初出　『中央公論』二〇一〇年一月号～二〇一二年十一月号

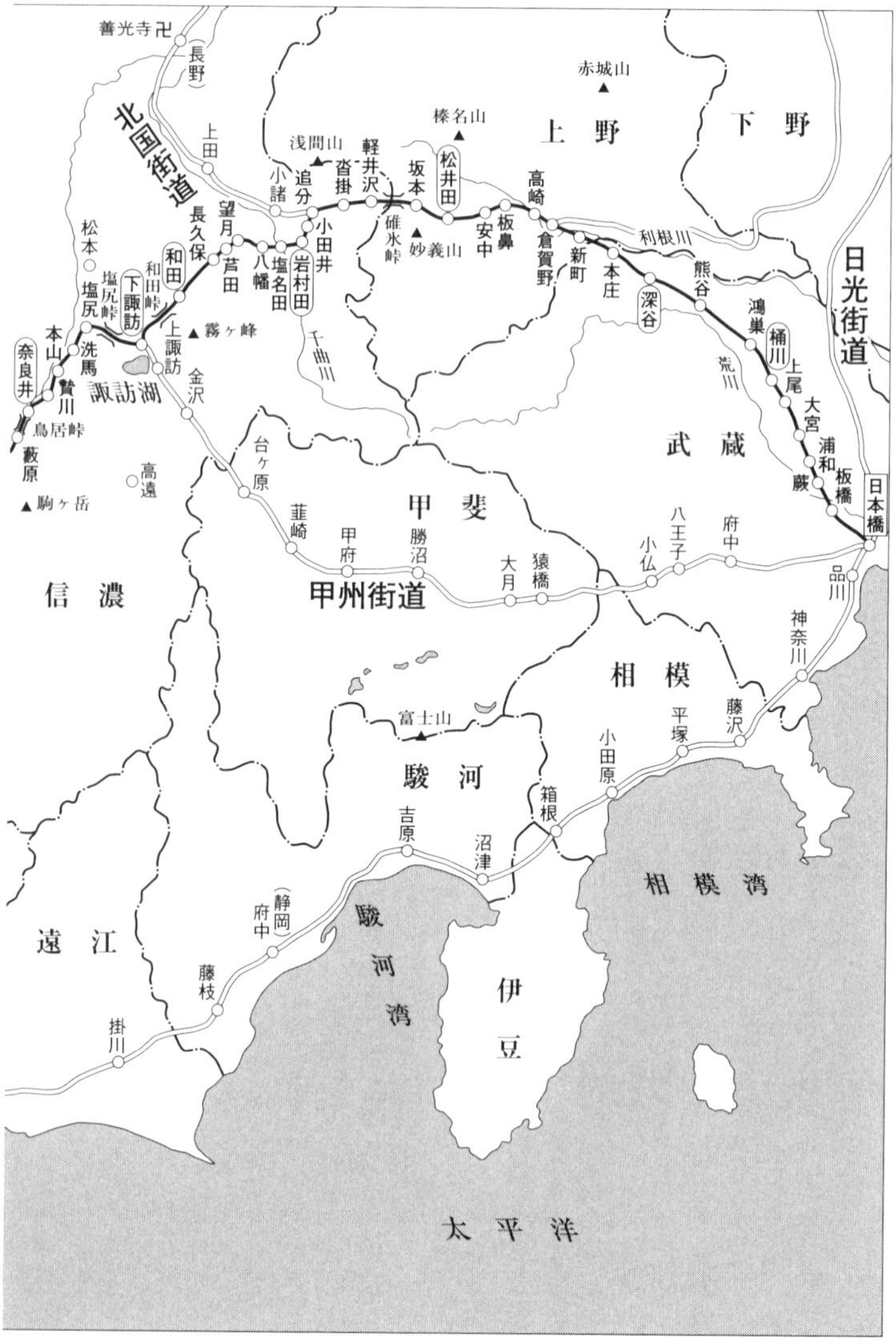

※⬭囲みは蒔坂左京大夫参勤行列の宿泊地。「田名部」は架空の地名。
児玉幸多『中山道を歩く』（中公文庫、1988年）をもとに作製

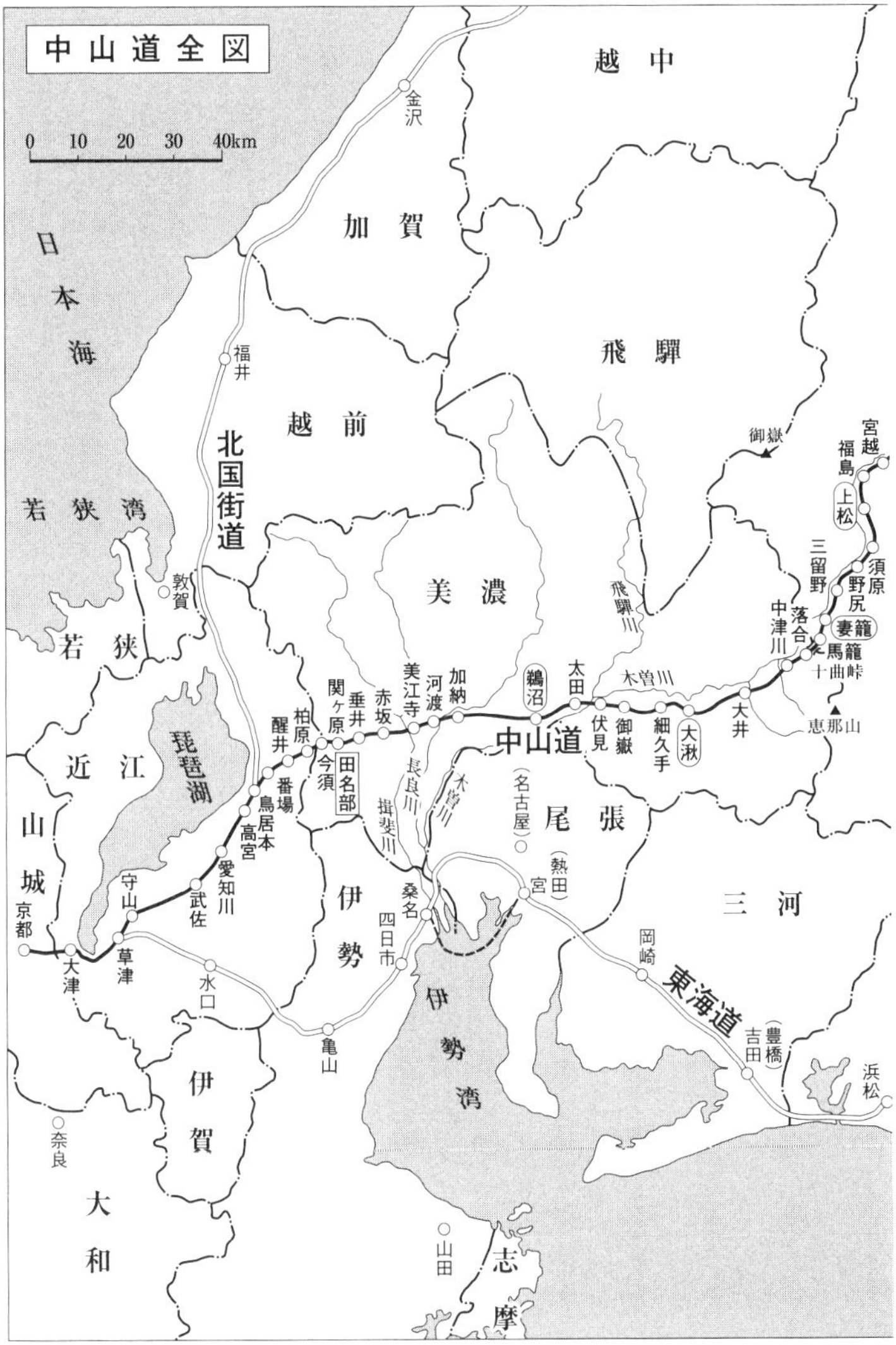
中山道全図
0 10 20 30 40km
日本海
若狭湾
越中
加賀
飛驒
越前
美濃
若狭
近江
山城
尾張
三河
伊勢
伊賀
大和
志摩
伊勢湾
琵琶湖
北国街道
中山道
東海道
金沢
福井
敦賀
京都
大津
草津
守山
武佐
愛知川
高宮
鳥居本
番場
醒井
柏原
今須
関ヶ原
垂井
赤坂
美江寺
河渡
加納
鵜沼
太田
伏見
御嶽
細久手
大湫
大井
中津川
落合
馬籠
十曲峠
妻籠
三留野
野尻
須原
上松
福島
宮越
御嶽
恵那山
田名部
(名古屋)
(熱田)
宮
桑名
四日市
水口
亀山
岡崎
吉田
(豊橋)
浜松
奈良
山田
木曽川
飛驒川
長良川
揖斐川

著者紹介

浅田次郎

一九五一年東京都生まれ。九五年『地下鉄《メトロ》に乗って』で吉川英治文学新人賞、九七年『鉄道員《ぽっぽや》』で直木賞、二〇〇〇年『壬生義士伝』で柴田錬三郎賞、〇六年『お腹召しませ』で中央公論文芸賞・司馬遼太郎賞、〇八年『中原の虹』で吉川英治文学賞、一〇年『終わらざる夏』で毎日出版文化賞をそれぞれ受賞。

一路《いちろ》（下《げ》）

二〇一三年二月二五日　初版発行

著　者　浅《あさ》田《だ》次《じ》郎《ろう》

発行者　小林敬和

発行所　中央公論新社

〒一〇四-八三二〇
東京都中央区京橋二-八-七
電話　販売　〇三-三五六三-一四三一
　　　編集　〇三-三五六三-三六九二
URL http://www.chuko.co.jp/

DTP　柳田麻里

印　刷　大日本印刷

製　本　大日本印刷

Published by CHUOKORON-SHINSHA, INC.
Printed in Japan　ISBN978-4-12-004472-4 C0093

定価はカバーに表示してあります。落丁本・乱丁本はお手数ですが小社販売部宛お送り下さい。送料小社負担にてお取り替えいたします。

浅田次郎の本

五郎治殿御始末

武士という職業が消えた明治維新期、最後の御役目を終えた老武士が下した、己の身の始末とは。時代の境目を懸命に生きた人々を描く六篇。

〈単行本〉

お腹召しませ

武士の本義が薄れた幕末維新期、変革の波に翻弄される侍たちの悲哀を描いた時代短篇の傑作六篇。中央公論文芸賞・司馬遼太郎賞受賞。

〈単行本・中公文庫〉

中央公論新社